誘嫁小田妻 下

文創風 243

花開常在 著

目錄

第十一章 005
第十二章 039
第十三章 071
第十四章 105
第十五章 137
第十六章 169
第十七章 207
第十八章 245
第十九章 273
第二十章 297

第十一章

夏日暖風徐徐，田箏戴著斗笠，腳上蹬著草鞋走在這片被陽光煎烤的土地上，身上汗水簌簌直流，打開果園的大門鎖，田箏趕忙鑽進園子裡。去年使用青磚重新翻修過圍牆，圍牆的高度為兩尺，邊上種著刺藤防止別人攀爬，也能攔住想順手牽羊摘水果的人。

田箏正午時分趕來是為了找成熟的葡萄。三姑姑帶著表弟上門，得弄點東西給表弟吃。一串串晶瑩的葡萄結在藤蔓上，瞧著就討喜。

田箏去果園專門放雜物的茅草房裡找出梯子，爬上去尋找有無熟透的葡萄，見到再用剪刀剪下來放在掛著的竹籃裡。遇著顆粒大的，摘下來用袖子擦擦就吸一口，馬上只剩下葡萄皮，田箏一連吃了一串，感覺膩了才停住嘴。

葡萄架的遮陽效果很好，家裡養的雞都在架子下乘涼，三五成群地刨著土，自從園子修建好後，田箏就磨著爹娘養些雞在這裡，數量有一百多隻，七、八個月下來，當初的小雞都長到兩、三斤，不僅能下蛋，還能賣錢了。

田箏鎖上門，提著竹籃往家裡走，在拐彎時，就見到一人背對著她坐在一棵大樹下，那身形看起來有點像張木匠家的張二郎。

一走近看，果然是他。

經過張二郎身邊時，田箏笑著打招呼，問道：「二郎哥，你在這兒做什麼？」

張二郎轉頭，漆黑的眼眸中亮起一道光，馬上露齒笑著道：「剛從我舅舅家來，想在此歇下腳。」略停頓，張二郎又問道：「箏箏是從妳家果園出來嗎？」

田箏把自己竹籃裡的葡萄拿出兩串，她遞過去道：「是啊，摘點回家去吃。這個很甜，二郎哥試試吧？」

張二郎站起來推拒一番，推不過只接了一串，表情有些侷促道：「那我就嚐個鮮，妳有事便趕緊回去吧。」

張二郎已有十八歲，大約高一七五，矗立在田箏身邊，立時將她的身高秒成了渣渣，由於長年跟著張木匠做木工活，他一雙手磨得長滿老繭。

田箏本身也不想關注這些細節，可是每每碰見張二郎，他就表現得很緊張不安，兩隻手掌不停地揉搓，弄得田箏莫名其妙。

自從幫張家搭上香皂木盒的買賣後，田家與張家的交情一直不錯，比如前段時間家裡需要一批儲物架，張木匠只收取了成本費，別的不願意多收。

燕脂坊生意很穩步，每月都向其他縣城發一大批香皂，按客戶群不同，需要的香皂盒子有簡易、精緻等幾個類別。無論哪種，需求量都很大，這也使得張木匠家光是做這個生意，一年就賺了不少錢。

田家跟趙掌櫃並沒有斷了來往，前幾日去賣水果時還送去一批給他嚐，趙掌櫃建議田老三乾脆在縣城裡開間鋪子賣水果。

趙掌櫃還說可以幫忙留意有無合適的店面，這句話令田老三與周氏都動了心思，但一細想，一下子又得去個百來兩銀子，一時有些猶豫。

趙掌櫃的意思是，可以先租鋪子，以後生意穩定了再買鋪子不遲。

田老三當即想答應下來，不過想到若是開了鋪子必須派個人守著，而三房目前主要勞動力只有他一人，他長期待在縣城，就沒有人管理家裡的事。

因為這人選問題還沒有解決呢，鋪子當然開不起來。

田箏走了幾步，張二郎突然追了上來，他想攔下田箏，可又不知道該如何說，原本伸出去的手瞬間縮了回去。

田箏轉過頭疑惑道：「二郎哥，還有事嗎？」

張二郎心裡也惱自己怎麼這樣唐突，一時走也不是，留也不是，忽地把自己身上揹著的包袱解開，從裡面挑了幾樣東西遞給田箏，道：「拿回去吃。」

田箏瞧過去，見是一些包裹好的臘肉、臘腸之類的乾貨，送這些的意思好比剛才她送張二郎幾串葡萄一般，於是她心裡也沒多想，便接了一塊臘肉，道：「弄一餐來吃就行了。二郎哥不用給我這樣多。」

等著對方接手，說不上什麼感受，張二郎驀地鬆了口氣，咧開嘴笑道：「是我大舅家年底時做的，保存得好還沒變味呢，妳回去與青菜炒著吃很不錯。」

「那就多謝了。」田箏道。

走了幾步路，明顯感覺到張二郎目光依然追隨著自己，田箏忍不住摸了摸臉蛋，哎呀……她還是個小孩兒吧？這麼早就有桃花真的好嗎？

進了家門，周氏吩咐田箏先把葡萄洗乾淨，烈日當空時摘下的葡萄還含有熱度，田箏將之泡在水裡一刻鐘再拿來給人吃。

「怎多了一塊臘肉？」周氏納悶地問。

今兒三妹和妹夫都要在三房吃飯，於是用完午飯後，周氏開始琢磨該做什麼菜來招待客人，想著等會兒殺一隻雞吧。

田箏把葡萄重新裝進竹籃瀝乾水，便漫不經心道：「路上碰見二郎哥，是他給的。說是從他大舅家拿的。」

周氏眼皮子一跳，沈默地把臘肉收起來。

見田箏的腳邁過了門檻，周氏才若有似無地說：「聽妳張胖嬸說，二郎快要訂親了，是他們舅家的姪女。」

祖屋隔壁的張胖嬸與張木匠家是親戚，對於這類事很清楚，平日村婦們沒事做時也愛說莊稼收成，還有閨女兒子的婚事。

田箏驚訝不已，只好對那朵不明朗的小桃花揮揮手，說一聲拜拜後，才道：「哦，二郎哥年紀這般大，是該訂親了。」

姑娘家大多十四、五歲開始議親，男孩會遲一點，約十六、七歲就可以成親，像張二郎現今十八歲，婚事還沒影兒才奇怪呢。且張家條件越來越好，張二郎長得高大俊秀，做事情很踏實，村中少女對他芳心暗許的有好幾個人呢。

周氏觀察著田箏的反應，見沒什麼異常，心下不禁疑惑難道是自己猜錯了？

唐有才幫田老三一塊兒去做事時，田三妹跟孩子們一起坐在堂屋裡歇息。自從生下唐瑞，過了兩年又生了個男娃，她比之前要豐腴不少，可能生活沒壓力，眉目依然十分柔和，此時一臉笑意地看著幾個孩子。

田葉在針線簍裡翻找了一下，最後還是問道：「姑姑，我繡這種花色，該用哪種線？」

田三妹靠過去打量一番，幫田葉挑好了線，看著田葉那張細嫩的臉蛋，忍不住起了作媒的心思。但不知她三嫂到底想給田葉找什麼人家，待會兒少不了要找周氏打探一遍。

傍晚時分，周氏果然殺了一隻雞，三姊弟已經不再像以前那般為每隻雞鴨都取名字，也不會為家裡要殺雞鴨哭得一臉都是鼻涕眼淚。

人的心便是這般，隨著年歲的增長，在自己尚未覺察時，就變化了。

雞被分成兩份，一半用來燉湯，下了曬乾的香菇進去，濃郁的香味可以瀰漫整間屋子；另一半砍成塊，做一道辣子雞。

周氏做的菜總是很夠味，嚐一口就令人停不下筷子。

因都是自家人，也不特意分男女桌，大家圍在一張桌子前吃飯，田老三與唐有才兩人分別弄了碗酒喝。

田葉挾了一筷子菜，問道：「娘，我們家不是沒有臘肉了嗎？」

田箏帶回來的臘肉，被周氏洗乾淨切成片，放在鍋子裡面直接蒸熟，不用加什麼調料就可以吃。

年尾時，家家戶戶都會做些臘肉，家裡早就吃完，田葉當然很清楚，於是很疑惑地提問。

周氏尚未答話，田箏便道：「是二郎哥哥給的。」

田葉眼睛閃爍了下，垂下眼瞼，她很明白二郎就是張木匠家的那位，握著筷子的手狠狠往掌心裡面掐。

沒有人發現田葉的異常。

其實田箏也感到納悶，小時候張二郎與田葉玩得好，來往很是頻繁，可是這幾年兩人關係越來越糟糕，偶爾相見也只是禮貌打個招呼，甚至一方不主動問話，另一方就絕對不開口講話。

田箏問了幾次，田葉都閉緊嘴巴不提。她見姊姊打理家事、做繡工等等，都沒有什麼反常，所以沒多想。

張二郎甚至更願意找田箏說話，來田家時，對田葉目不斜視，反而對田箏時，還能扯出幾個笑容。

田箏是個神經大條的人，前世偷偷暗戀學長，也是過了好久才意識到，結果等她醒悟過來自己喜歡學長，學長已經從單身優質男變為名草有主。因粗神經，她就沒過多關注田葉的心理狀態。

周氏道：「他舅家的臘肉倒是保存得好，我今天費了老大勁兒才切成片，吃著也香，剛好用來做下酒菜。」轉而招呼道：「三妹、三妹夫你們都多吃點。」

唐有才抿一口酒，放下杯子後問道：「你們說的是那張木匠嗎？如今他們家在縣裡頗有名氣，就是給燕脂坊提供香皂盒子的吧？」

田老三與周氏同時點點頭，夫妻倆偶爾會不經意想著若香皂方子還是自家的，他們三房的銀子該是要用一間房來堆積了。感嘆了一下人生際遇無常，反過來一想，香皂已經給自家帶來足夠的利益，家裡日子能平穩和樂很該知足了。

田老三喝完一杯酒就不多沾，周氏馬上給他盛了一碗飯，他匆匆扒了一口，然後抬頭對唐有才道：「有才說的，我想過了，我們合起來開間鋪子吧。」

田三妹與唐有才一聽，禁不住露出喜色來，唐有才甚至等不及喝完酒，就自動又給自己蓄滿杯。「鋪子我前兒就留意了。面積雖然比較小，可位置處在西街的鬧市處，每天不到宵禁時分，都有人來往。」

周氏事先已清楚田三妹他們來此目的，這時候也不奇怪，問道：「那鋪子買斷是什麼價錢？」

唐有才伸出手指比個價位。「鋪子的銀錢我可以出八成，看鋪也由我打理，三哥三嫂你們出兩成，只需供應水果便行。」

兩人之前也有商討過，這時舊話重提。田老三之所以磨蹭著不開鋪子，就是因為擔心自己不會打理鋪子，如此一來，算是皆大歡喜。

當然親兄弟也要明算帳，至於利潤分配如何，接下來兩方人把各自的疑問提出來，然後最終就商定為五五分帳，兩方都很公平。

酒足飯飽後，唐有才帶著兒子唐瑞洗漱後就歇息在田老三家的客房裡。

趁著周氏在打掃灶房時，田三妹走近悄聲問：「三嫂，葉丫頭的婚事，妳有什麼打算？」

周氏一頓，馬上笑道：「心裡有幾個人選，還得再看看。」

田老三夫妻倆早已給三個孩子置辦好成親的銀錢，田葉的婚事迫在眉睫，可附近村落都找不到好人選。

自家孩子怎麼瞧都是好，配給誰都覺得不行。田老三甚至對周氏說：「葉丫頭遲幾年再嫁不遲，咱們養得起。」

如花似玉的閨女，從小乖巧聽話，想想真捨不得嫁出去。田老三至今還沈浸在孩子們小小一個需要他抱著的景象中。

田三妹略微一笑。「人選不怕多，三嫂是該仔細挑。妳要不介意，我那兒有個不錯的人家。」

周氏便道：「我求之不得，三妹給我說說。」

自己身上掉下來的肉，當然是希望她日子和順。周氏找女婿，首先要挑家境好，其次要找那種吃苦耐勞、身體健康的小夥子，再次就得挑公婆溫和的人家。於是，這麼一番篩選下來，總是選不到合意的。按照田老三夫妻的意思，要就近找女婿，最好能是同村人。

曾經那張木匠家的二郎，便上了周氏的人選名單，可惜觀察後被她剔除了。原因是張二郎的母親不是個省心的，且那張大郎媳婦也潑辣得很，就算人是在眼皮子底下，周氏也擔心田葉會被欺負。

想多了，周氏嘆一口氣，靜靜地聽著田三妹細說。

田三妹道：「是我那堂大伯的二孫子唐清風，比葉丫頭大兩歲，能讀書識字，且如今自己管著綢緞鋪。」

比較起來，唐家日子遠遠比不上堂大伯家，且那姪子相貌清秀俊朗，言行舉止不俗，田三妹認為與田葉十分般配。

周氏聽聞了田三妹的解說，有些心動。「妳那堂大嫂為人怎麼樣？」

田三妹道：「我與她來往雖不多，可她為人還不錯，並且只是二兒子的婚事，要求不高，我們葉丫頭絕對合她意。」

唐清風不是長孫，將來分家後要出去自立門戶，但他小小年紀就很有手段，田三妹一點也不擔心田葉跟著他日子不好過。

周氏心思動了，便拜託田三妹回去試探一下對方爹娘的意思。可以的話，最好兩方父母能見個面，她也瞧一瞧那唐清風怎麼樣。

姑嫂在灶房裡打掃，一邊閒話家常，做完了活兒，周氏就催促田三妹趕緊洗漱後歇息。

田三妹進入客房時，唐有才已經打起呼嚕，唐瑞睡在床中間四仰八叉地躺著，望著這對父子的睡容，田三妹無聲地笑了。

她脫下外衣躺過去，唐有才眼睛掙扎幾下醒來。「妳跟三嫂說了什麼？怎這樣久？」

田三妹把自己作媒的事講給丈夫聽。

唐有才聽了，便道：「清風那小子是個有能耐的，不過妳還是讓三嫂他們細細看過，再決定吧！」

女人家婚後到一定年齡，就有愛給別人作媒的毛病，唐有才納悶地想。

田三妹一怔，隨後點頭道：「不用我說，三哥、三嫂肯定要費心思打探清楚的。」

人都說田三妹婚後簡直是泡在蜜罐中，可家家有本難唸的經，她那大嫂陳氏就不省心，這些年一直給她難堪，特別是陳氏年前終於生下兒子後，更是唆使著公婆鬧分家，把二房分出去，她大房的兒子才能繼承家業。

這也是為什麼唐有才夫妻要尋上田老三，急著自立門戶的原因。

日落西山時分，田箏坐在家門旁的小溪流邊，突然意識到自己穿越到大鳳朝已經有六個年頭，掐著手指細數下來，除了一開始做出香皂霸氣側漏（注）一回，她這六年竟像是混吃等死一般，沒做過什麼有意義的事。

眼見周氏為了姊姊的親事上下奔波，田箏恍然驚覺她也只比姊姊小兩歲而已，再過兩年……不！也許不用那般久，娘親應該也在幫她慢慢物色丈夫人選了吧？

田箏很明白，這便是她將來的命運，她一直都很清楚自己的一生就該如周氏一般，選好了丈夫，嫁過去，再相夫教子、勤儉持家，在平淡安穩中過完一生。

說實話，早有心理準備，所以田箏並不排斥這樣的生活。即便排斥，田箏又能怎樣呢？她唯一期盼的，就是如娘親那般幸運，嫁給爹爹這樣的良人。

不求婚前已是兩情相悅，只希望婚後互相珍重，相互扶持到老。田箏相信，不論古代還是後世，大多普通女性所求的，該跟她差不多吧。

忽然腦子一轉，與其等爹娘決定丈夫，要不從現在起，她自己偷偷留意著，遇到合適的丈夫人選，她可以默默觀察對方人品，行的話大不了勇敢上前追。

不、不，作為一個矜持的姑娘家怎麼能做這樣大膽還傷風化的行為啊！說出去別人的唾沫星子都要把她淹死。唉……

注：霸氣側漏，霸氣外露的詼諧表達法，有強烈的調侃之意。

看著屋前多年如一日的溪水潺潺流轉，感嘆歲月如梭，田箏控制不住腦子裡胡亂飛竄的惆悵之情。她突然有些寂寞了，不管再如何偽裝自己，都無法掩飾自己有著成年人獨立的思維。她常常思念上輩子的父母、哥哥，雖然也深愛著如今的家人，現在生活亦溫馨而平順，可是，這無法消弭她因未知的前方路途，而不可避免升起的迷茫恐懼的心態。

也許，她該給自己找點事做？即使不能做什麼轟轟烈烈的大事業，也該弄些能力所及的事打發寂寞時光。

「箏箏姊……吃飯了。」田玉景站在門前，朝溪邊喊話。

田箏匆忙結束混亂的思緒，整理下衣裳，就往家裡走。

屋子裡八仙桌上擺了幾樣簡單的飯食，田老三坐在上首，周氏捧著一盤菜剛從灶房出來，田葉正給家裡人盛飯。

田葉抬頭看著田箏，問道：「箏箏，妳先吃飯還是喝一碗湯？」

「姊，我自己盛飯啦，我要先喝碗湯。」田箏趕緊道。天氣越發炎熱，沒有湯水喝還真吃不下飯。

湯是簡易的蔥段雞蛋花湯，家裡養的雞多，雞蛋便不需要像之前那樣斤斤計較，光是賣雞蛋，又不可能總是賣得完，而且天氣熱，雞蛋很快就變質，所以周氏經常給家裡人煮雞蛋吃。

飯桌上隨便說著話，田老三突然道：「阿景，你真的要跟唐姑父去縣裡鋪子學習？」

田玉景聽到這話，趕緊端正坐姿，目光直視著爹爹，然後道：「爹，你就讓我去吧！我每週只去個三、四天，還有兩、三天在家呢。」

唐姑父唐有才跟田老三商議完，與家裡父母還有兄嫂報備，以分家的代價獲得同意後，很快就聯繫上那鋪子的主人，拿著分家所得銀錢買下鋪子。

目前水果鋪一切事宜即將準備完畢，正等待開業時，田玉景突然提出要去鋪子裡，因為他喜歡算帳，珠算和心算都很不錯，一時間磨刀霍霍想大幹一場，所以意圖攬下鋪子帳房先生的職務。

田老三與周氏都不想打擊兒子的積極性，只是考慮到他年紀太小，猶豫了很久還是不同意田玉景的祈求。

田玉景沒辦法，只能自己求到了唐有才面前。唐有才長年幫著打理自家鋪子，少不得與各色人等打交道，心思比田老三他們重，一時間以為三哥三嫂是不放心他管鋪子的帳目問題，所以才派了田玉景監督。

唐有才一深想，覺得沒有什麼，於是同意了田玉景的請求。

田老三聽聞唐有才要把自家兒子帶在身邊，他很樂意讓兒子多學點本事的，原本的堅決便開始動搖了。

田老三凝視著田玉景那張還略顯稚嫩的臉，道：「你想去就去吧！」

「爹爹！」田玉景歡呼一聲，馬上丟了碗筷，想去房間裡找田老三愛喝的酒出來。他剛拉開椅子，便被周氏攔住了。

周氏道：「飯不吃，你幹啥去？」

田玉景如霜打的茄子，蔫了。田箏見此，領會了他想做什麼，一點面子也不給地拆臺道：「娘，阿景想給爹爹拿酒呢。」

周氏皺緊眉頭瞪了兒子一眼，道：「好好吃你的飯。」

田老三原本並不嗜酒，也不像田老漢一般抽旱煙，但是自從建了果園後，每日裡幹的活兒多，且親朋好友都不支持他弄果園，他又想做出成績來，一時壓力倍增，變得愛喝點小酒紓壓。誰知，這一喝，就上癮了。但為了丈夫的身子著想，周氏不得不限制他喝酒。

幾天後，當田老三摘下一些應季的水果用牛車運往泰和縣時，田玉景收拾好行頭跟著走了。

沒有弟弟在身邊，家裡突然有些清冷。

田箏自從那日想找點什麼事情做後，就一直在觀察有什麼是她能改變的，比如園子裡雞鴨下的蛋，吃不完後可以弄皮蛋、鹹鴨蛋之類的，或者弄茶葉蛋？滷蛋？

大鳳朝歷經一百多年的國泰民安，普通百姓亦能勉強填飽肚子，於是乎，民以食為天，餐餐能飽腹後，人們自然而然會去尋求食物的口味，這直接影響了飲食業的發展，各種美味可口的做法相繼而生。

雞、鴨蛋都是普通食材，那些種田文中出現的鹹鴨蛋、滷蛋、茶葉蛋目前都有，皮蛋田箏也見過。

田老三家之所以很少做鹹鴨蛋、皮蛋這些，歸根究柢是因為鹽巴太貴。古代設有專管鹽的行政部門，造私鹽、販賣私鹽可是要殺頭的大罪，以田家的境況，寧願在雞蛋壞掉之前賣了，賣不完就自家人吃，也不想費鹽巴做鹹蛋。

這些穿越女慣常起步的方法，田箏都放棄了。

另外也有一部分原因是：家裡不缺吃喝，爹娘會負責承擔掙錢的事，不需要兒女們拋頭露面，像這次水果鋪的事不消田箏提及，還是自然發展到她理想的一步。

莫非她只能混吃等死？田箏一時間很是鬱卒。

一天中唯有清晨覺得頭腦清醒，今天她留在家裡做早飯，剛從茅草房裡搬出一捆柴火準備打火造飯。

突然聽見門口有人敲門，田箏丟下手頭的事跑去打開門，見是張胖嬸，忙道：「張嬸，妳快進來呀。」

張胖嬸是個熱心的婦女，田箏一直記得她當年採摘金銀花賣錢時，都是託張胖嬸去縣裡賣，且對方分文不收。

田箏對張胖嬸感覺親切，想去拿東西招待她一番，卻被張胖嬸勸下來。

張胖嬸直接開門見山道：「箏箏啊，妳家裡還留著乾核桃嗎？我來借點回去。」

「有啊，妳等著，我去倉庫找找。」核桃是去年秋季時在山裡摘的，炒乾後保存起來，留著想吃再吃。田箏搬了一竹簍出來，就問道：「張嬸，妳要多少啊？」

張胖嬸蹲下身挑揀，道：「並沒要多少，我自己來選吧。這是為了我那姪子訂親時做餅餡用。」

有人訂親？田箏好奇地問道：「是哪個人啊？」

「是二郎。」張胖嬸道，她在竹簍子裡挑挑揀揀，選那種品質好的，像是想起什麼，又道：「箏箏還不知道吧？是他大舅家的閨女。」

原來是張二郎。不過表哥表妹血緣太近，結親後將來生孩子怎麼辦？

田箏不由問道：「什麼時候啊？他們不是親戚嗎，也能成親？」

張胖嬸選好，站起來笑道：「妳小姑娘懂什麼呀，二郎他娘跟他大舅不是親的，當然能成親。」

其實張胖嬸與張二郎的母親錢氏關係一般，因錢氏忙不開，才拜託她幫著做訂親喜餅，又因缺了餡料，才找到田家來。

那錢氏身世淒苦，依著鄉下人的話就是剋家的命。原來她出生沒幾個月，她母親便過世，之後三年，父親也因病去世，家中只剩下十二歲的親哥哥。

同族的大伯見他們兄妹孤苦伶仃，心生同情，便把錢氏接過去當女兒養。那大伯與他們家早出了五服，家中三個兒子比親哥哥歲數大，張二郎只能叫別人大舅。

之後，錢氏遇見潛力股，命好嫁給了張木匠，特別是搭上了燕脂坊，家裡日子越過越好，她本來就一心向著娘家，早就想把二兒子與大哥的女兒配對，這樣才有理由幫襯娘家人。

張胖嬸這一番解說，田箏終於明白了。

鄉下地方沒那麼多禮數，省去繁複的步驟，只需要訂親、成親兩個儀式。張二郎訂親日子是明天，據說年底前便成親。

唉……田箏小小地感嘆了一番，沒想到張二郎這麼快成親。

張胖嬸前腳剛走，田葉後腳就進了家門。她起床便去了果園菜地那兒弄蔬菜、煮豬食。

田葉停頓在門邊，心突然絞痛了一下，感覺眼前的天色頓時灰暗了，她身在這種景色中找不到方向，只感到心很難過。

田箏見到田葉還不進門，走去幫忙提簍子裡的蔬菜，奇怪問：「姊，妳怎不進來？」

田葉回神，慌張道：「我……我就進去。」

田箏納悶了，姊姊這是怎麼啦？有事藏在心中，也不肯跟別人講。

田箏把竹筐的菜倒在院子裡，等會兒讓田葉剁碎，她就去灶房裡忙碌了。

蔬菜在小溪邊已經清洗過，田葉取了刀，拿了砧板，開始剁碎，一時沒注意割傷了手，好在只是割下一點皮，她捂著手，眼淚突然流了出來。

二郎哥要訂親的事，把田葉的心神都弄亂了。她匆匆忙忙處理完豬食，就把自己關在房間裡面。

其實這只是很簡單的一件事，年紀相仿的少男少女互生好感，都從對方的眼神裡察覺到彼此的心意。

張二郎與田葉彼此有情意，就連周氏這樣火眼金睛的人都沒察覺，更何況田箏這種粗神經了。

五、六歲之前，村子裡孩童誰跟誰玩得要好，家長都不會禁止，也只有漸漸大了，才會讓他們注意男女之別。張二郎與田葉便是這般，從玩得好的童年夥伴，再意識到彼此的男女有別。

張二郎比田葉大三歲，見田葉長得細緻漂亮，起初只是很單純地想對她好而已，所以，張二郎跟著張木匠做木工活，做了很多小玩意兒送人，田葉、田箏與田玉景，還有村裡其他孩子都收到過。很多孩子自己跑去索要，張二郎全部沒拒絕，也都送人。不過每一次，田葉得到的東西做工會精美很多。

等張二郎意識到他喜歡田葉時，心裡既羞愧又甜蜜，羞愧時不敢面對田葉，常避不見面時，心裡又想看看對方，每次見著了，就覺得做什麼都很有勁頭，人世間特別美好。在這種矛盾糾結的狀況下，田葉被他忽冷忽熱的態度感染，突然也覺得喜歡上張二郎了。

他們兩人幾乎沒有私下偷偷見面，也沒有互相偷遞禮物。一切的行為都很正常，所以田家人都不知曉田葉的心事。

田葉更是難以啟齒，根本不敢與家人說。在房間裡靜坐了一刻多鐘，她腦子裡亂糟糟，好似想了很多，又覺得什麼也沒有想。忽然，她扯出一個笑容來。

二郎哥從來沒有親口說喜歡自己，這些年故意避著自己，那態度還不明顯嗎？不是早已經想透了嗎？為何覺得堵得慌，難受得快要死去？

也罷，二郎哥訂親，亦是幫自己絕了念想。想到這裡，田葉站起來，走到房間櫃子旁，把之前收攏的匣子翻出來，木匣子裡裝著二郎哥送的小物件。

這批小物件，大多是他初學木工活時，用下腳料做的小鴨子、小兔子，還有魚兒、飛鳥等等，很受小孩子喜歡。每次張二郎有新品出來，小孩兒們最愛聚集在他身邊。因為格外看重，所以田葉特意弄了個匣子存放當初那些物事。

待在灶房的田箏用勺子攪拌了一下菜粥，見粥不夠軟爛，還得再燒火燉一下，便蹲下身準備加幾根柴火進去。

這時，田葉抱著匣子走進來，她搶過了燒柴的活兒。

田箏見到她往灶裡扔的東西，大叫道：「姊姊，妳怎麼把那些木玩具燒了？妳留了這麼多年了呢！」

「不要了……」田葉低聲道。

田箏覺得不對勁，走過去想扶起姊姊，田葉慌張中轉過臉，白淨的臉上流著淚水，看得出她是極力想要忍住不哭。

「姊姊，誰欺負妳了？」田箏握著她的手，問道。

分家後，與伯叔那些人離得遠，幾乎已經沒有人會欺負到三姊弟頭上，特別是家裡銀錢多了，連二伯母胡氏都約束著孩子們，讓他們巴結自家，故而，田箏都已經快要忘記被欺負是什麼滋味。這會兒覺察到田葉受了委屈，免不得動了火氣。

田葉乾脆哭出聲來。

田箏急了，道：「妳倒是說呀？」

「沒……沒人。」田葉忍不住打了個嗝聲，努力忍著情緒。

燒的是木玩具，難道是送玩具的人？可那人是張二郎呀！他怎麼可能欺負姊姊呢？田箏腦子一轉，驀地想到一個可能，心臟突跳，可別是她想的那樣。

「姊……妳快別哭了，等下爹娘回來看到會著急的。」田箏只能暫時把田老三與周氏搬出來。

田葉聽了，果然停下來，她擦擦淚水，無聲地扯出笑容。

張二郎已經訂親，且聽聞張胖嬸說的消息，加上田箏對張二郎的母親錢氏平時為人處世的判斷，她不覺得張家是個好歸宿。更重要的是，張二郎不是個會反抗他親娘的人，這種男人婚後，在媳婦與母親中間，只能做個夾心餅。

唉……田箏懊惱地拍了頭，她怎麼就沒發現呢？

張二郎之前的行為，田箏還沾沾自喜以為對方喜歡自己呢！她又往臉上打了一巴掌，兩人年歲相差這麼大，這麼簡單的事怎麼會沒看明白？

怪只能怪張二郎的行為太容易讓人誤會。

遇到感情這種事，任你多麼舌粲蓮花也沒法三言兩語就消弭掉別人心頭的難過，所以人們才說時間是最好的良藥。

時間久了，什麼都會淡忘了。

田箏望著姊姊，好幾次想開口詢問，還是克制了將說出口的那些話，最後只對她道：「姊，妳先去洗洗臉，等會兒我來煮豬食。」

田葉沒有拒絕，起身就端了木盆去打井水。從深井裡提上來的水帶著一股沁人心脾的冰涼，田葉撩了水拍在臉上，那顆混沌的腦袋似乎清醒多了。

田葉見妹妹自發去院子處理剛才砍碎的豬食，她心裡有些慚愧，整理好情緒後便走去幫忙。「箏箏，我來做菜吧。」

見姊姊提起精神，田箏咧開嘴露出開心的笑容道：「嗯，等會兒我再過去幫姊姊燒柴吧。」

早飯煮了簡單的幾樣菜，有素炒空心菜、乾煸四季豆、涼拌黃瓜和絲瓜雞蛋湯，三菜一湯配著玉米粥吃。

田葉發現收斂混亂思緒的辦法就是不要讓自己停下來，於是做完這一切，她還專程烙了幾片玉米餅，留著給爹娘去地裡幹活餓了充飢用。

稍晚，田老三與周氏回來吃完飯，因太陽毒辣，周氏特意吩咐兩個閨女待在家裡，別往外邊走。畢竟閨女年紀漸長，曬黑可不好看。

夫妻倆都未發覺大閨女的異常，田葉也安安靜靜坐在屋簷下縫補衣物，田箏見狀突然有些感慨。

每一位女孩、男孩的成長過程中，幾乎都要走過一段失戀史，當他們對某個人有期待時，心中便時常甜蜜、焦慮、失落……最後又因為種種理由，再親自掐滅了期待的火苗，表示自己已經完成了一次蛻變，下一次，對待感情時才會愈加成熟。

在現代，自由戀愛而結合的夫妻，離婚率也出奇高，還沒有以前父母輩那種包辦婚姻來得長久穩定，田箏認為，主要還是父母輩很少有離婚的意識，或者是為了家庭、為了孩子不斷磨合，到年老時才驀然發覺兩個人已走過彼此人生那麼長的時間。

大鳳朝的人應該也是這樣，田箏見過村裡大部分女性，婚後就一心一意地守著一個男人生活。而她的姊姊田葉，是一個古代傳統女性，相信她能很快走出這段失戀史。

「箏箏，妳櫃子裡有沒有衣服需要縫補？拿過來我幫妳補一下吧。」田葉突然出聲對田箏道。

「哎！上次摘葡萄時，有一件衣服刮破了袖口。」田箏停頓會兒，繼續說：「妳等一下，我拿過來給妳。」

田箏現在的女紅，是屬於那種能看、但是最好別拿來跟別人比較的程度。像田葉可以輕鬆把一塊布裁剪出一套衣服，而她……

田箏已經儘量在學習，奈何天賦不佳，她真是萬分擔憂嫁人後因此被夫家嫌棄呀。

見田葉不願休息，田箏乾脆找出好幾件需要修改的衣服，她甚至還去田玉景房裡把他那些有漏縫的一起交給田葉，於是田葉一下午都在跟那些衣服奮鬥。

姊姊在縫補衣服，田箏也找了紙筆出來，磨好墨後開始練字。她攤開紙，一筆一畫寫起來很專心，她發現上輩子很討厭練字，現在卻成了靜心的好方法。

因為爹爹寵愛孩子，像田玉景喜歡算帳，於是給他買一副手感很好的算盤；田葉愛女紅，就幫田葉置備好多種針線布料；至於田箏，她更容易滿足了，只需要給她買一些紙筆，還有雜七雜八的書籍便行。

當然，書籍很是貴重，田箏很少要求爹爹買。

田箏依據魏家書房的藏書，還有田老三買的幾本書，大致瞭解大鳳朝的情況。京城距離泰和縣很遠，水陸加急行也要花費一個多月時間。

因為交通如此不便利，所以魏琅這幾年都沒回過鴨頭源。她突然很想念魏琅呀！不知道他現在是什麼模樣？

田箏幾個月前接到魏琅的書信，魏文傑自從中舉後，已經在準備考進士了，真是可喜可賀。

此外，她還在地理志上知道泰和縣所屬的金州市，其相鄰的錦城市就靠著海域，那裡水產豐盛。當時瞭解到這些，田箏就特別想去走走看看，可惜在這古代社會生為女兒身，她只能把想法掐滅。

感覺到地面的熱氣降低，田箏停了筆，揉了揉痠澀的脖子，她抬頭，見田葉還坐在那兒捏著針線縫補不停。

田箏沒說什麼，她收拾了筆墨放進自己的房間後，見天色也不早了，爭取在田老三與周氏回來之前，把家務都打理好。

糧食都存放在倉庫那兒，田箏把碾米時篩出來的米糠搬了一袋出來，米糠跟剁碎的菜葉混合後，便拿來餵雞鴨。想要雞生蛋，果園裡面那一百多隻雞可是每天都要餵上兩遍呢！

田箏出門前對田葉道：「姊，我去餵雞啦。」

田葉被打斷，回了神，她點點頭道：「嗯，妳去吧！衣服快要補完，等我收了這一針就去做飯。」

田箏沒有想到的是，她只是去村尾果園轉了一圈而已，再回到屋門前，田葉在家裡便出了狀況。幸好田箏及時趕回，沒讓事情超出能控制的範圍。

原因還是出在張二郎身上，眼見訂親的日子就要臨近，本來是件大喜事，張二郎卻擠不出一個笑臉來，他心中悲苦，在村子裡漫無目的隨便兜兜轉轉，不經意間走到了田箏家門前。

正好那時田葉搬了東西去家門前的小溪流中洗刷。

兩個人互相對視一眼，田葉首先別開臉，她一言不發地走近溪水的大石邊，張二郎跟了上去。起初相顧無言，田葉經過一下午的沈澱，已經看開了一些，可張二郎並沒有想開，他甚至突然心生帶著田葉逃跑的衝動。

一時情難抑制，張二郎脫口而出道：「葉葉，妳……妳最近……我帶妳走可好？」

田葉的手一抖，幾乎不敢置信地盯著張二郎。

張二郎脹紅了臉，自己也震驚了，他難為情地閃爍著眼睛，終對田葉道：「我……我一直心悅……」

話未出口，就被趕過來的田箏打斷，田箏抱著木盆走近溪水時正好聽到那句話，她心裡咯噔一下，立刻出聲道：「二郎哥，你在說什麼呀？」

張二郎被打斷，好不容易鼓足的勇氣，突然就洩了氣，他不敢與田箏對視，話都說不出一句來，嚇得匆匆跑走了。

田箏也不去追他，反正已經阻止他將那句話說出口。

田葉僵硬著身子，亦是滿面羞愧，不敢面對自己的妹妹。

事情到這一步，由不得田箏不問，她想了想還是決定問清楚，在她沒來之前兩個人說了些什麼。「姊，二郎哥還跟妳說了什麼？」

田葉手足無措，躲閃地別開臉。

田箏皺眉，嚴肅地看著田葉道：「姊姊，妳別憋在心裡，妳說出來就好受了知道嗎？妳放心，今日聽到的，我不會讓別人知曉。」

等了一刻鐘，田葉才敢直視田箏，盯著妹妹那雙黑亮且安撫人心的眼眸，她慌亂的心終於安定了。田葉整理了思路，才道：「二郎哥說帶我走，他的意思是只要兩個人能在一起，無論去哪兒都好。」

這張二郎平時看著很理智，怎麼突然那麼糊塗？他當這個社會是自己想怎麼樣便怎樣呢？私奔的事也敢做？為了不引起姊姊的反感，田箏心知，她現在不能一開口就數落張二郎的不是。

「姊，我們回家再說吧。」田箏蹲下身把木盆放在水裡隨意沖洗了下，就拉著田葉回屋子。

進了房間後，田箏耐心地引導田葉說出她埋在心中難以啟齒的事，期間，田葉數度忍不住掉淚。

田箏光是瞧著，都覺得心疼。當年她穿越之初，整個人驚慌失措時，是田葉這個靈秀的小女孩伸出手安撫了她，每次有田箏不會的東西，田葉幾乎不曾動怒，都會耐心教導她，幫著她做——可以說，田葉在田箏的心中，甚至比周氏和田老三都重要。

打蛇打七寸，田箏決定問個直中要害的問題，於是道：「姊姊，若是張二郎來帶妳走，妳會跟他走嗎？」

田葉猶豫了很久，才道：「我不會。」在她的想法裡，除了二郎哥，還有爹娘、弟妹，若讓她放棄家人，田葉打心底認為自己根本做不到。

田箏舒心地笑了，狀似無意抱怨道：「二郎哥也真是的，兩家人好好的，為何要弄到逃跑的地步啊，又不是做虧心事，以後怎麼面對家裡人啊？再說，他都要跟別人訂親了，若是不想結那門親，一開始他就得反對到底啊。」

田葉愣住了。對啊，若是他願意娶她，一定會努力說服他家裡人，且直到訂親前他才敢把心悅自己的話講出口，說到底，自己並不是他最重要的那一個人，他更沒有想像中那樣喜歡她。而她亦如此，二郎哥不過占據了她心中的一角而已。

田葉忽而懂了，前段時間自艾自憐、不斷地埋怨他，其實本質上自己跟他沒什麼不同。老人家常說，有捨有得，不要過分執著一些事。直到此，田葉才感覺到壓在胸口的那塊大石不見了。

姊妹兩人互相交心，田葉連日來的壓抑終於獲得紓解，她不好意思地揉了揉眼睛，嗔道：「我眼睛腫成這樣，這可如何是好？待會兒爹娘回來定要詢問。」

田箏玩笑道：「我就說自己欺負姊姊了，娘親肯定只會惱我，但也只會說幾句嘴而已，姊姊無須擔憂。」

「瞧妳說的，像姊姊欺負了妳。」田葉作勢要敲打她。

「姊姊不就是欺負我了嗎？」田箏麻利地跑開，還特意回過頭挑釁地朝田葉扮鬼臉。

田葉那眼睛的確腫得不像樣，於是她弄濕帕子敷眼睛，情況才有所好轉。至少在晚間時分，爹娘略微疑惑地問了一句怎麼回事，被姊妹倆插科打諢地化解掉。

晚上近戌時，田箏洗漱完爬上床，睡前在屋子裡點燃艾草薰蚊子，冬天裡厚重的棉被早已卸下來，為免著涼，她只在腹部蓋了件薄被，躺在竹蓆上昏昏欲睡之時，突然聽聞外面似乎有敲門聲。

田箏一下子清醒，她披上衣服，打算去看看是誰。

「是誰呀？」主臥那邊傳來周氏大聲詢問的聲音，房裡窸窸窣窣，明顯周氏準備起床開門。

田箏已經起床了，便道：「娘，我去開門看看是誰。」

打開門閂，外頭站著一婦人，夜裡漆黑，一時沒有瞧清楚是誰，田箏問道：「誰呀？」那婦人面上很不好看，語氣僵硬道：「我找妳家田葉。」

這聲音，田箏馬上就明白這人是張二郎的母親錢氏。因為田家牽線燕脂坊，張家人一直很感激，所以這幾年來往很頻繁。

聽錢氏的語氣不好，大概是因張二郎想與田葉私奔一事。田箏心想自家都沒去找人算帳，這錢氏還想來找碴，於是她口氣冷淡道：「妳找我姊做什麼?她已經睡下了。」

錢氏開口要回答，屋子裡又傳來周氏的聲音。「箏箏，是誰來找啊?」

田箏對著屋裡喊道：「娘，沒事，妳睡吧。」說完，田箏毫不示弱地直視錢氏，嚴正地道：「不用找我姊姊了，我跟妳去外面說吧。」

說完，也不等對方反應，田箏先關了家裡大門，然後走了幾步，見那錢氏還沒有跟過來，便道：「張大娘，妳家二郎做下的事，我全已知曉。妳不必猶豫能否跟我說什麼。」

錢氏躊躇了一會兒，咬牙跟了過去。

田箏只走了十幾步遠，停在家門前的幾棵樹旁邊。好在自家屋子算是離群索居，保證不會有人聽到談話內容。

等錢氏走近，田箏先發制人問道：「我說話不客氣了，請問張大娘半夜來敲門是有何要事？」

錢氏嘴角一抽，她不習慣被人用這樣的態度對待，於是也不客氣道：「要事可不敢，只想問妳家要不要臉面，我們二郎可是即將訂親的男兒，妳家田……」

果然來找碴的！田箏冷冷一笑，打斷對方接下來長篇大論的話，只道：「大娘不懂律法，那我直說給妳聽吧。張二郎今日之行為可視為拐賣人口，本朝刑法規定拐賣人口，輕者，流放三千里；重者，絞刑。」

錢氏被糊弄地嚇一跳，不由得露出驚恐的神色。

田箏藉著月色，看清錢氏極力想要掩飾自己的不安，冷哼一聲道：「妳不必懷疑我的話，此為魏秀才的一本藏書中明白寫著的律法。大娘敢不敢喊妳家二郎與我當面對質，他到底有無企圖誘拐我家姊姊？」

錢氏不願相信田箏的話，可她心中很清楚，田箏說的不會有錯，另外自家二兒子的行徑她早就從他口中挖了出來。以二郎不會說謊的脾性，定會當面認下，那不是趕著找罪受？

不行！想到此，錢氏擺擺手，十分懊惱道：「看我，年紀大了就會犯糊塗。箏姊兒可千萬別與大娘計較，今日之事，咱們當什麼也沒發生過吧？」

「想當作什麼也沒發生，我是不介意的。」田箏說到此，特意停頓道：「只希望大娘還需管好妳的兒子，還有自己的那張嘴，若是讓我聽聞一點損害我姊姊的風聲出來，我不會介意上官府，告張二郎拐賣人口罪。」

錢氏尷尬道：「我哪裡會做那等事，箏姊兒儘管放心吧！」

婦人愛嚼舌根，錢氏的嘴皮子也很厲害，田箏可不信這三言兩語能嚇唬住她，必須下點重料，接著威脅道：「大娘必要相信我家有能力告倒妳家，另外縣裡這樣多木匠，少了張木匠，還有陳木匠、王木匠……」

錢氏一聽，那還得了，她家目前就靠燕脂坊吃飯，與趙掌櫃來往時間長了，亦十分瞭解對方與田家關係頗佳。趙掌櫃究竟會不會為了田家與自家鬧翻，還未可知，錢氏根本不敢拿這事打賭。

於是，她略顯誇張地捶胸頓足，道：「是我多心了，今日我家二郎發癲狂，與葉姊兒沒有半分關係，瞧我該死的！因我這針眼般大的心，可不就常無意惹惱了別人，箏姊兒權當今日事沒發生吧？」

田箏點點頭，道：「那我且信張大娘一次。」

錢氏提著的心姑且放下，馬上笑著道：「大娘什麼時候說過一句謊，我答應的事必定是會做到的。」一見天色很晚，她找藉口道：「那我回家歇息，箏姊兒也該多歇息。」

錢氏得了田箏的答覆後，立刻抬腳就走，一連走出十幾步，才敢捂著怦怦亂跳的心口離開，她活了這般歲數的人，竟被個小兒恐嚇住，實在是田箏冰冷的神情太駭人。

雖然覺得很沒面子，可是，錢氏心中很篤定，那田箏說得不會有錯，她今日之舉實在莽撞，便忍不住狠狠甩了自己一巴掌。

明兒就要上娘家提親，可是二郎突然死活不樂意，並說非田葉不娶，還要脅自己，他會帶著田葉私奔到天涯海角去。

錢氏一聽，那個火呀！渾身都是戾氣，她捨不得打兒子，只恨不能撕了田葉，都怪田葉長得一臉狐狸精樣，那麼小就會勾搭男人。於是她當即把房門鎖上，由著二郎在房裡折騰，張木匠攔都攔不住她，她便匆匆趕來要拿田葉出氣，沒想到氣沒解，反而把自己嚇了一回。

丈夫說她莽撞，與田家鬧翻一點好處也無，錢氏可不愛聽，沒想到真吃了一番苦頭，這田家女兒小小年紀也太過厲害了。

錢氏捂著胸口，心裡隱隱還感到遺憾，自家二郎若娶了田葉還是不錯的，這田家已經是村子裡數得上的富戶之家。可惜為了娘家，不得不斷了門好親事。

家裡兩個兒子，要不是老大跟娘家姪女年齡差距太大，只與二郎年紀般配，不然一兒娶田葉，一兒娶姪女，多好的兩全其美！

等錢氏灰頭土臉地走了，田箏在外面站了一刻鐘才走進屋裡。

一進門，發現周氏坐在堂屋中，把田箏嚇了一跳。

周氏坐著等了有一會兒，見田箏進屋子，就直接問道：「去了外面那樣久，跟那張大娘說了什麼？」

田箏聽娘親的語氣，有點懷疑她偷聽到了對話，不過想想不可能後，才鬆一口氣道：「娘，妳怎麼還不睡？」

周氏見閨女轉移話題，又覺得兩個女兒行為詭異，便道：「妳們姊妹近來是否有事瞞著我和妳爹？」

田箏並不怕娘親，她答應過姊姊不讓娘親知曉，於是此刻就笑嘻嘻道：「娘，我跟張大娘說完話，我嫌棄睡在房中熱，在門前樹下乘涼一陣子而已。」

周氏狐疑地盯著田箏，田箏依然笑嘻嘻地揮著手，嘴裡喊道：「這天也太熱了，娘，我再去打點水洗個澡。」

周氏只得道：「別打井水，夜裡容易著涼，妳去灶房裡燒點熱水兌一下，知道嗎？」

「我曉得了。」田箏趕緊離開現場。

田箏弄好水在洗漱房洗澡時，還有些猶豫不跟父母說這件事是否正確？可是，白天時姊姊懇求過，為了不讓田葉更難堪，她也只得答應了。

像錢氏這種村婦，田箏相信並不需要多麼高超的計謀，只經過她這一番連恐帶嚇，那錢氏一定不敢多嘴，並且還會約束張家人不敢往外傳。

想到錢氏居然要來倒打一耙，田箏就很不高興，雖然自己一直以來不是個愛計較的人，但是人若犯到頭上來，她也不會任人欺負。

希望對方能說到做到，且走著瞧吧！

第十二章

張二郎順利訂親，跟去錢家的村民回來說，那訂親宴擺得十分熱鬧。

田箏聽完只是一笑置之，而田葉似乎已經走出來，也不再強迫自己做事情，偶爾還會跟田箏打趣幾句。

田箏思索幾天，就跟田老三與周氏提議，自己和姊姊乾脆到外祖家玩幾天，畢竟換個環境有助於調節情緒。還沒準備啟程呢，剛好田玉景從縣裡回來，他滿臉都是興奮之情，從下牛車一直到吃完飯，嘴裡還說個不停，都說些水果鋪子開業後的事宜。

看來，弟弟真是樂在其中。田箏笑著問道：「阿景，咱們鋪子一日裡有多少盈利？你可算清楚了？」

田玉景把自己隨身帶的算盤抖得嘩啦啦響，得瑟道：「箏箏姊，妳不相信我，也得相信我手中的這個呀！」

一家人都被逗笑了。

最後，田玉景像是想起正事。「娘親，姑姑說想接葉姊姊去縣裡住幾天呢，問妳行不行？」

夏天鋪子裡的水果暢銷，田老三幾乎隔幾天就要往縣裡運一批貨，自從買了那頭黃牛後，黃牛生下了一公一母兩頭牛崽。田老三特意打製了牛車架，家裡人現在想去鎮上，直接套了車就可以上路。

今次田玉景能回來，也是田老三趕著牛車接回來的。

田箏故意哼道：「姑姑可真偏心，怎麼漏了我呀？」說完，轉頭對周氏道：「娘，我也要跟著姊姊去姑姑家。」

周氏領會了田三妹的意思，自從上次田三妹說想作媒，已經過去一個月，她心想，就當去作客也行，便道：「葉丫頭，妳想去嗎？」

田葉轉頭望向田箏，然後說：「娘，箏箏去的話，我就去。」

田老三剛從茅房那邊過來，聽聞此事，大手一揮道：「沒事，讓他們姊弟都去玩一陣子吧。」

說走就走，第二日，姊弟三人迫不及待地收拾幾件換洗衣裳，坐著牛車出發了。

田箏在路上睡了一會兒，睜開眼已經到了唐家，唐姑父把田家人接進院門。

唐有才與田三妹分家時分得了西廂房那一排屋子，田箏他們就被安排住在那邊，田箏自然是與田葉住同一間房屋。

在姑姑家除了無須做家務之外，與在田家並無不同，不過為了讓孩子們玩得愉快，田三妹帶著他們上街轉了一遍。

久違的逛街啊！田箏心裡隱隱興奮起來。

泰和縣街道商鋪林立，邊走邊細細看，很有一種遊覽古鎮的感覺，與現代寬敞明亮的風格不同，他們現在走的這條街店鋪大門開得較小，最多只能容納兩人並行，按照田三妹的解釋，這兒大致可以總結為平民街。既然是平民愛逛的，顯然是價位親民，甚至也有富裕人家時常來淘寶。

田箏抬眼去瞧田葉，見她一掃前幾日的無精打采，亦是左右四處觀看，特別是看見那些繡坊、綢緞鋪時，眼裡還會冒出光。

田箏道：「姑姑、姊姊，我們進去看看如何？」說完，伸手指著那間店面不大，卻種類繁多的繡鋪。

田三妹拍手笑道：「奇了！那正是有才的堂大伯所開的鋪子，咱們就去看看，看上哪樣，姑姑買給妳們。」

三人進了門，那跑堂的夥計顯然認識田三妹，笑著表示歡迎，很殷勤地奉上茶水，田三妹坐下後便問道：「你們東家呢？」

夥計馬上道：「臨時出了門，約莫半個時辰才回來，幾位先看看有無喜歡的？」

田三妹便讓田箏、田葉兩人不必跟著她悶坐著，只管挑選鋪子裡的東西。

田箏首先站起來，田葉隨後跟上，兩人在這間不大的鋪子裡隨意瞧，鋪子裡還附帶賣頭花、頭繩之類的，田箏就挑了幾樣，她存著不少私房錢，隨便買這些十幾、二十文的東西，很有一種土豪心態。

幾年前，家裡賣香皂時，田老三與周氏每次都會給她一點碎銀子，由於吃、住、穿衣、打扮都是家裡負擔，所以田箏沒有需要花錢的地方，臨時來縣裡時，她默默地數了下自己的資本，發現居然有五十三兩七百文錢。

哎呀！估摸著村裡好多人家都沒她有錢呢！咱可是有錢人。

田箏往一排排貨物瞧過去，心想，等會兒不需三姑姑買單，畢竟三姑姑家裡正要用錢呢。

在這家叫琳琅坊的鋪子坐了有兩刻鐘，還沒見到那東家的人影，田三妹怕田箏姊妹覺得無聊，她掏了腰包買單後就提議繼續逛街。

三人剛走出大門，正在拐角處時，田三妹腳步一頓，田箏與田葉跟著停下來，迎面就撞見兩人相攙而來。

兩位男子應是才剛喝完酒從館子裡走出，腳步還有些虛浮，皆是面色緋紅，而其中還有一熟人。

田三妹不由得皺起眉，心道：這兩人什麼時候相識的？

那高一點的男子瞇起一雙鳳眼，微微打量前面三位風采不一的妙齡女子，覺得今日眼福不淺，嬉笑著正打算調戲一番，突然發現其中一位很是眼熟。

田三妹不喜歡這種眼神，立刻不悅道：「大郎、清風，你二人從哪裡出來？」

宋大郎忽而酒醒了，揉了下眼睛，發現是妻子的姑姑和堂妹。即便被指責，他很快就轉換心情把不悅隱去，反而帶著笑道：「姑姑，還有這是小葉、小箏吧？久未相見，兩位妹妹長得這般好看了。」

小箏……這句話將田箏激得起了一層層雞皮疙瘩，整個人都哆嗦著不好了。

宋大郎略微不滿道：「小葉與小箏怎地好久不來？妳們紅姊姊一直念叨著想妳們去陪陪她呢？」

田箏與田葉不得不出聲喊道：「大姊夫好。」

「好！好！」宋大郎連喊兩聲，才道：「姑姑，明兒我派人接了兩位妹妹去玩吧？」

撞見你一點也不好呢！田箏默默想，若說幾年前初見宋大郎時，還覺得他有三分身材七分相貌，現在瞧他那德行，怎麼看怎麼猥瑣，完全沒好感。

與宋家同住在鎮上，田三妹對宋大郎與田紅那點事，時日久了就瞧出痕跡，正是避之唯恐不及時，豈會讓田箏、田葉上門？

田三妹不客氣地拒絕道：「不必了，明兒我就要送她們回家去。」說完，轉頭對旁邊那位喝得尚未酒醒的堂姪兒道：「清風，大白天你不看店，去喝什麼酒？」

田三妹是長輩，當然能說幾句晚輩。

唐清風晃了晃腦袋，感覺清醒了一些，才突然發現眼前兩位未婚打扮的姑娘可真漂亮，竟是比那窯姊兒還好看，嘴裡叫喚道：「小娘子，來與哥哥們喝一杯。」

明顯感覺到宋大郎還有這叫唐清風的眼神不正，田箏不由拽著田葉的手，兩人都往田三妹身後靠過去。

田三妹露出不悅之色，到底是隔了幾房人，往日裡都說唐清風行事可靠穩重，本領比他爹還大，琳琅坊沒有家裡過多幫忙，只憑著他一個人撐了起來。如今想來，傳言可信度真要打折。她才與三嫂說了作媒的提議，若是……一深想，她不由羞愧，恨不得找個地縫鑽進去。

田箏心裡也偷偷吐槽，在古代第一次被調戲，要不是因為身邊沒幾個身強力壯的人手，她真的想上去踩幾腳。你才小娘子呢！

田三妹嚴厲譴責了兩人，最後喚來琳琅坊的夥計，才把唐清風架回去，倒是宋大郎依然不死心，想請田箏姊妹倆去宋家玩。

田葉也不喜歡大姊夫，更不可能登門，身為家裡長姊，很是誠懇地表示拒絕。「多謝大姊和大姊夫相邀，我們是不去了，大姊夫有時間就帶大姊多回家一趟吧。」

說來，自田紅嫁入宋家，回娘家的次數兩隻手數得來，大伯母黃氏由起初的期盼到習慣，後來也少去縣裡。而且自大堂哥田玉華娶了妻，那姑娘是個好生養的，馬上就生下大胖小子，黃氏一直在家裡帶孫子呢。

就是可憐田紅至今還沒有一兒半女。半年前回了一趟田家，田箏看她那樣子居然像個三十幾歲的婦人了，也不知道她過的是什麼日子。

唉……

碰見了那兩個混蛋般的人物，令三人閒逛的興致都沒了，正想打道回府時，剛好拐向另外一條街去。田箏來過很多次，那裡正是燕脂坊所在地，便提議過去看看如何。

舊地重遊總會升起無數感嘆，如今的燕脂坊已非昔日，店還是那家店，只是門面早已裝點一新，賓客雲集，不復往日的清清冷冷。

趙掌櫃在獲得香皂方子後，立刻就改變了店裡的策略，從此由香皂為主，其餘脂粉為輔，很快打響了知名度。

她們進去時，已經身為副管事的來福見了田箏，立刻驚嘆道：「田姑娘真是稀客，好久不見您了，快到廳裡坐。」

因為貴賓廳用完了，於是來福將三人請去主人家用的歇息室，趙掌櫃正好不在店裡，她們只跟來福閒聊了幾句，用了些茶點便回去了。

田箏沒有想到的是，姊姊因為這臨時性的一次登門，居然就撿到了個「好」姊夫。

哎呀！人的際遇就是這般，還沒有到最後，誰也不知道事情會怎麼發展。

田三妹羞愧於唐清風當日的表現，故而再不好意思幫田葉作媒，反而是那唐清風酒醒後登上田三妹夫家，打探田葉、田箏姊妹的消息，田三妹只能託詞推託。

雖只有十七歲，但唐清風竟然染上了逛窯子的嗜好，這可怎麼行？至此，她才恍然明白，為何當日丈夫說，讓三哥、三嫂細看清風的人品後再作決定，真是幸哉！幸哉！

當田箏姊妹兩人回到家時，周氏正在處理爛掉的黃梨，因扔掉可惜，只能用刀把腐爛的部分切掉，剩下完好的部分用來做豬食。

田箏看著也頗覺可惜，因為她們家園子裡水果多，而那些果子一成熟，就是整批量的成熟，且暫時沒有找到良好的銷售管道，於是只能送與人吃，或者像這般腐爛掉。

田葉跑去廚房找菜刀，打算跟周氏一塊兒處理。

周氏悄悄地問田箏，道：「去妳姑姑那兒玩得怎麼樣？有無見到人？」

田箏深切認識到不讓爹娘把自己當孩子看的重要性，這一年多，就儘量表現出她已經慢慢長大，思想也逐漸成熟穩重的樣子，潛移默化地讓爹娘意識到家裡的事情，他們可以試著與田箏商量。

周氏想，三妹定會找機會讓唐清風與大閨女打個照面，若是兩人有緣，對方品貌很不錯，那這樁婚事的確佳，故而在去唐家前，周氏讓田箏有機會見到唐清風時，就偷偷留意一下。

田箏哼了哼道：「娘，那哥哥醉醺醺得人事不知，見了我和姊姊，就叫小娘子，讓我們陪著喝酒呢。」

想娶她姊姊，門兒都沒有！

果然，周氏一聽這話，馬上沈下臉，又瞅一眼小閨女，看她並不知事的樣子，便趕緊道：「妳快忘了這話，別記心上。」

田箏笑嘻嘻回道：「要不是記著給娘親回話，我早就忘了呢。」

周氏便讓田箏自去玩，她繼續坐在小凳子上削水果，心裡突然犯起愁來。當天三妹與她說了唐清風的種種好處時，聽聞對方家境殷實，她自忖家裡條件也能匹配得上，所以並不妄自菲薄，可惜……

家裡條件一日日好起來後，周氏找女婿真的犯愁呀。找個條件差的，怕別人只是為了閨女的嫁妝；想找個條件好的，可十里八鄉哪裡就有人品、相貌、家境都滿意的？

周氏想，不行的話，就像丈夫說的多留幾年，何況二房的田麗至今十八歲，還沒找到人家呢，前面有人未嫁，她的葉丫頭不至於顯得太引人非議。

田箏可不曉得周氏在煩惱她們姊妹的婚事，她每日裡只管吃吃睡睡，好不快活，家裡的大把葡萄眼看快成熟了，田箏琢磨著曬曬葡萄乾、釀葡萄酒之類的。

說做就做，田箏提了竹簍便往果園裡摘了一簍回家，汗流浹背地走到半途時，忍不住不停地擦汗，一抬頭，在炙熱的驕陽下，突然出現了久違的人，那個人影如巍峨山峰般矗立在面前，本來迎面還有風吹拂，可這會兒立時就把田箏眼前的風擋住。

田箏忍不住頭冒黑線時，那人呆愣了好一會兒，突然大笑道：「田箏，妳怎這樣矮？」

說完，對方像揉小動物般，揉了揉田箏的頭。

妳怎這樣矮……

妳這樣矮……

妳矮……

沒有什麼比這更加戳人痛腳了，好嗎？田箏捂著臉，簡直忍無可忍。

哎呀媽呀！這熊孩子不管什麼時候都不可愛呀！

田箏斜眼瞅著魏琅，想要躲開他那魔掌，閃避了幾次還是被他給揪住頭髮，於是剛才猛然見面後的喜悅之情，終於消磨在那魔掌中。

魏琅絲毫沒有自覺他的行為讓人頗為煩惱，見田箏暗地裡翻個白眼給自己，他心中正得意地把她梳的雙丫髻揉搓亂，才停下了手。

他得瑟地伸手對著田箏的身高比劃了一下，此時女孩兒果然如預料般才到自己脖子處，魏琅嘴角掛著笑，不懷好意地問道：「妳這幾年沒好好吃飯吧？」

在問出這句話時，魏琅絕對不會告訴田箏，他在京城就時常在院子的槐樹上雕刻他與她的身高差紀錄。

為的是想洗雪掉以前那矮矬的記憶。長得矮是魏琅小時候心中不能被戳的痛，現在變成高大威猛的小夥子，難免很有一種矮胖矬逆襲為高富帥後的自豪感。

田箏根本不知道他的心理活動，若是知曉，一定會狠狠恥笑地說：「小郎哥啊，你完全搞錯自己在別人心中的人物設定，難道你的人設不該是矮富圓？」

心想這傢伙得瑟完估計還要很久，田箏捂著鬆散的髮鬟，很是無力地吐槽道：「我可不像某人，約莫是揠苗助長而成的吧？」

魏琅沒理會田箏的挑釁，拽過她身後的背簍，單手提起來道：「呀！瞧妳那小鳥兒的力氣，還是讓小郎哥幫妳吧。」

魏琅一馬當先地走在前頭，田箏撫額，默默地跟在後頭。雖然被囧到了，可是乍然見到魏琅的喜悅還是再次溢滿胸腔。

她真的太久沒見到對方，突然冒出人影來，那種昔日的感覺卻依然如初，短短五、六年，魏琅彼時臉上的嬰兒肥早已不見，俊俏的面貌特別有精神，身高目測一六五以上，很快要破一百七的前奏啊！真是完全沒有想到，難怪他老是來信得瑟。

除此之外，也不知道他這幾年是做了什麼，整個人曬得黑乎乎，一笑時就露出白牙，眼裡散發著炫人的光彩，堪比七寶那熊樣兒，主寵二人相見後，也不曉得誰比誰黑呢。

想到此，田箏偷偷地樂呵一笑。

魏琅走路連氣也不喘，回頭見田箏未跟上步伐，他特意慢下來，卻嘴賤道：「讓妳聽我的話多吃飯，現在曉得錯了吧？」

田箏趕緊收起笑容，很是嚴肅道：「光吃飯就長個頭嗎？小郎哥聽誰說的？」

魏琅理直氣壯指著自己，然後道：「妳小郎哥不就是現成的例子？」

這個話題真不妙，一直繞著轉，十分戳人痛腳，田箏只好轉移話題，問道：「小郎哥，你怎突然回來啦？」

事前也不託人送個信，不然也好有個心理準備啊。

魏琅回頭看著田箏，認真道：「我是回來參加今年的童試，考完後再到京城去。」

童試分為三個階段：縣試、府試、院試，三場通過後，就可以取得秀才的名頭，能有免除徭役、見知縣不跪等等特權，且像魏秀才與魏文傑都屬於成績最好的廩生，每月還能領朝廷下發的糧食。

童試必須在戶籍所在地進行，而魏家戶籍還在泰和縣，為了考試，魏琅不得不回家鄉。考試流程至少要三、四個月，這麼說，魏小郎能留在家裡很久了？田箏悄悄彎起嘴角。哎呀！也不知為何，只要想到能跟魏小郎多相處幾個月，心裡就高興。

田箏握著手，很肯定道：「小郎哥學問這般好，一定能順利考中。」

幾年的京城生活，讓魏琅的思想產生很大變化，特別是見自家哥哥為了謀得一官半職而不斷進取，不耐煩應酬的爹娘不斷與人陪小心，他的心裡就頗感難受，今次若不是爹爹極力勸自己參與科考，他倒是寧願樂得逍遙。

受到田箏鼓勵，魏琅一本正經道：「嗯，妳放心，我定會好好考試。」

兩人頂著烈日急步走進田家，周氏趕緊迎了出來，接下魏琅手裡的竹簍，嘴裡埋怨道：「小郎真是的，你才剛回家來，也不歇歇腳，看你瘦了那樣多，我瞧著很是心疼呢。」

魏琅嘴甜道：「嬸嬸若是心疼我，就給我做好吃的吧！」

不用多提，周氏已經著手準備了，不但遣了田老三去溪水中捉魏琅愛吃的小魚仔，還去張屠戶家買了豬骨頭，打算弄一餐豐盛的飯食。

周氏笑著道：「送你來的那兩位小哥，喝了一杯茶後，剛已經離開。」周氏以為自己待客有什麼不周到之處，想了想，她便問道：「家裡多的是房間，要不今兒小郎就歇息在咱們這裡？」

魏琅道：「伯母勿要介懷，那兩位哥哥事前已經說過，有要事急趕著做，便不能久留。」

聽周氏口氣有些尷尬，魏琅做了一番解釋，然後撓撓頭不好意思道：「剛才進了家門看過，晚上我想回去陪七寶……」

已經長得十分威武霸氣的七寶正繞著魏琅打轉，嘴裡不停「汪汪汪」叫喚，興奮時還用牙齒扯他的褲腿，魏琅便蹲下來摸著七寶的頭。實在對不住七寶，他回家來第一件事竟然不是第一個去見牠，而是跑去找田箏，他心裡少不得羞愧難當。

七寶興奮地叫喚一陣，被順毛得很舒服，便趴著瞇起眼睛，伸出舌頭舔著魏琅的手掌，一時，主寵兩個玩得不亦樂乎。

「那行！」周氏只好道：「早春時節雨水多，你家被子發潮了，等出太陽時我已經給曬好，但是那樣久了，也不知能否用。這樣吧，我給你整理新的送過去。」

魏琅趕緊道：「有勞嬸嬸。」

雖然魏秀才和魏娘子與村民關係都處得不錯，不過還是選擇拜託田老三與周氏照顧魏琅。其一，這幾年兩家書信來往頻繁；其二，家裡房子本來就拜託周氏打理。魏家夫妻在京城裡實在抽不開身，想著一事不煩二主，於是寫了書信與田家夫妻。

田箏之所以沒有接到魏秀才的書信，是因為魏琅他跟的是商團，大半路程是順游而下的水路，於是信還沒到，人就回來了。

周氏與田葉在灶房忙碌，田箏就陪著魏琅與七寶在堂屋玩耍，順便聽他講京城裡以及路上的見聞。

魏琅對於京城生活三言兩語帶過，反而興致勃勃地說著回程路上的趣事。說到盡興處，他突然停下來，打開隨身的荷包，露出裡面三張百兩的銀票，道：「這是我這個月在路上賺的。」

不等田箏說話，魏琅抽出其中一張遞給她，很是大方道：「見妳這幾年把七寶照顧得不錯，這一百兩拿去花吧。」

田箏手一抖，這才是真正的土豪呀！虧她前幾天還為能隨意買十幾文的物品就得意個不停。瞧瞧人家……看看這大手筆……

見田箏不拿，魏琅皺眉道：「妳嫌少嗎？」

他覺得已經很多了啊，這三百兩是魏琅辛辛苦苦賺來，之所以那樣大方給了田箏，也是為了與她分享喜悅，要不是怕她不接受，才不會拿七寶當藉口呢。

「小郎哥……」田箏眨著眼，既是感動又很無奈道：「照顧七寶哪裡能費那麼多錢，你快收起來，我可不要。」

聽他說起跟隨商團的艱辛，走到荒郊野外時，半夜還要急著趕路，就怕遇見山賊什麼的，魏琅如今由一位唇紅齒白的翩翩少年郎變成黑炭一枚，都是吃苦來的，田箏哪裡能理直氣壯拿別人的辛苦錢啊。

再說，非親非故，這熊孩子怎麼那樣大方啊？都說財不露白，居然就把自己全副家當露給她看，田箏說不清楚自己什麼感覺。

魏琅突然窘迫地紅著臉道：「我給妳，妳幫我管著。」

管錢是給，白給也是給，反正錢能落到田箏手裡就是了唄。

難得見到魏琅害羞，田箏突然福至心靈意識到什麼，渾身一震，心隨之怦怦跳，再瞄了一眼魏琅長得骨節分明的手，那手指拽著的荷包……不是她之前送的嗎？

田箏額頭冒汗，她虛撫一把腦袋，突然不知所措了！原本就知道古代的人早熟，那些世家大族的公子小姐十三、四歲就已經開始議親，且周氏這兩年來也不斷向她們姊妹灌輸男女之別，不准再跟著男孩子到處跑……

還有明裡暗裡向田葉表示好感的男孩，田箏見得算多了！可是，她怎麼也想不到，魏琅居然會喜歡自己……應該不可能是她自作多情吧？田箏不由得臉一紅。

那只荷包是田箏針線手藝好起來後，改良的版本，瞧著有些磨損，應該是魏琅這些年都戴著這個。迄今為止，她只送了魏琅兩個荷包，也不知道最初那一只被他扔在哪裡了。

唉……當年仗著雙方年紀小，就沒當回事。現在若是被人知曉，估摸著會被唾沫星子淹死！不過，即便這樣，也不能肯定魏琅真的喜歡她，想到此，田箏鬆了口氣，玩笑道：「小郎哥，你該交給魏伯母保管呀。」

魏琅見田箏不領情，於是生氣地收回手，哼了一聲道：「我說著玩，妳這傻子果然當真了。」

田箏一窘，幾乎不忍直視對方。她總覺得自己越活越回去了，真的每次都被魏小郎打擊得敗下陣來。

氣惱一會兒，魏琅很快就雨過天晴，重新展露歡笑——不對！他已經把對象換成了七寶，一人一狗情深意切地玩耍著。

田箏默默地蹲在牆角，心裡卻道：七寶，你這叛徒！你家主人才回來多久啊，居然就敢拋棄我了。這些年，到底是誰風雨不斷地餵飯，還定時幫著清理你的狗窩……

不到半個時辰，聽聞魏琅回來消息的村民越來越多，首先就有里正田守元登門造訪，他還挺客氣地帶了酒菜上門。

魏文傑中舉後，村裡出了一位舉人老爺的事，說出去相當與有榮焉。因此鴨頭源在十里八鄉非常有名，每次一說到這個村子，別人就會道：「不就是魏秀才那個村子嘛。」

別人提到時，作為鴨頭源村的里正田守元也會連帶被提及，不說附帶的好處，光這名聲就很是令人羨慕。

遺憾魏秀才沒有回來，田守元登門後一直向魏琅打聽他們在京城的事宜，聽聞魏文傑想更進一步參加明年的殿試，他撫鬚道：「文傑的才華定是能一舉中第。」

按輩分，也為了表示親近之意，田守元便直接稱呼魏文傑的名兒。

中舉後，按理說朝廷會授官，不過若是上頭沒人幫著疏通關係，很有可能一年半載都等不來一官半職，即便有了官職，無非就是些芝麻小官。因此魏秀才夫婦傾盡舉家之力培養他，魏文傑平靜的外表下實有一顆不願辜負家人且不甘平庸的心。

都說京城寸土寸金，幽居鄉下時，一兩銀子夠一家大小一個多月花用綽綽有餘，可是到了這裡來，頂多用十天。為此，一向喜靜的魏秀才不得不上門做了家塾老師，賺取每月三十兩銀子的供奉，而魏娘子也學著精打細算手裡的銀錢。即便是魏琅，他想學拳腳功夫，魏秀才也只能在市井中找一名小有名氣的先生。

說到武術先生，可真是被魏家撿了個大便宜。他年輕時是以高超的武藝長年幫貨商押鏢的武師，魏琅打定主意勤加練武，自然用心學習，令先生很是欣慰。這次他回家考試，也是託先生的福，正好有熟識的貨商往這一帶走，先生便請求他們順道帶上魏琅。

時常聽聞先生說起當年跑商的事蹟，魏琅一直是個聰明的孩子，他把一個地方的東西帶入另一個地方賣，賺取差價，他做得十分沒有心理壓力。

藉著先生的名義，得以跟著商團在沿途中做買賣，魏琅足足賺下三百多兩銀子，卻未能交到田箏手裡。

魏琅面上保持鎮定，想想依然有些鬱悶，只還得笑著與里正閒話家常，等待田守元說盡興。

鄉村人沒什麼大文化，田守元也只是識得幾個字而已，所以對於魏琅肯耐心聽他說話，他覺得很有面子，講完後問道：「小郎是否樂意到我那兒住？我給你騰出專門靜心讀書的屋子。」

里正的房子很寬敞，多住個魏琅不過騰一點地方而已。

田老三提著木桶，裡面裝著小魚仔剛好進了門，聽聞後笑道：「守元哥，好啊你，竟然上門來想把小郎撬走。」

田守元撫鬚笑道：「如今他爹娘不在，我們該當都照應著。」潛臺詞就是，不是你一個人的責任，大家都有責任啊。

田箏暗自撇嘴，魏小郎這熊孩子可真受歡迎。里正家的小閨女田如慧此刻正嬌滴滴地坐在一旁，滿臉嬌羞、眼露期盼地給他遞秋波呢。

就是可惜了，落花有意，流水無情，魏琅一個眼神都沒留給對方，喜歡上魏琅這種不解風情的熊孩子注定是個悲劇。

長輩們在為自己的歸屬吵嘴，魏琅起身，分別對田守元與田老三感謝一番，然後歉意道：「才剛與嬸嬸說過，我打算住在自個兒家裡。」

沒等魏琅說完，田守元立刻見風轉舵道：「應該的！你們家的房子清冷這般久，也該沾點人煙氣才行，這麼辦吧，我每日讓你伯母為你送飯。」

里正就是里正，難怪是村子裡最大的官呢。瞧瞧人家，田箏見自家爹已經傻眼，便趕緊道：「里正伯伯，小郎哥往後一日三餐都會來我家裡吃，晚上他再回去歇息，您放心，我們家會仔細照顧他的。」

魏琅立刻跟著附和道：「是的，多謝里正伯伯了。」

田箏明顯感覺一道敵視的目光向自己飛來，她掀開眼皮往發源地瞧去，見是田如慧噘著嘴、咬牙瞪著自己。田箏抹汗，看來這姑娘把自己當成假想敵啦。

田守元只是儘量爭取，見對方不樂意，何必強求人？於是很爽快道：「行，小郎若是覺得缺了什麼，只管來找我。」

好不容易將田守元送走，那田如慧卻磨磨蹭蹭地不願走，反而拉著田箏的手，嘴角含笑道：「箏箏，上次那張花樣子，妳繡完了嗎？拿來我瞧瞧可好？」

「我還沒有開始繡呢。」田箏沒有戳穿她，根本就沒有什麼花樣子好嗎？小姑娘明知道她針線活不堪，這是故意要她出糗呢。

田如慧眼睛一亮，馬上道：「箏箏我比妳大一歲，真要說說妳才行，姑娘家該好生學一番針線，為了家裡、為了以後的夫家……」說到夫家這裡，她特意停頓，偷偷瞄一眼魏琅，見他沒反應，心裡隱隱失落，惆悵道：「要不，夫家會嫌棄妳的……」

魏琅耳尖，突然脫口而出道：「有什麼好嫌棄？不會就讓別人做唄。」

哎呀媽呀！田箏從來沒有覺得魏琅這麼順眼，即使他現在坐在竹椅上一副大爺模樣，依然怎麼看，怎麼順眼。

這才是真男人啊！

田如慧以為那句話是對她說的，心裡一個激靈，張口欲言又止，最後羞答答地小聲道：「小郎你真不嫌棄我……我們這樣的姑娘？」

魏琅這才轉過頭，盯著田如慧的臉看一眼後，疑惑道：「請問妳是？」

田如慧嬌羞的神色還沒有褪去，聞言，立時煞白了臉，支支吾吾開不了口，幾乎就要掩面哭泣。

田箏見此，只好打圓場道：「小郎哥，這是如慧姊姊，才剛與里正伯伯一道過來的呀！」

這孩子可真不曉得那話殺傷力有多大！世界上最殘酷的話就是：我愛你，你卻不知道我是誰。

田箏簡直要再次捂住臉，實在不忍心看田如慧那張灰白的臉蛋。

魏琅恍然大悟道：「是如慧姊姊？實在抱歉把妳忘記了。」

再次補刀。

田如慧白著臉，渾身坐立難安，點了個頭就趕緊落荒而逃。

等人走遠，田箏發覺有貓膩（注），這孩子記憶力向來特別好，且剛才里正來時，田如慧就跟著來了，不可能不會聯想到，由此可知他是故意的。

田箏於是問道：「小郎哥，你幹麼要那樣對如慧姊姊說話？」

魏琅不耐煩道：「她老盯著我瞧，讓我很不舒服，反正本來就忘記了，說兩句討人嫌的，讓她別盯著我也好。」

田箏無言以對，的確田如慧心裡樂意愛慕誰是她的自由，可該給什麼反應也是魏琅的權利，他不樂意別人像貓兒盯著魚一樣盯著他，她也不能說他不對。

同為女性，難免物傷其類，若是換成她被別的男子這樣對待，一定由愛生恨，可能會想把對方撕了為止。

田箏沈思時，魏琅狐疑地盯著她，心裡對女兒家是否會針線一事有些糾結，越深想，眉頭皺得越深。

田箏不由得摸了摸臉蛋，發現沒什麼異物，問道：「你看著我幹麼？」

魏琅乾脆問：「妳以前不是還會繡荷包嗎？現在連針線都不懂拿了？」問完話，他自顧自接著道：「那可如何是好？將來衣裳脫了線需要縫補怎麼辦？」

總不能穿一件扔一件，這樣浪費，就算是地主家也會沒餘糧啊！那他得多努力賺錢才能供得起一家大小的吃用？

田箏腦袋冒黑線，大聲道：「你想多了吧。」

魏琅擺手，一意孤行道：「不是！是該想想了……」

正好田葉端著洗乾淨的葡萄進堂屋，笑著招呼道：「小郎，快來吃一點，剛才放在井水

注：貓膩，指隱蔽、曖昧之事，有內情。

裡冰鎮過，吃著可甜呢。」

田葉的出現，無異打破尷尬的局面，田箏終於解脫了，幾乎是與田如慧一般落荒而逃。她逃到水井邊，看著爹爹正處理抓回來的小魚。

小魚的品種有些雜，有小鯽魚、泥鰍還有小鯉魚等等，全都只有成年人一、兩個手指大小，刮掉魚鱗，去掉魚鰓、內臟，再用水一沖，就可以上鍋煮。

田箏蹲下跟著爹爹一起處理，因為田玉景不在家，田葉與周氏忙家裡的家務，田老三便讓田箏招呼魏琅，這時見她過來，就問道：「妳怎不跟著小郎一塊兒玩？」

田箏忍不住翻白眼，心道：爹娘你們可真缺心眼呢！她都多大了，還能肆無忌憚跟著魏小郎玩呢？不得不再汗顏一次。

田箏也不想作繭自縛，把自己思想侷限在什麼男女大防上，她本來就不是地地道道的古代人，若讓她裝成標準的古代女孩，這是讓她去死的前奏嗎？只要自己別行為出格，別舉止太過異常就行了吧？

田箏越來越感覺有一股無形的壓力緊緊扣著她的脖子，她一方面想著認命地嫁給將來的男人，另一方面禁不住期盼對方能盡可能包容自己，可以讓她以後的人生能活得自由自在一些。

至少，別讓她再隱藏本性，抹去她唯一剩下的那點現代人的自覺。

不可否認，當聽到魏琅說出那句「有什麼好嫌棄，不會就讓別人做唄」的話語時，田箏的心被輕輕觸動，猛然生出一種將來真嫁給魏琅也不錯的幻覺來。

從井裡打水把處理好的小魚仔細洗一遍，田箏就抱著盆子往灶房走，小魚仔可以用辣椒爆炒，另外裹了麵粉油炸也不錯。雖然家裡條件變好了，油鹽醬醋之類，周氏依然省著用，也不知道她答不答應油炸小魚仔呢？

周氏接過盆裡的魚仔，對田箏道：「行了，灶房裡娘來弄，妳去陪小郎玩吧。」

聽得此話，田箏抹了一把汗，既然爹娘都不忌諱自己與魏小郎一起玩，那她還糾結個什麼勁？離開前她還求道：「娘，咱們用麵粉炸魚仔來吃吧？」

周氏莞爾一笑道：「娘做菜妳還不放心？聽聞小郎最喜這個，我少不得要露一手。」

想要整一桌好菜，沒有人燒火可不行，於是田葉就留在灶房幫忙，只讓田箏一個人繼續往堂屋去陪魏琅閒話家常。

堂屋裡田老三亦洗了手跟魏琅說幾句話，大致還是想瞭解魏家在京城的生活是否順利。魏琅與田老三聊天時，言語態度都很是敬重，像個正常的晚輩一般，舉止有度，有問有答。田箏見了，暗地裡撇嘴：這傢伙只有對著她時老不客氣。

田老三走上前拍拍魏琅肩膀，笑著感嘆。「一晃眼小郎也變成了大小夥子！你的行囊還在這兒，既然要回去住，那田叔給你搬回去。」

魏琅隨之站起來，道：「倒是不用麻煩田叔，我帶的物品很輕便。」

他的行囊並不多，當時為了方便行走，一切就從簡了。除了些考試用的書籍，再加上換洗的衣襪，沒有什麼大件的物品。

田老三道：「總是要收拾一番的，這樣吧，我和箏箏一起去幫你收拾。」

爹爹一聲令下，田箏就被抓去做壯丁。

魏家的大門鑰匙田箏手上有一把，既然魏琅回來也該還給他，於是田箏就去自己房間找出來，遞給魏琅道：「給你……」

魏琅擺手道：「妳先拿著吧，反正還要給妳，就不要那樣麻煩了。家裡鑰匙我自己也有帶回來。」不多說，魏琅單手提起那一箱子書籍，邁開腳步往魏家走。

士別三日，當刮目相看，魏琅身材長高後，力氣也變得很大，看他輕輕鬆鬆就把一箱子那樣重的書籍提起來，簡直不敢想像以前那渾圓的胖小子，到底去了哪兒……

田老三搬了其他重東西跟在他後面。田箏想了想，待會兒肯定要擦擦桌椅、凳子，她順手帶上家裡的抹布。

因周氏已經整理過，魏家沒有什麼需要再打理，田箏主要把魏家那兩間書房的几案窗臺都擦一遍，裡裡外外整理乾淨後，再點上艾草熏一下蚊子，一切萬事就緒。

魏琅走過來喊話，道：「我肚子餓了，咱們回去吃飯吧？」

田箏斜眼看他，這真是個吃貨，嘴巴都沒停下幾刻鐘好嗎？

感覺到田箏眼裡的鄙視，魏琅不好意思地撓撓頭，道：「肚子餓得快，且在路上都沒吃到什麼好的。」

可不是呢，因為運送的貨物有時限性，整個商團只能日夜兼程，好多時候只買了乾糧在途中解決。因此，魏琅早巴望著能大吃一頓，所以一到田家來，他毫不客氣就接受田老三夫妻準備的豐盛大餐。

也是，魏琅還在長個子呢，當然容易餓。

田箏點點頭道：「喊上我爹一起回去吃飯吧。」

田老三幫著整理魏家院子裡的雜事，一聽要回去吃飯，也覺得餓了，於是三人回到田家時，周氏與田葉果然已把飯菜準備好。

「哇……」田箏大聲道。「娘，今兒菜太豐盛了吧？」飯菜滿滿地擺了一桌，除了有魏琅想吃的，還有香菇燉雞、辣椒回鍋肉、肉沫豆腐……好多樣幾乎是只有過年才會弄上桌的菜。

他們一家就這樣幾個人，能吃完嗎？

面對田箏的質疑，周氏笑著拍了下她的頭道：「小郎剛回家來，我煮多一點怎麼啦？」略微停頓，道：「對了，妳去喊妳祖父母過來一道吃。」

田箏也不廢話，提腳就往祖屋走。盛夏天到傍晚時分，熱氣稍微降低了，走在小路上面，徐徐的微風拂面，整個身心都舒暢開來。

田老漢與尹氏目前跟著五房吃住，田老五與春草在一年前也建了新房，位置離著祖屋只有二十幾米，屬於村子的中心處。

炊煙裊裊升起，偶有菜香味傳入鼻子，田箏加快了腳步，經過張胖嬸家時，被她攔住道：「箏箏快過來、快過來！」

田箏問道：「張嬸，有什麼事？」

張胖嬸笑容滿面地拿出一個碗來，裡面裝著幾塊點心，她道：「小郎在妳家，我估摸著你們來不及置備這些，剛才妳柱子哥從縣裡回家時帶的，妳拿了去招呼他吧……」

田箏接過東西，抿嘴笑道：「那先謝謝張嬸了，等會兒我把碗給您還回來。」

實際上，周氏還真說過沒什麼好點心讓魏琅吃，生怕他吃慣京城裡的好東西，就看不上家裡的粗茶淡飯。

怨不得田家這樣大驚小怪，實際上整個鴨頭源的村民都怕怠慢了魏琅，今兒個田箏家已收到不少別人送來的東西。魏文傑中了舉，滿泰和縣的舉人老爺數一數，連五根手指頭也沒有，立時讓魏家的聲譽拉高到可望不可即的地步，村裡人能不敬畏嗎？

田箏自己倒沒多大感想，魏文傑是魏文傑，魏琅是魏琅，完全是兩個人，兩碼事呀！

離開張家，走了沒幾步，張柱子突然從屋子裡衝出來，倒把田箏嚇了一跳，驚道：「柱子哥，你怎麼了？」

張胖嬸的兒子張柱子比田箏大一歲，此時個頭也有一百六十幾，因是唯一的兒子，張家夫妻放在手心捧著長大，有什麼好吃的就先顧著他，導致他小時候與魏琅一樣都有些虛胖，不過現在，虛胖已經變成了雄壯。

張柱子窘迫地盯著田箏，弄得田箏莫名忐忑了起來……該不會有什麼不好的事吧？順著他的目光，她移到自己手中的點心。
莫非想把點心收回去？田箏撫額，記得以前柱子哥就是很小氣的男孩，有什麼都藏著掖著自己吃獨食，他做這種事還真有可能呢。
支支吾吾好一會兒，張柱子說話依然吞吞吐吐。「箏箏……這個，點心……」似乎對於自己的口齒不清十分懊惱，他咬牙道：「那點心！妳也吃一點！」
點心在手裡，她還能不吃？田箏汗顏，自己可沒有那樣好的節操，在這裡唯一能讓她滿足的只有吃一途了。
見田箏沒反應，張柱子加大聲音道：「那個叫馬蹄糕，我吃過很好吃，特別好吃！妳要信我。」
這糕點色澤茶黃，半透明，看起來就很有彈勁，做工很精緻，應該是特意在點心鋪子裡面買回來的，該是花了點錢吧？
田箏揣測柱子哥的心思，小聲試探道：「那……那我再給你吃兩塊？」
估計他是捨不得全送人，小孩子不都這樣？
張柱子聞言，大受打擊，立時用一種苦大仇深的眼神盯著田箏，盯得她毛骨悚然，最後田箏狠心道：「那……給你四塊？」
哪有這樣的人，娘送給別人的東西，兒子又再追回來，一時間，田箏同樣哀怨地盯著張柱子。

那雙黝黑如深潭般的漂亮眼睛，全副心神都注視著自己，張柱子整個人打了個激靈，渾身顫抖，如墜入了迷幻般，陶醉了……

兩道不在同一頻道的腦電波，尷尬了片刻，田箏咬牙道：「柱子哥，你吃是不吃？要吃就乾脆點！」她還等著回去吃飯呢！

張柱子被喚醒，知自己出了糗，紅著臉一句話都來不及說就跑掉。只聽得張家大門「砰」的一聲，弄得田箏如丈二金剛摸不著頭腦。

他只為了提醒自己一聲這糕點好吃？田箏很納悶，想不透後，乾脆就邁開步子往五叔家去了。

田老五家裡亦是擺好了飯，春草前年生下個閨女後，現在又懷了一胎，已經有七個多月的身子，為了她身體著想，尹氏接過做家務的活計，田箏一進門，看那沒有油水的菜式，就知道是祖母做的。

春草挺著大肚子，笑著招呼道：「箏箏，一起來吃飯吧。」

田箏趕緊道：「五嬸，我來喊祖父、祖母過去吃，我們那兒做了不少菜，要不妳跟五叔也一起過去？」

「我就不過去了，身子笨重，讓妳五叔去吧。」春草笑著，田老五抱著他大閨女在一旁餵飯，聞言亦道：「我看著秀兒呢，爹、娘你們一道過去，小郎回家來，你們老人家去陪陪也好。」

秀兒是田老五大閨女的名，也是田箏最小的堂妹，田秀自從出生後，就被田老五含在嘴裡一般疼著，簡直快化身二十四孝老爹版，看得田老三這種自詡疼孩子的人都十分自愧不如。

田老漢與尹氏倒也乾脆，整理下著裝就一起跟田箏走，臨出門時，尹氏還不放心道：「那些剩飯吃不完，別急著倒給豬吃。」

夏天食物壞得快，要不了一晚上就餿掉，她要是不說一聲，老五準會弄給豬吃了。怎麼家裡一個個都忘記以前的苦日子？一點餿飯也吃不得？

尹氏覺得別人不吃，留著她自己吃也好過浪費。

當田箏領著祖父母回到家裡吃飯，多人一起用餐更有氣氛，老田家沒有食不言、寢不語的規矩，飯桌上田老三與田老漢兩個人聊著田地的打算，尹氏與周氏兩人聊著家裡的事情，田葉、田箏加上魏琅三個孩子埋頭苦吃。

田箏扒了一口飯，魏琅的碗就伸了過來，她瞥過去瞄一眼，發現碗底都空了，知他是想讓自己幫忙盛飯的意思，田箏放下筷子，站起來去飯鍋裡裝滿一碗遞給他。

魏琅接過碗，低下頭大口吃起來。

見他吃得開心，周氏心裡也高興，嘴上笑道：「小郎慢慢吃，鍋子裡飯多得很，你儘管吃。」

「嗯。」魏琅邊吃邊悶聲道。

田箏半碗飯都沒吃完，魏琅的碗又伸過來，她下意識地瞅一眼他的肚子，衣服包裹住瞧不清，沒法，田箏只得繼續走到飯鍋那兒給他再盛一碗飯。

尹氏見自己面前的那盤菜還沒怎麼動過，因離得遠，以為魏琅挾不到，便站起來把盤子移到魏琅面前，道：「這也好吃，小郎你嚐嚐看。」

魏琅抬頭，眼裡微不可察地抖動一下，他還是伸出手挾一筷子，放進嘴巴裡隨意咀嚼了一會兒就趕緊吞進肚子，然後笑著對尹氏道：「祖母，是挺好吃的。」

尹氏開懷道：「那你多吃點。」

魏琅猶豫了一會兒，很給面子地再挾了幾筷子。

田箏暗地裡為他捏了一把汗，尹氏與魏琅接觸不多，所以不清楚他的喜好，這熊孩子可是非常非常討厭吃芹菜的呀！吃芹菜幾乎等同於要他的命。因此，魏家的餐桌上從來不會有芹菜搭配的飯食，田箏之所以會知道這件事，還是幾年前魏娘子無意中說出來的。

現在瞧著魏琅明明如同嚼蠟般，還要保持歡喜的表情，田箏就道：「小郎哥，我最愛吃芹菜了，你可別把它吃完呀！」

熊孩子長大了、懂事了，總該給點鼓勵不是？既然他為了不掃自家祖母的興致，願意委屈自己吃討厭的食物，田箏少不得要解救他逃出火海中。

一時間，田箏在心中為自己高尚的情操默默按讚。

魏琅一聽，立時停下筷子，語氣裡有點小竊喜，掩飾不住呵呵笑道：「我不吃，我全給妳留著。」似乎意識到這話說得過快，魏琅又對尹氏還有周氏幾個長輩道：「祖母、嬸嬸，箏箏說她喜歡吃芹菜，那……我把芹菜留給她吃啦？」

多年的老人成了精，見他這反應，尹氏也知曉自己鬧了烏龍，趕緊順著道：「小郎最是懂禮，既然她想吃，咱就留給她，倒是你喜歡吃什麼，你自己儘管挾菜，挾不到的你可要直接說出來。」

「嗯。」魏琅點點頭，連剛才繃緊的表情都鬆懈下來。

周氏趕忙把自己面前那盤油炸小魚遞過去，替換下魏琅面前那盤吃光的，笑著招呼道：「這兒還有，小郎慢慢吃。」

魏琅碗裡還有幾根芹菜，愁苦了一下，忽而心想反正田箏喜歡吃，索性全部一點點挑出來，一股腦兒都給挾到田箏的碗裡。

田箏注視著魏琅的動作，他挾完後，還對著田箏露出大大的笑容，黝黑的臉蛋上只見到一排白淨的牙齒，討好地笑道：「我碗裡的也給妳了，妳快吃吧！」

誰想吃你碗裡的啊！還有沒有一點衛生常識了？田箏很有一種搬起石頭砸自己腳的感覺。這會兒輪到田箏自己苦大仇深地吞下一口芹菜。

見田箏吃了，魏琅很是得意，語氣輕快道：「看我對妳好吧？」

田箏默默點頭，心裡只想給他個呵呵……

對於田箏來說不是那麼美妙的晚餐結束後，田老漢與尹氏回了五房，田箏已經沒什麼事情做了，就跟著爹爹還有魏琅在院子裡乘涼。

飯後坐個兩刻鐘，周氏過來道：「水給你弄好了，小郎你快去洗漱，今兒定是累了，弄乾淨早早回家去歇息。」

的確累了，魏琅也不拒絕，田家這邊洗漱方便，他就不用多此一舉回家後再燒熱水，當即拿著事先準備的衣物進了洗漱房。

等魏琅弄好，招呼一聲七寶，一人一狗樂顛顛回了自家。

第十三章

夏日晝長夜短，田家人吃完飯天色才將黑，這其間田葉還去果園裡餵了狗狗們。

以前田老三說要幫田玉景買一隻獵犬來，當時就買了一隻小母狗，毛色同樣是黑的，田玉景高興極了，因田箏和田葉都很喜歡那條小狗，每日裡都會留著食物給小狗吃。

田玉景將小母狗取名叫「八寶」，他的神奇思路是既然小郎哥的七寶那樣厲害，那他養的小狗一定更威武，所以，比七大的名字，當然是八寶了。

七寶與八寶兩隻狗果然產生了情愫，生了一窩四隻小狗，現在狗狗們已長大，為了家裡果園的安全，牠們全部放養在果園裡面，八寶因此也把窩安在果園，田家人每日都會給狗兒們送食物過去。

令田箏失望的是，七寶那個花心蘿蔔，居然播完種後，就再也不管狗崽們，與八寶亦完事後就沒了情分。

見七寶照樣守在魏家，田箏當時還感嘆一句：七寶真是一條渣渣狗呀！

「姊姊，八寶還有大寶牠們都好嗎？」田葉進了門後，田箏跟過去問道。

田葉瞇起眼笑道：「都吃得歡呢。」

幾隻狗在果園防範偷盜水果的人，可是幫了田箏一家的大忙，若是沒有這些狗的守護，家裡就得安排一位大人晚上守在那兒睡覺。即便如此，田老三還是要三不五時地在果園裡面過夜。

自從田葉與田箏交心，把揣著的心事吐露出去，她精神好了很多，田箏甚至覺得姊姊已經徹底放下張二郎的事。

晚間田箏剛躺上床，田葉悄悄地推開妹妹的房門，然後擠上床，道：「箏箏，今晚我與妳一起歇息可好？」

黑暗中，看不清田葉的神色，姊姊可是很不喜歡與自己窩在一張床啊，一定是有什麼心事想說吧！

田箏便道：「行。」

等了片刻，待田箏以為田葉不會說什麼時，耳邊傳來田葉特意壓低的聲音。「箏箏，晚間我去園子那兒餵八寶牠們時，遇見了二郎哥。」

一聽見張二郎，田箏立刻緊張了，趕緊問道：「他跟妳說什麼了？」

田葉躺在一旁，似乎在組織言語，想了片刻才道：「他沒有與我說到什麼，撞見我他就想躲開，原本我也不想再見他，可畢竟是一個村子裡，抬頭不見低頭見，我便對他說一切我都想開了，也希望二郎哥珍重。」

把那件事對妹妹說出來，田葉似乎用了很大勇氣，講話的時候緊緊把手握成拳頭，說完悶在被子裡。

田箏沒有問張二郎回答了什麼，只嘆一口氣道：「姊，妳這樣想真好，這事並不出格，妳無須害怕，張二郎定不會再跟別人說的。」

「嗯……」田葉捂著頭，一時間情緒上無法控制流出眼淚來。

田葉很不理解自己如今的行為，為何明明覺得解脫、輕鬆了，對著張二郎的一絲幻想、喜歡都抹消了，卻會忍不住流眼淚？

今日大膽的舉動，幾乎是平時的自己不可能做的，田葉思來想去還是將那句話說出口，就當是正式的告別吧，告別那段青澀時光。

哭著哭著，田葉突然笑了，直到這一刻，她才覺得自己真真正正徹底想開、放下了。

田箏迷迷糊糊快要睡著時，突然聽聞田葉的笑聲，不由道：「姊姊，妳笑什麼呢？」

田葉從床上坐起身道：「沒什麼，妳睡吧，我回自個兒房間睡。」

一時間，田葉幾乎是落荒而逃，因為妹妹之前的鎮定從容，令她突然打心底覺得可靠，遇見這事就想找田箏傾訴，不然像今天這般其實很不該與比自己年幼的妹妹商量。

一切通透後，田葉才忽而覺得羞恥，卻是不能再坦誠與妹妹同床共枕。

翌日，田箏準時起床，過沒一會兒魏琅跨進田家的大門，昨天他與田老三說過，今早一道去園子摘水果。他早上醒來，半個時辰打完拳，再洗把臉就馬上到田家來。

魏琅見田箏在水井邊揀菜，他笑嘻嘻問道：「咱們家籮筐在哪兒？田叔呢？」

田箏指指屋簷下擺放的一排竹筐，道：「你直接去吧，我爹娘他們已經在果園裡。」

今天要往縣城送一批水果，順便把田玉景接回家來，天沒亮，田老三與周氏便起床往果園那兒忙碌，家裡只需留一人，田葉亦一道去了。

魏琅拿起扁擔與竹筐，精神抖擻地出門，臨到門檻時，他特意回過頭道：「我想吃韭菜雞蛋粥呢，妳有空弄出來啊。」

今天田箏負責早飯，想想他的要求不難做，在菜地裡割一把韭菜，打幾個雞蛋混合著粳米熬就是，炎熱天喝點粥水也不錯，田箏爽快答應道：「行啦，你放心吧。」得到肯定答覆，魏琅心滿意足，高高興興地去果園免費做體力活。

魏秀才把魏琅的飲食交由田家看管，順道交了五兩銀錢的伙食費，看在這樣大筆錢財的分上，想想也不能虧待魏琅啊，田箏還打算做幾樣他喜歡吃的點心呢。

在果園裡分工合作，今天需要的量很快採摘完，田老三與魏琅負責摘，周氏與田葉在溪流裡把需要清洗的水果洗淨。

日頭逐漸昇高，田老三呵呵笑問道：「小郎累不累?待會兒回家去還得換一身乾淨衣裳才行。」魏琅爬了樹，來來回回挑了幾擔子，少不得出一身汗。

魏琅並不覺得辛苦，毫不在意道：「算不得什麼。」

田老三道：「那我們趕緊回去吧。」

田老三與魏琅把摘好的水果往板車上面堆，順便喊上周氏與田葉兩個人，一行人就往家裡走。

田箏在家裡把家務打理妥當，周氏走進灶房端朝食去堂屋時，就問道：「灶裡燒了熱水沒？等會兒讓小郎與妳爹洗洗身子。」

這種天氣很多人家已經開始洗涼水，由於周氏禁止，所以田家一律還得將冷熱水兌過後才能洗漱。

「有。」田箏道。

之前周氏偶爾調侃田箏做事不細心、粗手粗腳，連續幾次後弄得田箏很糾結，於是以後做什麼事她都要細想一遍，生怕忘記什麼，這不估摸著他們回來後要洗澡，就先給備了熱水。

她越來越覺得自己將要變成標準的古代女性，以後定是個賢妻良母，誰娶了她包准那人幸福一生。

媽蛋！田箏自娛自樂地想像一下都覺得要被自己萌哭，她趕緊拍拍臉蛋阻止自己胡思亂想，順道找來木桶專心地舀起兩瓢熱水。

田老三在飯堂匆匆喝下幾碗粥，便起身打水洗澡，那時田箏已經準備好洗澡水，田老三笑著摸摸小女兒的頭，心裡很是欣慰。

眼看著閨女兒子都漸漸長大，他該當更努力才是。田老三趕時間，匆匆洗完，換好衣裳就趕著牛車去縣城。這一趟，估計要日落西山時才能回來。

田箏等娘與姊姊還有魏琅吃完早飯，洗完盤子、擦乾淨灶臺，就沒什麼事情做，於是搬來躺椅坐在屋簷下，手裡拿著竹扇不斷給自己搧風。

這躺椅是用竹子編製，人躺上去，背後還有竹子的冰涼感。大鳳朝是沒有躺椅的，這還是田老三根據田箏的要求打製的。起初家裡人都覺得怪異，坐上去不倫不類、一點形象也無。自古以來，都有行得正、坐得端的說法，所以這張躺椅做好後，只有田箏一人喜歡坐。

田老三夫妻是覺得在自家，就不用拘著女兒，後來田老三見田箏實在愜意，忍不住試了試，一時間也喜歡上了，特別是夏日午後放在樹蔭下，人躺上去可以小憩一會兒。

於是，田老三空閒時又打製幾張躺椅，還給田老漢與尹氏送了兩張。之後，老田家的其他伯叔見了都說好，他們也照著打製幾張給自家用。

魏琅第一次見躺椅很是驚奇，圍著田箏轉了好幾圈，弄得田箏莫名其妙，最後不耐煩才問道：「小郎哥，家裡還有椅子呢，你做什麼總看著我用的這張。」

「呀？」魏琅白了一眼田箏，道：「還有，妳怎麼不早跟我說？」

田箏鬱悶得無言以對，魏小郎真當自己是他肚子裡的蛔蟲啦？像這樣的事不該他自己提出來，她才能明白？她忍不住也扔一個白眼給他。

看她那幽怨的小模樣，魏琅偷偷揚起嘴角，忍不住伸出魔爪對著田箏的腦袋一陣揉搓，見把她的頭髮搓亂後才邁開步子找周氏要躺椅。

田箏無語地盯著魏琅大搖大擺走路的背影，突然覺得他們這樣是否太過親密了點？難道是她想歪了？

不不……田箏甩甩頭，打斷胡思亂想後，渾身懶洋洋地躺在躺椅上，還用竹扇蓋住臉擋住光線，準備睡個回籠覺，無憂無慮的安逸日子令田箏很快就入眠。

周氏十分大方地讓魏琅搬一張躺椅去魏家，魏琅經過一夜歇息，舟車勞頓的疲乏已經去了大半，他把躺椅搬回家後就研究起來。

因為跟了商團一陣子，他學會很多，這會兒瞧著什麼新奇的事物，都會忍不住往它的價值上細想，這東西在京城能否有銷路？

躺椅材料很簡單，做工也簡單，想賣到好價錢，需把東西做精細，並且這樣新式的椅子，它是否被人們接受是首先需要考慮的問題。

只這麼腦袋一轉，魏琅就想了幾種方法，確定這躺椅多多少少能賺一點錢。總之，蚊子再小也是肉，今時今日，他是該學著獨立賺取錢財了。魏琅打定主意，等到京城便把躺椅賣出去賺些零碎錢後，才坐上去小憩。

睡醒過來，他就自發性地讀書練字，一直到正午時分，不待田家人來請，魏琅收拾完筆墨自動自發地前往田家吃飯。

晚間時分，田老三帶著田玉景返家來了，田玉景一得知魏琅回來，恨不得立時啟程回家，在他心目中，小郎哥可是很厲害的人物。

面對著崇拜的人，田玉景一時激動，大聲道：「小郎哥，我如今可會打算盤呢！家裡鋪子每日的帳目都是經過我手算出來的。」
田玉景到底是個孩子，學了本領，依然忍不住想要讓敬佩之人表揚一番。
魏琅露出微笑，順道拍了拍田玉景的肩膀，稱讚道：「我回來後聽說了，阿景如今可真厲害！」
被魏琅當個男子漢一般對待，田玉景心中得意，翹著嘴巴道：「唐姑父教我好多東西，我還得好生學習。」
魏琅道：「阿景這麼想很對，正所謂學無止境，並非特指讀書習字，世事都需有這般精神。」
兩人表現得很親近，田玉景興奮地拉著魏琅說個不停。魏琅偶爾附和，並肯定他，偶爾又指出幾條錯誤，令田玉景愈加佩服，眼裡流露的都是景仰之情。
田箏笑著搖了搖頭，自家弟弟近年來很討厭別人把他當個孩子，他認為自己已經完全有獨立能力，偶爾田老三訓斥他時，田玉景都要反駁理論一回，沒想到魏琅竟然把他治理得服服貼貼。
田箏突然意識到，不知不覺中魏琅幾乎把她家全都滲透了，這可太驚悚啦！幸好這小子沒打什麼壞主意，不然光他一句話，田家絕對相信並還奉為真理時，那可怎辦？
晚飯已經弄好，等家裡人吃完後，眾人各自入屋歇息。
田老三卻是輾轉反側不能成眠，因為當著一屋孩子的面，不好提這事，現在四周清靜，田老三推了推媳婦……

周氏掀開眼皮，打了個呵欠問道：「他爹，有什麼事？」

田老三醞釀了一會兒，才道：「今兒去縣裡，趙掌櫃將我請去他家，有一件事跟妳商量。」

周氏睏得眼皮子打架，催促道：「什麼事你倒是快說啊！」

田老三既是高興，又頗為忐忑，這事只能逮著媳婦兒抒發，便道：「趙掌櫃與趙夫人想把咱們葉丫頭說給他家公子。」

「什麼？」周氏驚呼道，驚得一下子坐立起來。她一時懷疑自己聽錯，抓著丈夫的手追問：「你說什麼？想把葉丫頭說給趙掌櫃家的公子？」

田老三用力點點頭。

周氏聽得準確消息，忽而淡定了，便問道：「具體是個什麼情況，你仔細說說。」

其實自從田老三被請到趙家聽聞了這事，他一直都有些不淡定，雖然自家已經是小富之家，想想依然與趙家的富貴不能比，所以，他幾乎不敢相信。

那趙元承如今已有十七，是趙掌櫃的老來子，難得的是教導得十分知禮懂事，田老三對他的印象非常好，並非是居於表面的溫和有禮，幾年前與趙家打交道時，他就與趙元承接觸過不少回，當時還感嘆，誰家得了這女婿，真是福氣。

而且趙家家風十分好，並沒有尋常商賈那些亂七八糟的混亂關係，趙掌櫃只有趙夫人一位房中人，先後生育四女一子，四個女兒紛紛出嫁，只剩下趙元承一人未婚。

趙家憑著香皂起來，縣裡好些人家盯著趙家少奶奶的位置，還有些小官家太太明裡暗裡地施壓，想把這樁親事截去。

趙元承自幼跟著父親從商，耳濡目染多了，自己也頗有本事，心知肚明那些有頭有臉的官家正經嫡女捨不得嫁他，好心的人家能丟個庶女，再不然隨意扯些旁支、遠支姑娘，結完親，便可以打著親戚關係撈好處。

再有那縣裡的芝麻小官們，雖打心眼裡瞧不上商賈，為了拉攏，倒是會捨得嫡出女兒，關鍵是趙家並不需要這種助力了。

趙家四個閨女嫁得都不錯，該拉攏的關係早已經鞏固好，而縣令之類的大人物，即便沒有這層關係，每年暗地裡的供奉都給得不少，誰還會出來做這等不討喜事？

趙元承心底亦希望娶一位真心喜愛的人為妻，他不喜歡自己的婚姻充滿各種利益關係，故而那日驀然撞見田葉，心裡起伏不定，一眼就覺得他未來妻子該是如田葉這般樣子。

趙元承偷偷找人探聽田葉平日的行事，心中愈加歡喜，於是起了心思，與爹娘提出，徵得同意後，這才請爹娘出面去詢問對方的想法。

田老三把在趙家交談的話一一說給周氏聽，周氏絞盡腦汁也沒法想像自家有什麼利益可圖？便問道：「咱們家到底條件差了些，我是怕葉丫頭到了那樣的家裡，如何適應？」

為人父母總是很矛盾，一方面希望兒女衣食無憂、尊享富貴，一方面又希望他們平凡順心過日子。周氏的擔心亦是田老三的擔憂之處，故而當趙掌櫃提出時，田老三沒有立即答應，趙家很是理解，說讓他們回去好生考慮一番。

田老三心裡有口悶氣道：「咱們葉丫頭哪裡不好了？除了家裡條件差一點，哪方面都配得上人家。」

他的閨女模樣、性子都是頂尖的，若不是年紀到了，田老三未必捨得閨女出嫁，這會兒可不願意讓別人對田葉挑三揀四。

知他話語裡的意思，周氏笑著道：「他爹，既然趙家都說了，容得我們考慮，那我們先好好想想再決定。」

這樣好的親事，再傻也不會一下子拒絕，於是周氏與田老三決定先看看，這也是為了觀察趙家的誠意。

真有心求娶，定還會再來消息。

連續幾天，周氏、田葉還有田箏都在研究葡萄乾的製法，先是用火烘烤，等水分大量流失後，再放在太陽底下曬。這樣製造出來的成品色澤不太好看，味道卻挺好的，田箏抓了一把當零嘴，吃得津津有味。

魏琅過來吃飯時，也說葡萄乾很好吃，一時間家人信心滿滿，賣不完的葡萄也找到出路。

除此之外，田箏特意挑了顆粒大且飽滿的葡萄，回憶以前製作葡萄酒過程，耗費了家裡兩斤白糖，這兒沒有合適的玻璃容器，只能用陶罐代替，密封好，等著葡萄發酵。田箏對能否做出葡萄酒一點信心也無，但是如今材料多，多試試，總會找到方法。

如此折騰，也是因為閒時無聊，田箏給自己找事情做。

日子就這般如流水過去，魏琅除了前幾天去縣裡拜訪過幾位魏秀才的好友外，一直安靜地待在家裡備考，他專心讀書時，就沒什麼時間過來與田箏玩鬧。

正當田箏感嘆悶得無聊至極時，田老三從縣城帶回來一個消息：趙掌櫃與趙夫人想請他們一家去趙家的莊子作客。

趙家特意徵詢過田老三的意見才派馬車到村子裡接人。

因心知所為何事，周氏很痛快地答應了，便讓田葉與田箏兩人收拾簡易行李，打扮一番，坐上了馬車。

趕車的車夫很老道，一路上行駛得很平穩，而且可以看出車廂特意佈置過，田箏倒是沒有什麼不適應，她偷偷地去瞄田葉，見她眼裡亦流露出一絲對目的地的雀躍，田箏突然會心一笑，娘親說的那趙元承，她也覺得挺好，希望姊姊得個好姻緣吧！

在泰和縣城門與郊區的交界處，另一輛馬車早已等候多時，田箏原本想掀開門簾下車，卻被周氏阻止了。

田老三跳下車，然後才輪到周氏，周氏側目偷偷瞧一眼那從馬車走下來的青年，見他眉目清朗，身形挺拔，第一眼印象就不錯。

趙元承扶了趙夫人下馬車，兩頭碰面後，趙夫人熱情地挽著周氏的手臂，笑著道：「田娘子久未見面，氣色依然挺好。」

兩人不是第一次見面，所以沒那麼多客氣話，周氏笑著回應道：「趙姊姊可別急著打趣我了。」

等長輩招呼過後，趙元承才正式對周氏與田老三行了一禮，道：「田叔、田嬸安好，莊子已經打理好，咱們等阿景過來就可以啟程。」

此次趙掌櫃因要管理燕脂坊，所以來不了，趙元承為了拉攏田家把閨女嫁給他，於是把常在縣裡的田玉景收買了。

田玉景自以為算得一手好帳，結果見識趙元承的手段後，立刻心生佩服，馬上把自己的崇拜名單增加了一名。因他臨時要核對一遍月帳本，所以會來遲一點。

趙夫人對周氏道：「讓他們孩子坐那輛馬車，咱們兩人一塊兒說說話？」說完，挽著周氏的手就上了他們那輛馬車。

因為外面炎熱，所以先前已經說過不用她們兩個小姑娘下車。田箏偷偷掀開簾子往那邊瞄一眼時，突然對上趙元承移過來的目光，她趕緊放下簾子，對田葉擠眉弄眼道：「姊，娘親把咱們丟下上另外的馬車啦。」

田葉聽了，焦急地側身想看個清楚，一掀開門簾，在明亮的光線下，男子的目光突然與自己不期而遇，那眼神直戳人心底。對方見田葉探出頭，微微點頭露出一個笑容來，目光一眨也不眨地盯著田葉，她驀地臉紅，立時就將門簾掩上。

田箏笑著問道：「姊，看清楚了嗎？」

「娘親沒見著！」田葉有些氣呼呼，為了掩飾尷尬，故意惱火道：「就見了個登徒子！光天化日之下打量人也不曉得避開。」

當年周氏與丈夫田老三訂親時，即便日子那樣艱難，周母依然請求尹氏讓周氏先看過對方人品，才敢將她嫁去。輪到自己做母親時，周氏也不想讓自己閨女盲婚啞嫁，她出發時特意仔細告訴過田葉自己瞧瞧。

因此，田葉已經知曉此行目的。對於那趙元承有點惱怒，亦有些期待，一時間說不出什麼感覺，她捂著通紅的臉蛋，盯著車廂發起呆。

斬斷對張二郎的念想後，田葉惆悵一陣子，好在她順利走過低潮期，二郎哥也已開始新的人生。她應該像妹妹說的那樣，要打起精神來重新過生活，不能自甘墮落、沈迷於無妄的念想中。若是未來那人願意珍重她……她心底也不介意與對方共同生活。想得越多，田葉越發羞紅臉，總之一切讓爹娘作主吧。

片刻後，田玉景被人送來，他興沖沖地爬上馬車，有了弟弟的加入，田箏他們的這輛馬車一路歡聲笑語到達目的地。

稍微安置一番，田葉有些累就先在房間歇息，而田箏則獨自踩著步子在附近逛逛，不由感嘆這地兒可真幽雅，花草樹木長勢旺盛，潺潺流水聲悅耳動聽，偶爾有飛鳥在樹枝鳴叫，再遠一些的山坡上面能瞥見一排排整齊的茶樹，原來這是個茶園呢！

趙元承笑著走近道：「我祖上就是茶商，箏妹妹覺得奇怪嗎？」

田箏眯起眼睛，道：「那還真不曉得呢！元承哥哥家竟然是茶商，難怪這茶園看著有好些年頭。」

趙元承眉目溫和，笑著道：「自我爺爺開始，才轉而經營脂粉生意。小時，我大部分童年在此度過，這兒夏季最是舒適。」略停頓，他接著說：「若是有什麼需求，箏妹妹直接與看門的大娘說就行。」

田箏點點頭，趙元承很識相地退開。

這兒有池塘，田玉景要去游泳，趙元承心想，索性把田叔一起叫去，三個人在水潭裡暢快地玩水一番。

田老三聽完後，當即道：「正有此想法呢。」不僅可以涼快一下，還能藉機窺視趙元承身體健全否。作為老丈人，這樣猥瑣的行徑，田老三理直氣壯地認為自己理由很正當，於是三名男性就跑到山的另一邊游泳，留下周氏、趙夫人和田箏姊妹幾人在門前庭院中吃茶聊天。

趙夫人不動聲色地打量著田葉，田葉臉蛋慢慢長開後，越發亮麗不說，身形拔高了很多，看著身體就健康，且性格溫和，言行舉止稱得上落落大方，於是趙夫人越看越滿意。

她現下還年輕，所以不擔心田葉嫁來就要搶管家權，並且田葉這姑娘瞧著性情不錯，過些年她再細心教導一番，也可以管理起趙家的家事。

趙夫人拉著田葉的手，細聲問道：「妳平日愛做些什麼？」

田葉心裡始終有些忐忑，便道：「就愛做些針線。」

趙夫人道：「沒事，做些繡品十分好。」

周氏讓閨女和趙夫人閒聊著，隨後才插話道：「我近來已經拘著她，天黑是萬不能再做針線，免得壞了眼睛。」

趙夫人道：「是該如此。像我們葉姊兒這樣，做來玩，當個樂趣就是。」

一連在此歇息了兩天，田箏有時會擔心魏琅在家裡有無吃好飯，不過這裡氣候宜人，簡直要樂不思蜀啦。

兩天來，除了偶爾說過幾句話，趙元承跟田葉兩人沒怎麼接觸。趙元承一點都不著急，以自己的表現，拿下未來岳父、岳母，他的信心非常足。

等田箏他們從趙家莊子回到田家後，周氏特意把田葉叫進房間，摸著她的頭，輕聲問：「那趙家男兒，葉丫頭妳覺得怎麼樣？」

第一次被娘親問這個問題，田葉窘迫著臉，良久才道：「爹娘作主就好。」眼前浮現趙元承的模樣，一時心頭各種情緒湧出來，全都匯集成希冀。

周氏摟住閨女，拍拍她的頭道：「那我與妳爹就決定了。」

果然，趙元承似乎有備而來，得到答覆後，當即選好日子請媒人來田家下聘。下聘當天趙掌櫃夫妻同時到場，田家很是熱鬧了一番。

田葉的婚事定下來後一連熱鬧幾天才稍微停歇，婚期定在明年一月，周氏已開始催促田葉繡自己的嫁衣。鴨頭源村的未婚姑娘自婚期確定後便要趕製嫁衣，一針一線都得由自己縫製，當然周氏會在旁邊指點。

田箏看著一疋紅布被裁剪成好幾份，縫製成蓋頭、衣裳、裙褲等等，還要在衣裳袖口、領口等處繡上花紋，加上配飾，光是純圍觀就已經眼花撩亂，偶爾田葉面對妹妹飄過來的眼神時，便會柔聲道：「箏箏，妳來跟著我學一下，過兩年妳也要繡自己的。」

被美麗的嫁衣弄得糊裡糊塗，田箏沒有信心自己能繡出來，不過姊姊願意耐心教自己，她還是乖乖地在旁邊聽，偶爾幫忙遞個剪刀、線頭。

離午飯時間還有半個時辰，暫時不需要做飯，於是姊妹倆沈浸在溫馨的教學中，直到田如慧小姑娘上門打破氣氛。

自從魏琅回村並常往返田箏家後，田如慧便三不五時找理由來串門子，且她十分會看準時間點，每每都要在田家擺好飯、魏琅剛進門時才肯挪步回家去，總之一定要與魏琅打照面，這司馬昭之心路人皆知。

田如慧尚未走近，就笑道：「妳們還在繡呢？瞧著真好看。」

不等田箏姊妹回答，她自發在牆角找了張凳子，一塊兒湊在田葉跟前，還忍不住伸手摸著衣裳的紋路。「葉姊姊，這種教教我可好？」
田葉放下手裡的針，理順一下衣服的縐褶，才道：「並不是多難的紋，妳手那樣巧，多看幾眼定會懂。」
田如慧一直明裡暗裡挑釁著妹妹針線活不好，說實在的，田葉對她也心生反感，並不太樂意跟她長期處在一起，只是礙著里正的面子，也不能拒絕別人登門。
田如慧道：「我哪裡比得上葉姊姊？還求著妳肯教我呢。」
里正娘子未雨綢繆，田如慧是田守元唯一的女兒，自然早就備起嫁妝，她的嫁衣正打算買布裁製，田如慧藉著觀摩的機會，時不時登門。
看對方理都沒理自己，田箏與田如慧聊不來，她站起身準備離開找其他事做，便道：「姊、如慧姊姊，妳們慢慢聊吧。我出去看看爹娘什麼時候回來。」
剛丟下話，田葉就追著道：「別走太遠，外面日頭炎，早點回家來啊！」
「嗯。」
田箏點點頭正打算走時，田如慧抬頭對田箏笑道：「箏箏已經曬得那樣黑了，妳是該好好注意。俗話說一白遮三醜，咱們女孩子可不能變黑呀，不然沒人喜歡呢。」
田箏忍不住掀開自己的衣袖，瞧那嫩如白蔥般的肌膚，很是弄不明白她哪裡黑了？不要睜眼說瞎話行不？可田箏又懷疑自己真的變黑了，心想難道是臉曬太黑？不過再黑，也黑不過魏小郎，她怕什麼？

於是，田箏笑嘻嘻地回嘴道：「如慧姊姊皮膚白嫩讓人好生羨慕，妳天天來跟我姊請教縫製嫁衣，婚事定已經妥當了吧？到底是誰家那麼有福氣能娶到咱們天生麗質的如慧姊姊呢？」

田如慧嘴角一僵，迴避道：「哪裡有什麼人家？」

田箏道：「妳快說！這時候有什麼好害臊？」

田如慧氣惱地跺腳，道：「真沒人，妳幹什麼咄咄逼人地問我！」

田葉聽了，她停下手中的活兒，睜大眼睛同樣好奇地追問道：「如慧已經定好了人家，怎地一點風聲也無？快說來讓我也喜樂一番。」

被田家姊妹連續打趣，田如慧又開不起玩笑，此時氣得鼓起腮幫子很惱怒道：「真沒定人家，我還小呢，為什麼要急著談婚論嫁？」

田箏內心呵呵，瞇起眼笑道：「那妳急什麼？如慧姊姊膚白貌美，針線活又好，哪裡會愁嫁？反正我離嫁人也要好久呢！這時候曬黑，我再養回來不就得了。」

知道妹妹是取笑田如慧，見她急得眼圈發紅，田葉怕鬧得不好看，便趕緊打圓場道：「箏箏妳這丫頭，一口一個嫁人都不害臊？快停下嘴。」

「那如慧姊姊也得停嘴吧？不然她日日說這樣不好嫁人，那樣也不能嫁人，我都快懷疑自己嫁不出去啦。」吐完這句話，田箏趕緊一溜煙跑走。

田如慧苦著臉道：「我哪裡日日說這樣的話？便是說，也是為了箏箏好，她怎麼那樣講我？」

明明就是田箏不識好人心，反倒怪罪自己，田如慧言語裡充滿一股哀怨委屈之情。

田葉垂頭，悶聲道：「都別說吧。」

田如慧偷偷瞪一眼田葉，明白她們是姊妹關係，肯定不樂意站在她這一邊，她心裡十分不舒坦，可現在魏琅還沒來呢，只能忍耐著。

田箏可不管田如慧心裡爽不爽快，反正自己又沒欠她，何必要顧及她的心情？

午飯的菜還沒準備，現在天氣燥熱應該吃些清淡的食物，田箏一路走到自家菜園裡，她摘下一捧四季豆、幾根黃瓜、兩條苦瓜，又見菜地裡長著很茂盛的馬齒莧，一想起它的細膩口感，田箏便停住腳步，採了一把馬齒莧。

田箏到家時，一看田如慧果然還沒有走，她一路走到灶房，把弄回來的菜放在一邊再開始洗米做飯。

院子裡，田葉收攏好針線籃，對田如慧道：「我得做飯去啦，如慧妳自個兒在這裡坐一下，還是回家去？」

田如慧道：「反正回家去沒什麼事，妳們這兒好玩呢，我就隨意坐著吧。」

對於這樣厚臉皮的姑娘，田葉沒法，便由得她去。把衣裳布料都收進自己房間後，田葉走進灶房跟妹妹一塊兒忙活。

見摘回來的馬齒莧，田葉問道：「箏箏妳打算怎麼弄？」

田箏今日打算做乾煸四季豆、苦瓜煎雞蛋還有涼拌黃瓜，至於馬齒莧，這時候再弄粉蒸馬齒莧已經來不及，便道：「就涼拌吧，開胃呢。」

兩個人做起事情來井井有條，很有默契地分工合作，田箏抽空還去餵了一趟豬，他們家如今養著三頭大白豬，每日都要餵三遍。

經過院子時，瞧見田如慧百無聊賴地閒坐著，田箏不由滿頭黑線，她實在是對小姑娘追求真愛的衝勁深感佩服。其實，魏琅每天來時，跟田如慧就打個照面，田如慧擺出優雅的姿態對他說一聲：「小郎來吃飯呀？」

然後，魏琅漫不經心地點點頭。之後，田如慧才很自覺地離開。

田如慧樂此不疲，田箏至今也不明白她喜歡魏小郎什麼？魏小郎自戀、貪吃、愛得瑟，細說起來缺點著實不少呀！不過從閒聊中，田如慧很篤定地表示過魏琅一定能中秀才，且定會超過他哥哥，將來會做大官。說到底，還是喜歡魏琅將來遠大的前途。

這點田箏也很認同，魏琅是個心志堅定的好孩子，她相信他一定會考中秀才。

說曹操，曹操到。吃飯時間未至，魏琅就帶著七寶走進田家大門，田如慧聽到狗叫聲，她立馬站起來，不動聲色地整理自己的衣裳。

魏琅目不斜視，直接走過田如慧身邊，導致她的臉色突然沈下。田如慧咬了下嘴角，追上去道：「小郎，今兒這樣早就過來吃飯啦？」

魏琅擰眉，對於有些早熟的他來說，田如慧的行為透露的意思，他大致已經猜到，只是對方沒點明，他也不好回應，只能神色淡淡道：「肚子餓了就過來唄。」

田如慧呼出一口氣。「你前幾天可是晚三刻才來呢，是今天肚子餓得快嗎？」

問話有點多，魏琅覺得煩，這樣的對話天天來一回，他可受不了，便有些微怒道：「餓還有那樣多說法嗎？」

田如慧啞聲，嘴角蠕動兩下，委屈道：「我就問問……」

魏琅心想，不管對方有無透露心思，他堅決表明拒絕的態度，畢竟田如慧可不是自己喜歡的型，他還是喜歡田箏這種可以搓、可以揉的姑娘。

魏琅便道：「那以後別問了，我不喜歡回答。」

田如慧又一次被對方一句話堵得出不了聲，跺跺腳不甘心地走出田家大門，心裡著實委屈極了。

魏琅可不是會操心別人情緒的人，見田如慧走了，他立刻挨近田箏道：「這幾天是學習緊要的時候，我就不過來吃飯了，妳給我送飯過去吧！」

昨天他肚子餓了，忍到田叔來請才去吃飯，結果那田如慧還等著他，魏琅意識到不能跟她耗，不然餓死的只有自己。於是，只能讓田箏給自己送飯，他待在家裡大多時候不出門，才不給田如慧碰面的機會。當然，這些他不會與田箏明說，瞧田箏那懵懂的傻樣兒，估計說也說不清。

唉……總覺得自己該操心的事太多了！魏琅重重嘆一聲。

午飯燒好，田老三在外幹活，田箏先留一份給爹爹，然後才將菜碗一一擺上飯桌，待把洗乾淨的碗筷也擺放好，周氏亦回來了。

母女三人加上魏琅坐上桌，眾人就開飯了。

見魏琅一個勁兒地挾蒜蓉空心菜吃，一碟子被他吃去一半，周氏忍不住道：「小郎，少吃一點，空心菜性涼，不宜多吃。」

魏琅從飯碗裡抬頭，努嘴道：「我曉得，不過我身子好著呢，沒事的。」自從勤加練武後，他可是一次也沒生過病的。

周氏道：「那也得仔細注意著。小郎，童試的日子將近，身體可不能有一點馬虎。」

魏琅點點頭，不想讓周氏擔心就轉而挾別的菜吃，一會兒一碗飯便見底。

田箏接過他遞來的碗，露出複雜的神色瞅著魏琅。這傢伙胃口實在太好了，天氣悶熱難熬，好多人都食不下嚥，看他吃得那麼香，無意中讓別人也多扒了幾口飯。

簡直是吃飯最佳搭檔啊！

一連吃完兩碗飯，喝了兩碗粥，魏琅才停下筷子。拍著飽脹的肚皮坐在田家躺椅上歇息，一邊瞄著田箏收拾碗筷，他內心頓感寧靜，慢慢便在躺椅上睡著。

田家門前靜悄悄的，戴著斗笠、提著竹籃的錢氏猶豫了良久，才推開虛掩的大門，跨進裡面。

一進去，瞄見田葉的身影，錢氏扯出一個笑容慢慢靠近，笑出聲道：「葉姊兒的嫁衣繡齊全了嗎？」

田葉見是張二郎的母親，便低垂頭，整理好情緒後道：「張大娘怎地正午過來？」

錢氏沒急著回答，而是俯身去瞧她針線籃子裡的東西，道：「妳這花樣還是太少，我料到如此。」

她把自己帶來的籃子揭開，笑著道：「小時候我就特別疼妳，當時還想讓妳做媳婦，可惜呀！咱家沒那福氣……」嘖嘖兩聲，她又道：「妳把這些繡在嫁衣上，包准好看！」

籃子裡是一些適宜裝飾嫁衣的珠子、墜子、扣子，還有些一看就價值不菲的絲線，這一籃花費了三兩多銀錢，錢氏想想都有些肉痛。

無功不受祿，錢氏的行為莫名其妙，弄得田葉滿頭疑惑，她當即拒絕道：「怎麼能讓大娘破費呢？快把這些收回去吧，我的東西盡有呢。」

錢氏笑容一僵，還是笑道：「這點東西妳也不肯收啊？該不是嫌棄我們窮親戚拿不出好東西呢？」

田葉頓時語噎，一時不知道該如何回話。

田箏在灶房聽聞說話聲還以為是誰來了呢，後來聽著聲音有些像錢氏，走近一見果然是，笑問道：「我來得遲，張大娘妳剛才與我姊說些什麼啊？」她蹲下身把一撮絲線拿起來，驚訝道：「這個可不便宜呢，聽聞一尺長就得十文錢呢。」

田箏心想：捨得下本，左右不過是有所求。

因那一晚的對峙，錢氏面對田箏時，打心裡就發悚，只能尷尬笑道：「值什麼錢，就是些下腳料，不值錢。」

田箏似笑非笑地看著她，錢氏聲音漸漸勢弱，最後抽動嘴角，乾笑地看著田家姊妹。

田葉回過神道：「哪裡不值錢？東西這樣好呢，我可不能收下，大娘您還是收回吧。」

張二郎馬上要娶妻，錢氏這些東西哪裡用不上？

錢氏低下頭，面對田葉時心緒十分複雜，怎麼也想不到她竟然成為自家的衣食父母，往後還要瞧田葉的臉色過活，覺察一旁田箏冷冰冰的視線，她不敢再走神，陪笑道：「不好全收的話，葉姊兒妳就挑些喜歡的。」又對田箏道：「箏姊兒幫著一塊兒挑？這些可是我在縣裡最好的鋪子買來的。」

想來沒什麼大礙，田箏就主動挑了兩只小巧的粉珠，田葉想想，隨後也挑了幾根絲線。見東西送出去，錢氏終於吁了口氣，才敢告辭。

等她出了門，田葉不明所以問道：「訂親那日，張家不是已經送了禮，怎麼她又送？」

田箏哼一聲，覺得姊姊實在太過天真。只要想一下訂親對象是燕脂坊的少東家，就不難猜到她此舉目的，不過是想搞好關係而已。

田箏道：「張家不是與姊夫家有生意來往嗎？估摸著是想加重一點禮。」

聽見「姊夫」二字，田葉臉孔一紅，窘迫道：「還不是呢，妳怎麼老是出口就直言姊夫？」語氣裡有些埋怨。

田箏也不打趣她，嚴肅道：「未來姊夫家與張家的香皂木盒買賣，年年都有一筆豐厚的收益。縣裡如今好些木匠想分一杯羹，既然姊姊將來要做燕脂坊的少夫人，這時候不正好建立關係？」

經過妹妹詳細一解釋，田葉很快就明白，便道：「我對鋪子一竅不通，張家即便來找我說有什麼用？我是管不了這些的。」

看來姊姊對自我認知很清楚，總算不用田箏多操心。畢竟是嫁入到商戶人家，各式人等都少不得帶著目的交往，只要姊姊認識到自己所處的位置就好。

田箏道：「姊，反正我們家這樣近，妳別怕。」

田葉噗哧笑道：「姊怕什麼？妳這小丫頭說話越來越逗啦，敢情誰欺負了我，妳還能衝上去把人揍一頓？」

田箏一本正經道：「我揍不了，還不能喊人揍？咱們這麼多哥哥弟弟呢。」

那倒是，如今田玉華、田玉程和另外幾位堂兄弟都在猛長個子，想找人打架還不容易？田家兒子多，這幾年相處得很齊心，附近村民還真沒誰敢欺負田家的人。

天氣熱，家裡人一直吃不下飯、睡不好覺，田箏便打算熬降火的飲品喝，將爹爹買回來的烏梅洗淨泡在水裡，又把甘草、山楂片洗淨，這兒沒有上好的冰糖，只能用白糖代替，耗費半個時辰熬成一鍋酸梅湯。

田箏覺得很好喝，解暑氣的效果非常好。

田老三一喝完，頓時感覺暑氣全消，精神好了不少，笑呵呵說：「我閨女越發能幹了。」

田箏笑嘻嘻道：「那我給小郎哥送一壺去。」

周氏道：「快去吧。」

這酸梅湯算不得稀罕物，在縣城就有賣，因需要用到不少糖，自己買來熬製的人很少。

進了魏家大門，七寶趴在書房門口懶洋洋地瞅了一眼田箏，就閉上眼假寐，田箏躍過牠跨進書房。

此時，魏琅趴在書桌上熟睡，睡容安靜，濃密的兩排睫毛好似鑲上去般，若忽視他那過於健康的小麥膚色，整個人還挺可愛的。

田箏悄無聲息地把裝著酸梅湯的罐子放在几案上，輕輕的響聲還是把魏琅吵醒，他睜開眼睛，目光頗為凌厲地掃過來，見是田箏才軟化神色，張口道：「妳怎麼這時候來了？」

田箏咧開嘴興奮道：「我自己熬的，你快試試啊。」

每一位廚藝渣進化成廚藝小能手後，對於吃貨們享受的表情就拒絕不了。田箏便是這樣，她只要煮得好吃，魏琅會特別捧場，不知不覺間，田箏只要弄了新東西，第一個就想讓他試試，若是魏琅說好吃，田箏就會特別滿足。

哎呀媽呀！廚藝能得到一個真愛粉絲是多麼不容易的事，田箏能不珍惜嗎？

不等田箏幫忙，魏琅就自發地從籃子裡拿碗，把湯倒進碗裡，端起來抿了一口，入嘴是酸甜味，過後還能回味到一股甘甜，瞬間把瞌睡蟲趕跑，魏琅毫不猶豫讚道：「很好喝。明天還有嗎？」

田箏立刻拍胸脯道：「我明兒再給你熬一鍋。」

魏琅無意間一瞥，田箏笑得好似雙眼中有星星閃爍，臉蛋更顯甜美，他心裡亦十分滿足。

田箏見他紙上密密麻麻的字，便問道：「小郎哥，大後天你就要考試，會不會緊張呀？有把握嗎？」

魏琅哼了一聲，道：「我說了不會讓妳失望的。」

很快臨到考試，魏琅考試前，田老三夫妻停下手頭所有活兒，在縣試前一晚送他到鎮上，月前早已經在離考場最近的客棧訂了房間，當晚魏琅就住進了客棧。

翌日，目送魏琅走進試場，田老三有些焦躁地等在旁邊，時不時往裡面張望。

周氏見此，笑著打趣道：「他爹，你著什麼急？小郎都說無須擔心，你在這兒轉個不停也沒有用啊。」

田老三頗不平靜道：「咱們家一輩子也沒個讀書人，我可是第一次接觸這場面，妳聽聽我這心裡怦怦跳得……」

這就好像老農民突然跑到大學府一般，沒法掩飾住緊張。

田箏也跟來，她其實可以留在家裡，不過為了湊熱鬧就一塊兒來了。

魏琅進試場前，對著她露出胸有成竹的目光，一時讓田箏忍俊不禁，這孩子真不知道謙虛是何物。別看鴨頭源出了兩個秀才，可這秀才不是滿大街的白菜，想考上就考得上，考場風雲變幻，哪裡這般容易？

田箏看看天色，估計還有得等，便道：「爹、娘，小郎哥還有幾個時辰才能出來呢，咱們先找個地方坐著等吧。」

周氏想了想，道：「要不，還是回客棧等吧。」客棧早就繳了錢，在大廳中坐一下並無不可，且也不須多花費銀錢。

田老三固執地站在試場門口。「妳們先去歇息，我就在這兒等著小郎出來。」

周氏與田箏都無法理解田老三這種行為，勸說他不聽後，周氏牽著小女兒的手，走回了客棧。客棧大廳裡坐著等候的人挺多，幾乎快坐滿了，男女老少皆有。田箏與周氏只得找了個小角落坐下，耳邊不時聽著旁人七嘴八舌預言此次的結果。

家中有人赴考場的人，言語中少不得求爺爺告奶奶希望能得了功名。

田箏聽得好笑，忍不住噗哧一聲笑了。片刻後，店小二擠過來，給周氏母女添了茶水，上了幾碟點心。店小二退下時，周氏攔著問道：「小哥，咱們沒點這些啊？」

田箏也感到奇怪，沒聽說過客棧還免費贈送點心啊，兩人一齊疑惑地盯著店小二。

那店小二甩了下肩頭的帕子，笑著回答道：「是有位客官請兩位娘子吃的，帳目已經記在那位客官身上。」

周氏趕緊抬頭四下掃視一遍，發現並無什麼相熟的人，就趕緊道：「使不得，我們與人家素不相識，豈能白吃東西？小哥你快說說這些值多少銀錢，還是我們自己付帳。」

無端白得好處，周氏如何不心慌？

店小二好笑似的看著滿身普通布衣的周氏，這憨婦人倒是真憨，有人請客竟也不敢下嘴，便道：「那位客官早已經付了銀子，真不用妳們花錢。」

店裡忙碌，店小二不好一直杵在這兒不幹其他事，見他急著要走，田箏張口問道：「小哥，那煩請您告訴我們那客官尊姓大名？是什麼模樣？」

瞧自己只知道急了，倒是忘記問最關鍵的問題，周氏也跟著追問道：「對、對，還請小哥說一聲。」

店小二急著走，便丟下話道：「是一位唐姓客官。」

姓唐的？田家在縣城只認識一戶唐姓。田箏與周氏兩人不由對視一眼，紛紛從對方眼裡猜測到唐姑父身上。

周氏便笑著道：「妳姑父過來怎不打聲招呼，等會兒咱們到妳姑父家玩。」

「嗯，等小郎哥考完再去。」田箏給自己和娘親倒了一杯茶，點心中有一道蘿蔔糕，煎得兩面焦黃，田箏分成一小塊，試著吃了一口，讚美道：「娘，這個真好吃。」

卸下了心頭的疑惑，周氏興致也來了，便跟著挾一塊入口，吃完後道：「館子裡面的菜，當然好吃。」

田箏如今對吃食保持極大的興趣，咬了幾口大致猜出來這蘿蔔糕是用什麼材料，她充滿信心道：「回家時，我也要試著做蘿蔔糕。」

周氏頗為好笑道：「妳這丫頭，盡知曉弄吃的。」

兩人在大廳坐了半刻鐘，將那幾碟精巧的點心吃得差不多時，迎面走來一個男人，他穿著青衣，繫著墨色的腰帶，看著風度翩翩。

來人笑著問道：「嬸嬸與小箏安好，這幾碟點心怎麼樣？」

周氏愕然抬頭，她根本不認識對方，田箏聞言抬頭，見是那唐清風，微微皺眉回答道：「原來是清風哥哥送予我們。多謝，點心十分好吃。」

唐清風站在桌子旁邊，一瞬不瞬地瞧著出聲的小姑娘，那張軟嫩的粉臉即便皺眉頭，依然嬌俏可愛，兩隻會說話的美麗眼睛更是迷人……

周氏遲疑道：「您是？」

想起來娘沒有見過他，田箏趕緊解釋道：「娘，這位是姑姑家的唐清風哥哥。」

周氏緩過神時，唐清風對著周氏行了一禮，自我介紹道：「瞧我急著上門認親，倒是忘記報上姓名。嬸嬸您好，我正是唐清風。」

至於與田三妹的關係，自然不用說，周氏就明白了，她趕忙道謝：「多謝您招待了。」

互相介紹過後，唐清風十分不客氣地與田箏她們同坐一桌，且就坐在田箏旁邊，離得近，他身上隱隱的酒味及脂粉香味傳進她鼻子裡，也不知道對方從哪裡來的，想到某種可能，田箏當下感覺不適。

兩方人大眼瞪小眼，最後唐清風偏過頭對田箏道：「小箏，妳有什麼想吃的嗎？哥哥幫妳點。」

小箏……這個稱呼也太親暱了吧？他們才見過兩次面，還是那一次三姑姑帶著她們在街上撞見的，田箏記得很清楚，當時還見過大姊夫宋大郎。

田箏腦袋隱隱冒黑線，嘴上卻笑道：「不用，我已經吃得很飽。」

唐清風慣來在生意場上走，自然臉皮極厚，見田箏不領情，就問周氏道：「不知能否有幸請嬸嬸與小箏上門一敘？」

當初田三妹說把田葉介紹給唐清風時，大致描述過一番對方的品貌，今日見面，周氏倒是深切理解了這小夥子，能幹是真能幹，就是太自來熟了一點。周氏頗感難為情，最後感激道：「實在不好意思，今日有事，改日定當拜訪。」

唐清風一聽就知道是推託之詞，不過還是笑著道：「那姪兒便恭候大駕。」

接著，兩方人尷尬地又坐了近一刻鐘，這唐清風才提出告辭。

直到對方走出客棧的大門，周氏與田箏紛紛吁口氣。

周氏心道：這唐清風相貌的確很出眾，就是為人輕浮了些，幸好當日讓小女兒留意著，才沒讓田葉結下這門親事。

臨到午飯時分，周氏帶著田箏出了客棧，在一個攤子上買下幾顆包子、一杯豆漿，兩人送到田老三手上。

明明是魏琅考試，與田老三八竿子打不著邊，他倒是緊張得要死，田箏與周氏趕到試場門口時，見田老三正蹲在一棵老樹下呢。

周氏問丈夫要不要一起回客棧歇息，田老三搖搖頭道：「妳看看，哪家長輩不都等候在門口？魏秀才既然把小郎交給我，我就得盡心。可不能讓他剛出了考場，發現門前一個接他的人都沒有。」

聽聞很多考生，心情低落，就容易應試失常。田老三越想越憂慮。周氏見丈夫是一定要等候，才帶著田箏離開了。

雖然客棧裡可以點菜，不過價格比外面貴很多。周氏帶著田箏找了家便宜實惠的麵店，吃了一碗湯麵。

之後，才與田老三一起在試場門口等候。

田箏時不時望著門口，很有一種望子成龍的感覺。不由得想到前世，她考大學那一天，爸媽一早就起來，讓她吃得飽飽，同樣是送她到試場，她勸了很多次，爸媽也不肯離開，一直等候在考場外面。

田箏上午考完，剛走出學校，第一眼就望見了父母，那一刻是真的很感動。當時，爸媽根本不敢問自己考得怎麼樣，爸爸只拍著她的頭，說：「咱女兒中午想吃什麼？爸帶妳去吃。」

一時間，鼻子酸澀。也不知道上輩子的父母怎樣了？她可能有些貪心，這世的爹娘那般好，可她還是時時想念爸媽。

第十四章

時間在煎熬中度過，試場大門終於打開，考生們三三兩兩揹著考籃走出來，那些自認為考得不錯的人就面露喜色，有些覺得無望的人則面色蒼白，似乎遭受了大刑般，一點生氣也無，還有些人不喜不怒。

門口立時人頭攢動，紛紛找自家的考生。

田老三也擠過去，約一刻鐘，魏琅才走了出來，田老三使勁招手，他一眼就見到了，笑著跑過去道：「田叔，你怎麼等在這兒呢？」

田老三哈哈大笑。「就等著你呢！小郎餓了沒？走，我們去吃一頓。」他不敢問考得如何，不過瞧魏琅神色輕鬆，田老三跟著鬆口氣。

兩人走到周氏母女身邊，聽聞田老三要帶魏琅去大吃一頓，周氏埋怨道：「瞧你那點腦子，小郎這時候該回客棧歇息，咱們叫小二送飯菜到房間，吃完好好睡一覺才是。」

人生中第一場考試，魏琅即便胸有成竹，依然有一點兒緊張，用了腦後，的確想休息一番，便同意了周氏的決定。

考試結果要幾天後出來，通過後才能接著考第二場。

田老三被媳婦指責，不好意思地低下頭，於是四人默默地走回客棧。

趁魏琅歇息後，田老三帶著周氏母女上水果鋪。

唐姑父買下的店鋪在縣城中心地段，走路過去需要兩刻鐘，這對於長年靠雙腳走路的農戶來說，就是一小段距離而已。

他們到達時，店裡正忙碌著，因為剛營業不久，還沒有請夥計，唐有才、田玉景兩人兼職夥計，偶爾田三妹也會來幫忙。

見到家人，田玉景從貨架旁走過來，掛著笑容道：「三位客官想買點什麼？本店有黃梨、甜大棗、葡萄等等，包您好吃到下次還想再來！」

「你這個臭小子！」田老三呵呵大笑拍了下兒子的頭，田玉景趕緊往旁邊溜。「連你爹娘都打趣，學得一嘴油腔滑調。」

田玉景拉著田箏的手，獻寶似的低聲道：「箏箏姊，妳過來看看我今天做的營業額表格，今天賣出去可多呢。」

其實大鳳朝的帳目也有表格形式，不過換算成阿拉伯數字後，更加一目了然。田玉景為了帳目準確，通常是兩種方式都各自記錄一遍，再核對總計。

田箏跟著到櫃檯那邊看弟弟做的帳。唐有才正在後面倉庫整理存貨，聽到聲音，掀開門簾走出來喊道：「三哥、三嫂，我估摸著你們這時候定要來，晚飯我已經與三妹說好了，待會兒我們關了鋪子，一起去吃。」

因鋪子面積小，除了堆放存貨外，只能擺下一張簡易的床，是為了讓唐有才在此守夜。

面積小當然就沒地兒煮飯菜，飯食則由田三妹在家裡煮好，再打包帶過來。

田老三擺手道：「倒是讓三妹多做不少事情，她還要帶兩個孩子呢，我們在外面隨便找個地方吃也是一樣的。」

唐有才道：「無礙，反正我和阿景也要吃飯。再說，今天的晚飯估計已經做好了呢。」

兩個人不再揪著這個問題，田老三與周氏自發地幫忙，周氏進入裡間打水洗水果，田老三就在外面幫賣。

客人三三兩兩地進門，天氣熱，水果這類水分足的瓜果消耗得很快，挑挑揀揀中，傍晚來的顧客已經開始挑刺說不新鮮，田玉景嘴巧，說免費送一、兩個賣相不好的黃梨，哄得顧客心甘情願掏錢買了。

田老三放下秤桿，嘴裡稱讚道：「我兒子可真行。」

田玉景嚴肅道：「爹，這個可是生意場上慣用的手段，反正那些磕碰的水果再放在鋪子裡，沒多久就壞掉，還不如送給人做甜頭呢。」

田老三哈哈大笑道：「你這個小子，比爹爹厲害多了。」

田箏看得出弟弟即便故意板著臉作一本正經狀，他偷偷翹起的嘴角還是洩漏了心底被誇時的得意。要提升小孩兒的積極性，讚揚的話是必須的。田箏也跟著表揚了他幾句，就開始專心留意起那些果乾、葡萄乾的銷售。

看過田玉景做的統計表，葡萄乾與果乾的銷售量占的比例還不到總銷量的十分之一，田箏注意到顧客上門時大多是為了新鮮水果，偶爾有人瞧見貨架上的葡萄乾才好奇詢問。

田箏覺得弄些試吃，將果乾用小罐子裝著，以後讓田玉景主動向客人提及，提供免費試吃，估計能拉動銷量。

她想法提出來後，唐有才立刻道：「箏箏這個法子十分好！行，等我去買幾個小罐來，咱們馬上可以弄起來。」

周氏想了下，提醒道：「買些漂亮乾淨的罐子，別讓客官們看著邋遢髒污。」

唐有才道：「那不用說。」

眼看天色不早，唐有才提議早點回去，於是一行人就趕著來到唐家。唐家分家後，院子格局沒有改變，只是東、西廂的人分開吃飯而已。

先向唐家兩老打過招呼，才來到田三妹他們居住的西廂房，廳裡已經擺好了菜，用一個竹罩蓋著，直接掀開就可以開動。

由於中午沒好好吃，這一頓飯田老三吃得很盡興，邊吃還邊與唐有才聊個不停。吃完飯，周氏幫著田三妹收拾飯後整潔。

吃飽喝足，田箏跑到唐家後面的小花廳裡乘涼，那兒有一排石桌椅，坐在樹蔭下，風緩緩吹來，使得人昏昏欲睡。

田箏突然感覺臉上有什麼掃過，刮得人癢癢的，她睜開眼睛，眼前一個黑影彎腰正拿著一朵月季花刮她的臉。

模糊中，依稀辨認清楚是個男人。田箏嚇得瞌睡蟲一下子跑光光，忽地站起來就想走，那人立時箝制住田箏的手腕，低聲道：「怎麼我來了，妳就要走？」

臥槽，這貨是唐清風！天殺的啊！田箏人小力弱，掙扎了幾下，還是沒把手掙開，突然想到依著這人的性子，越掙扎反而令他越來勁。

田箏停下動作，冷冷道：「清風哥哥好無禮，這樣抓著我做什麼？」

隱約感覺到這傢伙沒安好心，可惜田箏從未想過他居然那麼大膽，直接在唐家動手動腳。而姑姑家的後院花廳天黑後就沒人過來，此時安靜極了。況且，田箏不想叫喚引得別人都過來，到時有一百張嘴也說不清楚，畢竟唐家不是只有姑姑一家，還有唐家大房，她可保不住那些外人會不會多舌。

怎就那麼倒楣遭遇到流氓？天知道在姑姑家這麼安逸的環境中也能遇到壞蛋啊？田箏苦著臉，瞪著唐清風。

唐清風對田箏的怒氣視而不見，他突然側過頭靠近田箏，笑著道：「就知曉妳這小孩兒有趣，我真喜歡妳的眼睛。」

說完，他伸出另一隻閒著的手，用食指輕輕畫過田箏的左眼，一下又一下……

變態啊！田箏嚇得立時把兩隻眼睛緊閉，同時心中的草泥馬奔湧而過，喜歡她的眼睛，難道這貨是個挖眼狂魔？

即便田箏閉著眼睛，唐清風都沒有停手，反而用手指挑撥著她濃密的睫毛，感受到小姑娘全身都在戰慄，唐清風身體立時湧出一股愉悅感。

唐清風道：「妳的眼睛比妳姊姊漂亮多了。」

田箏恨恨，心道：你有沒有眼光？姊姊的眼睛水汪汪，大而有神，自己的眼睛一點都比不上好嗎？

唐清風道：「妳怎麼不說話？」

跟你說個鳥！田箏翻個白眼，一直在伺機尋找逃脫的機會，唐清風拽著她的那股力道很重，她已經感覺到手腕紅了一圈。

唐清風十分享受自言自語，起初對田家姊妹並沒什麼心思，那日宿醉後猛然一瞧，頗為驚豔，心裡便有了想法，趁此良機，出聲問道：「娶不了妳姊姊，我娶妳可好？」

一點也不好！田箏嘴角抽搐，沒見過這樣厚臉皮的。

見田箏依然閉著嘴巴，唐清風繼續問道：「小箏……我已決定娶妳為妻，妳說好不好？」特意停頓，他拉長聲音：「嗯？」

「娶你娘去！」田箏再不出聲，就要把自己憋吐了，她覺得自己再保持理智，下一秒絕對變瘋子，乾脆一不做、二不休，用了個最狠的法子，狠狠地踹向他的胯下。

唐清風猝不及防，慘叫一聲，馬上鬆開手，蹲下身捂著自己的命根子，疼得渾身顫抖，眼淚都快擠出來。

早該如此了！虧得當時還想對他保持人道主義，不想毀滅他後半生幸福，田箏恨恨瞪了一眼唐清風，拔腿就往姑姑家住的西廂房跑。

一直跑到大廳，見到田老三與周氏，她整個人才敢鬆懈下來，剛才精神高度集中，現在立時生出一種身心疲憊感。唐清風家離得近，田箏是一刻也不想待在唐家了。

周氏見田箏一點形象也無，訓斥道：「姑娘家，跑那麼急做什麼？」

這事田箏不能忍氣吞聲，必須要交代給父母知曉，且在西廂房都是親近的人，當著三姑姑與唐姑父的面，田箏立刻將在小花廳發生的事說出來。

周氏聽完田箏的描述，當即就摟緊女兒，緊張地仔細查看她身上有無不妥的地方，田箏撲到娘親的懷抱裡，她那股心慌害怕終於消解了不少。

「娘，我沒事，就是手被拽疼了而已。」田箏寬慰周氏的心，她明顯感覺到娘摟著她的手都在顫抖。

唐有才霍地站起來，惱怒道：「這個臭小子，看我不去揍死他！」

田三妹剛把小兒子哄睡著，進來大廳聽得一些大概，攔住衝動的丈夫，搖搖頭道：「你別衝動，鬧大了對箏箏有什麼好？你那堂嫂子可不是好惹的人。」

田三妹的意思還是需要先想想怎麼辦，不能憑著性子做事。她把自己的觀點說出來，便望向自家三哥。

田老三面上繃緊，陰著臉一言不發，緊握的拳頭洩漏了他心底的憤怒。

唐有才轉頭看著三哥時心底有些窘迫，畢竟惹事的是他堂姪兒，他出言要教訓唐清風，也是不想這事造成不堪挽回的局面。

廳裡氣氛十分凝重，田箏不覺得自己把事情說出來有什麼錯，這唐清風竟然敢在唐家就對她動手動腳，可見人品有問題，若是她忍了這次，定還有下一次、下下次……

保不准他就是認為田箏為了名聲而不敢說出來，他才肆無忌憚。殊不知，他是打錯算盤了。

田箏一直覺得，很多時候自己做不了或者不方便做的事，就該交給能做的人。比如，她現在人小力微，不可能打擊報復到唐清風，於是只能告知父母，讓父母警惕對方。

良久，田老三道：「有才，這事你們與我夫妻等在場的人，都不要說出去了。」這句話說完，他無奈地閉上眼睛，再緩緩睜開道：「不過，你那堂姪兒放言要娶我們家箏箏的話，是絕無可能。」

若不是怕鬧大，田老三現在就想光明正大上去揍對方一頓。可是，男兒惹些韻事出來可以說風流，但是他閨女承擔不起這種名聲。

重重吐一口氣，田老三沈默地盯著地面，八輩子沒開發過的腦子不住地轉動。

田三妹見三哥的樣子，跟著嘆一口氣，說到底，這禍事還是她惹出來的。若不是當初嘴碎與唐清風的母親說了作媒，剛好被唐清風聽到，被逮著詢問了下女方的情況，他也不會因此念念不忘。

田三妹道：「三哥、三嫂，回頭我與清風他娘說一聲，讓他趕緊定下親事吧。」

訂了親，估計就收心了。

唐有才道：「他的親事，我也跟我堂哥說一聲，年紀這般大了，怎麼也不該拖下去。我那堂大嫂心裡估摸著有人選的。」

田老三如此說，也是希望唐有才夫妻幫著督促一下唐家，見目的達到，便道：「天色不早了，怕宵禁後不能出門，我們就先回客棧。」

這時候田三妹說不出讓人留宿的話，便讓唐有才親自送田老三一家人出門，田玉景當然也跟著爹娘一同住在客棧。

臨到客棧時，田老三對田箏道：「箏箏，妳今兒是正確的，遇見這種事，定要告知爹娘一聲。」沒料到閨女那般年幼，就有人打上主意，他要開始防範才行。

田箏點點頭，安慰爹爹道：「爹，你別擔心，我會保護好自己的。」

為了給女兒壓驚，田老三與周氏帶著一雙兒女回到客棧後，特意點了些兒女喜歡吃的宵夜。除了田箏最喜歡的水晶蝦餃，田玉景喜歡的魚蛋鮮蝦麵，當然少不了弄一碗魏琅喜歡的。

剛上樓，就撞見魏琅。

魏琅道：「田叔，你們回來啦？怎這樣早回來？」

田老三努力憋出個笑臉道：「小郎休息得可好？我才剛在客棧點了飯食，等會兒做好，喊你一塊兒來吃。」

魏琅見他們臉色都不怎麼好，很識相地什麼也不問，反而拉著田玉景進房間說話。

半刻鐘後，店小二送來宵夜，田家人吃完宵夜後，很平靜地度過一個晚上。

第二天，周氏原本約定跟田三妹去田紅婆家看看，因為昨天突然發生的事情，改成幾天後再去。一整天，由於怕出現什麼意外，田箏都被約束在客棧裡，而周氏陪在一旁。

魏琅等待結果的同時，一邊複習其他功課，田箏在一旁坐著練字，他突然放下書本，慎重道：「箏箏，我考完試後教妳練武吧？」

「嗯？」田箏抬起頭，疑惑地看著魏琅。

魏琅面上有些不自在，畢竟打聽別人私事非君子所為，他清咳一聲，正色道：「學些簡單的防身手段，我亦答應了教阿景，順帶就教一下妳吧。」

順帶……說得很勉強似的。田箏心裡一暖，知道他是關心自己，於是很高興地點頭道：「我一定會好好學的。」

「咳咳……」魏琅故意清了清嗓子，然後道：「妳用心學也學不出什麼成就，能對付一些登徒子就行。」

田箏撫額，狗嘴裡吐不出象牙來，說的就是這熊孩子吧？怎麼樣也該給點鼓勵啊，虧自己對他那樣好呢。

哼……田箏不高興地低頭寫字，忽略了魏琅眼裡一閃而過的寒光。

一大早，田老三、田玉景去鋪子裡，處理完事情後，田老三急忙往燕脂坊找到趙元承，兩個人也不知道說了些什麼。離開時，田老三終於把板著的臉鬆懈下來。

兩日後考試結果出來，魏琅果然過關，得以繼續參加下一場考試，田老三夫妻與有榮焉極了。

晚上，田玉景被唐有才送到客棧，待唐姑父一走，他突然興沖沖對家人道：「爹、娘，箏箏姊，唐家那位清風哥哥被人揍得像豬頭了！」

田玉景其實對事情起因不清楚，只知道唐清風欺負過自家二姊，於是言語中很是幸災樂禍。

周氏漫不經心地斜了一眼丈夫，笑著問道：「怎就被打了？如今怎麼樣？」

田玉景拍著手道：「可醜了！都快認不出人樣，據說是被套了麻袋打暈的，唐清風哥哥醒來後，連對方是誰也不曉得呢。」

「噗……」周氏忍不住笑出聲，解氣道：「真是報應不爽，像他那種人模人樣的畜生就該被狠揍一頓。」

田玉景道：「估摸著一個多月不能出門吧！據說不僅臉被打腫，一條腿也骨折了，如今躺在床上動彈不得呢。」

瞄見爹娘神色不對，田箏突然心領神會，該不是爹娘收買人去打的吧？她只能說：幹得漂亮！其實，她自己也很想遣人去揍一頓，可惜沒有門路。

自從跟爹娘說了那件事，他們除了緊張一點，田箏以為爹娘已經決定隱忍，沒想到冷不防地套麻袋打他一頓，這主意實在讚，所謂傷筋動骨一百天，唐清風那小流氓有一陣子不好受了。田箏內心竊喜。

晚間只有夫妻二人時，周氏問道：「你花了多少錢請的人？」

田老三手一抖，哼哼道：「妳怎麼就懷疑是我做的？」

周氏別過臉，偷笑道：「不是你還有誰？我倒是想找人揍他，可是上哪兒找？」找自己兄弟，她又怕牽涉到田箏，還不如像丈夫一般找些不相干的人。

「敢情我在妳心中就是這樣的人？」田老三不好意思地撓頭嘿嘿笑道。「沒花多少錢，我請元承小子幫忙找，他們路廣，比我精通著呢。」

周氏用手捶一下丈夫，有些埋怨似的道：「你怎扯到女婿那兒？讓他知曉多不好呢。」

田老三道：「妳這話說的，我倒不愛聽了，他想娶我女兒，還能不幫著做點事？且我只說讓他找幾個人教訓一下唐清風，可沒說到咱們箏箏身上，這點道理我還是懂的。」

「行了，我說不過你，早點睡覺吧。」周氏了卻一個心結，這會兒瞌睡蟲來得快，於是把床鋪好躺上去。

田老三邊脫衣服邊疑惑道：「奇怪，我只吩咐元承稍微教訓一下對方，可沒想到把人揍到骨折啊。」

周氏嘀咕道：「有什麼好奇怪的，下手時誰能控制得了輕重？」

田老三直到躺在床上，還是有些不解，據唐有才說，唐家請了專門治療跌打損傷的大夫。那位大夫說，凶手的手法很熟練，一看就是慣犯，唐清風的腿正好能讓他老實躺三個月，卻又不影響傷口癒合。

翌日，田老三特意找趙元承瞭解情況，趙元承也說沒讓那兩個混混打傷唐清風的腿，只讓人套著麻袋揍一頓。

奇哉！怪哉！田老三想不通、想不通啊！

田家人當晚一夜好眠，唐清風就慘了，可惜吃了這種虧，他不敢吭聲。

那天，唐清風本來被打了一頓，悠悠轉醒，結果又遇見個蒙面人一腳踢斷了他的腿，並放言：「我一直注意著你，行為再不收斂一點，下次可就不是一條腿了。」

唐清風從小沒吃過苦頭，嬌養著長大，哪裡禁得住別人恐嚇，還沒來得及求饒呢，結果歹徒一巴掌過來把他給拍暈了，導致唐清風醒來後，還以為自己聽到那句話是幻聽呢！

躺在榻上，忍受著痛苦，唐清風嘴裡不斷喊疼。

在一旁心疼的唐夫人嘴裡不斷罵道：「那該死的王八蛋！我要詛咒他不得好死，生兒子沒屁眼。

「我的兒……你受苦了……」

而那被詛咒將來生兒子沒屁眼的魏琅，正心無旁騖地琢磨著明天會出現的考題，打算以後混成人模人樣的知識分子呢！

魏琅保持著早起的習慣，公雞打鳴時就起床，可他才剛打開門，就見田老三站在門口，魏琅笑著道：「田叔，早上好。」

田老三不好意思道：「小郎，你說說早上想吃什麼？我給你買去，要不然，等會兒向客棧借小廚房，讓你嬸嬸給你做飯？」

考生入了場，不到交卷時，不得擅自離場，於是只能自己置備乾糧在試場裡，餓了時可以充飢，故而田老三就想精心準備好，免得因為食物問題，影響魏琅考試發揮。

說不感動是假的，魏琅一直與田家親近，他也不知道「客氣」兩個字怎麼寫，就直言道：「我想吃糖糕。」

帶著稻米香的糖糕軟黏可口，不像其他乾糧那麼乾，在試場裡面吃時，也不需要因為飲水過多而如廁頻繁。如廁可是會影響思緒的。

田老三趕緊道：「你等著，我喊你嬸嬸和箏箏起來做。」

於是，魏琅心滿意足地跑到院子裡進行每日必須的身體鍛鍊，而田箏很快就被叫起來幹活。

一大早被抓起來幹活，蹲在客棧廚房裡時，田箏都想不透澈，於是乾脆問道：「娘，妳說小郎哥不會是爹的親生兒子吧？」

周氏用沾了糯米粉的手掐了一把閨女的臉，笑罵道：「妳這丫頭，說什麼胡話！」

田箏問：「那我怎麼覺得，我爹對小郎哥比對我還好呢？這是為什麼？」

周氏道：「他爹娘不在身邊，對小郎好一點是應該的，妳這丫頭吃味了？」與爹娘很有代溝，田箏只好閉上嘴巴，認命幹活。

蒸糖糕很費勁，這次使用的材料是糯米粉、白糖和發酵粉，有好幾道工序，目前田箏都還沒有學到精髓。大概弄了半個多時辰，才把發酵好的粉漿倒入蒸籠裡面蒸。大火蒸了一刻多鐘就已經聞到濃濃米香味，周氏掀開蓋子，拿筷子戳一下，確定熟透了，才敢停下火。待放涼了，就可以切成一塊塊食用。

因用的是白糖，於是新做好的糖糕晶瑩雪白，糕體上面很多氣孔，吃起來特別爽口，彈性十足。果然一端到魏琅面前，他就雙眼發亮，悶不吭聲連吃了好幾塊。

過足癮後，魏琅禁不住瞇起眼道：「好吃！」

看他吃得開心，一番辛苦下來，周氏突然覺得值了。「小郎吃慢點，我做了很多呢！盡夠你吃。」

魏琅乖巧地點頭。「嗯，我會吃完它們的。」

見周氏被對方吃相逗得笑逐顏開，田箏無力地白了一眼魏琅，這貨就會討好她爹娘，實在是太沒節操。

周氏廚藝比自己不知好多少倍，田箏才不想承認，她有一種曾經的真愛粉絲流向別人的失落感呢！

時刻一到，魏琅進入試場。田老三依舊等在考場外面，田箏與周氏兩人則上水果鋪幫忙。等她們稍晚回到客棧，魏琅已經呼呼大睡，田箏又想準備晚飯，只還未歇下腳，便聽聞趙元承過來探望他們，於是，只在房間洗了把臉，她就出去見客。

趙元承特別有孝心地帶來兩顆大西瓜，喜得田箏恨不得說一聲：姊夫你真上道啊！這大熱天沒有西瓜的日子簡直不能活。

西瓜這種水果，泰和縣種植的人少，於是田箏想吃西瓜都是件難事。

趙元承帶了切西瓜的刀子，不用他說，田老三就主動接過，把一顆西瓜擺在茶几上面，輕輕一劃，瓜就裂開來。

細分成幾份，周氏笑著招呼未來女婿。「阿承也過來吃，難得你能找到西瓜，這可不便宜呢。」

趙元承一點都不自傲，感嘆道：「早起時，特意讓下人在城外守著，見有賣瓜的人往城裡運，就買了一批存放在家裡。」

種植的人少，便會出現這種情況，西瓜還沒進入市集，就被很多人瓜分完。

田老三道：「咱明年也種！把山上原本種玉米的地分出三畝來種西瓜，往後放在鋪子裡也能帶動銷量。」

開了水果鋪子後，很多顧客上門問有無西瓜，得知沒有時都失望離去。為此，唐有才特意在街上尋摸有無賣瓜的人，打算從他們手裡買。因種植的人少，收成的量不足，鋪子裡的西瓜依然時常缺貨。

這個問題，唐有才已經找田老三談過。兩人都同意明年自己種。

而西瓜最好是種在陽光照射多的沙地，田家的果園也有地方可種植。

一聽到爹爹的話，姊弟兩人都歡呼起來，田玉景道：「爹爹真好，明年咱們可以想吃多少就吃多少吧？」

一家子都是吃貨啊！

田箏不得不感慨道：「還是我姊夫功勞最大，我去年催促爹爹好幾次，他都不肯種西瓜。你看看，姊夫一送來西瓜，爹爹就肯種了。」

一口一個姊夫，逗得趙元承笑道：「箏箏妳儘管敞開肚皮吃，明兒我還給你們送來。」

周氏不贊同道：「阿承你白日裡那麼多事，可別把時間花費在這些上，我們吃不了多少。」

「行。」趙元承道，可惜今次田葉沒有跟著來，不然兩個人該多了很多相處的時間。不過，趙元承已經打發人往鴨頭源給田葉送西瓜，想著這時候，心上人應該享用完了吧？

一眨眼，一個西瓜就去了一半，周氏道：「阿景，你去看看小郎醒來沒？若是醒來了，叫他過來吃西瓜。」

「別吃完，得給我留一片啊。」田玉景臨出門特意丟下話，轉個彎就到了魏琅的房間，此時魏琅正好起床梳洗完畢。他一聽說有西瓜吃，立刻跟過來。

不過，一進門，見到田箏與趙元承親密的模樣，魏琅突然就不痛快了，特別是田箏生怕自己不知道似的獻寶般對他說：「小郎哥，這可是我姊夫千辛萬苦才找來的唷！」

不就幾顆西瓜嗎？有什麼大不了。魏琅哼哼兩聲，埋頭就啃西瓜，他要把對趙元承的不滿，報復在對方的西瓜上。

「好吃吧？」田箏笑著問。

魏琅停住，擦了下嘴巴，然後頗為不爽道：「好吃。」

待見田箏又遞了一塊給自己，魏琅板著的臉才重新展露笑顏。

趙元承與魏琅並不熟，接觸了幾日後，兩個人倒是還有共同話題聊，他問道：「據說今次的試題很難，與我交好的一位考生回家去後，直呼一定過不了。倒是不知確切否，小郎覺得如何？」

趙元承亦讀了幾年書，不過他無心科考，雖如此，還是時常關注這類時事。

魏琅道：「今天我亦覺得書到用時方恨少，往後還得加緊學習才是。」他不想在田家人面前表現出考題的確難倒自己，於是只隱晦提了下。過這一關後，算通過縣試，之後能參加府試。

趙元承在客棧待了半個時辰，等他離開，田箏嘿嘿笑了一聲，玩笑道：「爹、娘，我如今最盼著姊夫過來，每次他來絕對不空手，都有好吃的食物。」

一句話，把魏琅弄得黑了臉。

不過，田箏可沒留意到魏琅的臉色如何，雖然是玩笑話，但說的是實情啊！趙元承每日裡都要來一趟，經常尋摸些好吃的，不說其他，光是這態度，就忍不住要給他按讚才行。

田老三聽著亦不爽。「一點吃的就把妳收買了？」要嫁閨女的是他，他當然怎麼看對方都覺得有些不爽。

田老三說出了魏琅的心聲，他立時附和道：「田叔，咱別管田箏，她有奶就是娘，只要給她吃的，人家賣了她還幫著數銀子呢。」

田箏滿頭黑線，這熊孩子比喻實在粗俗，她都不想接話。

倒是田玉景不明就裡，問道：「你們在說什麼？」

「別說這些了，快收拾桌子，等會兒就吃晚飯吧。」周氏趕緊阻止一家子人不著調的話題。

田箏拿抹布將桌椅弄乾淨，周氏去小廚房端今天的飯食。

客棧的小廚房用的人多，還需要排隊使用，輪到田箏家時，後面有人催促著，於是今天的晚飯簡陋了不少，不過，大家都吃得很開心。

晚飯後，消食時間，田箏坐著打盹時，突然被魏琅喚醒，他繃緊著臉，嚴肅至極，弄得田箏很疑惑。「小郎哥，有什麼事？」

魏琅瞪了一眼田箏，張嘴道：「給妳。」

他甩了一兩銀錢給田箏，田箏奇怪問：「小郎哥是想做什麼？明兒要吃什麼菜？」

魏琅語噎，須臾後道：「給妳拿去買東西吃吧。」

莫名其妙給她錢買東西吃，是怎麼回事啊？田箏發現魏琅是越發難琢磨了，這傢伙真是男大十八變啊。

「免得妳老巴望著別人的一點食物吃，樣子難看死了。」魏琅丟下話，立刻就進入自己房間，順手把門一關。

關上門後，魏琅依然有些鬱卒。趙元承給他造成的影響之大，超出自己預料，畢竟每日瞧著田箏對趙元承笑靨如花，對著自己就是一副晚娘臉。想想很不暢快，前幾日是為了考試沒心思計較，今兒有時間，魏琅痛定思痛，發現自己一直忽視一個問題：他似乎在與田箏的關係中，一直處於索取的一方。

想到此，魏琅又有些不好意思，可讓他拉下臉來，是萬萬做不到的，想了很久，才想到一個辦法。估摸著田箏那麼嗜吃，應該是手裡沒錢只能求著別人買，那他就給她錢唄！

解決完心事，魏琅才有心思讀一會兒書，入了夜，吹滅油燈，他躺上床很快入睡。

可是，另一廂的田箏翻來覆去睡不著，她對著那一兩銀子，左看右看，也沒盯出一朵花來。

魏小郎一副施捨的嘴臉，像什麼話嘛！姊姊也是土豪啊！才不缺你這一兩銀子。

還有他說自己樣子難看死了？客棧裡正好有銅鏡，田箏摸著自己的臉蛋，一點兒也不難看，且她臉蛋長開後，越來越像前世的自己，還滿漂亮的。她心裡哼了一聲：「什麼眼光啊，竟然說我醜？」

之後，魏琅順利過了縣試，馬上將進入府試。府試也是在泰和縣舉行，考完後，剛好就趕上秋收時節，也不耽誤家裡面收穫糧食。因此，田老三依然決定在此陪著魏琅。

田家又花半個月時間，深深體會了一把陪讀生活。田箏也總算能理解後世那種父母一方放棄工作，專心照顧要考大學的兒女是包含多麼深沈的愛意啊。

魏琅從來也不讓人失望，順利地通過了府試。

因後面的院試要等一個月，田老三與周氏帶著田箏趕著秋收先行回去，魏琅則與同期學子參加幾場以文會友，才回到鴨頭源。

進入收穫季節，村子田地上人頭湧動，來回拉稻穀的板車把通往村子的路口堵塞住。等了幾刻鐘，路況通順，田老三才趕著牛車往家裡走，田箏與周氏早就自行下車。半途中遇見扛著一袋稻穀的張柱子，他扔下稻穀袋，拿帕子抹額頭的汗珠，道：「田伯母、箏箏，妳們回來啦！」

周氏道：「是啊。你們家地收了多少？」

田箏喊道：「柱子哥。」

張柱子紅著臉應聲，微微垂下眼瞼再抬起頭道：「我爹前幾天就從縣裡回來收割，如今還有一畝地才收完。」他說話時不斷地拿肩上披著的帕子擦汗珠。

他身高漸長，加上體魄雄壯，此時瞧著就像普通的成年男子一般，看起來一副老實忠厚的樣子。

周氏瞧著柱子長大，也與張胖嬸交情很好，於是對著張柱子時很是眉目溫和，笑著道：「能早早收完是好事呢。」

張柱子偷偷瞥了一眼田箏，見她臉上一臉疲憊，便道：「田伯母，我先回家去。」

周氏道：「行，快忙去吧！」

張柱子單手一提，就把整袋稻穀扛上肩，雄赳赳地往張家走。等他走遠，周氏轉頭對田箏道：「柱子這孩子長得越發高大，瞧著很有一把力氣呢。」

農村婦人就盯著別人的力氣看，周氏當然沒什麼不同。在地裡刨食，沒有健康的身體怎行？

田箏道：「柱子哥力氣是很大啦，可我爹力氣也很大。」

周氏白了田箏一眼，笑道：「妳這孩子，咱們趕緊回去吧，這一段時間可苦著妳姊姊，回家去後要幫著多做活兒，懂嗎？」

一家人只留田葉一個人守在家中，雖然是田葉自請留在家裡，但是在家要給雞、鴨、豬、牛煮食物，還得去菜地裡澆水等等，田箏想想，也覺得對不起姊姊，聽完娘的話，很自然地點頭道：「那當然。」

母女兩人進了家門，田葉正好在剁豬食，便扔下刀，道：「娘、箏箏，祖父母都急得想去縣城喊你們回家來啦！」

秋收已經開始，可三房沒一個主事的人回來，眼見著大好天氣，田老漢與尹氏如何不著急，甚至要親自上縣城喊個人回來主持一下。

周氏和田箏把手裡提著的東西放下來，周氏道：「這不正好回來？有個好消息呢！小郎已經過了府試。」

田葉重新拾起菜刀剁豬食，溫柔地笑道：「我就知道小郎定能過的。」

很快地，田老三的牛車也進了家門，中午的飯菜田箏就搶著來做，而周氏去處理其他事情，一家子人緊趕慢趕把事情定下來。

過了一會兒，里正田守元來瞭解魏琅的情況，得知好消息，普天同慶似的大笑，拍掌道：「好極了！好極了！咱們村裡是要出一門三父子同中秀才的佳話啊。」

若是那般，他這里正當得更光彩。

接下來幾天進入繁忙的搶收時間，田箏在天未亮就起床，早早到田地割稻子，一摞摞割倒放在田地上，直到太陽出來時，就會被爹娘喊回去。

三房的田地多，便請了村子裡收完的人家來幫忙，按人頭算工錢，張胖嬸一家也來搭把手，還包他們兩頓飯。

這日，吃完飯，田箏剛蹲下身準備洗碗，面前出現一座大山，一抬頭就望見張柱子那張略顯憨厚的臉。

田箏問：「柱子哥？」

張柱子撓撓頭，把藏在後面的手伸出來遞過去，不好意思道：「在田裡撿到的，給妳。」

田箏抬頭一瞧，見是一窩鳥蛋，褐色帶著斑點小小的六顆鳥蛋，估摸著是麻雀蛋。

田箏道：「在田裡撿到的啊？」

張柱子道：「是呢，妳快拿著。放在灶裡烤熟了，可好吃呢。」

見田箏接過去，張柱子明顯鬆一口氣，笑笑道：「我去田裡忙啦。」

想著收下應該沒大礙，田箏笑咪咪地道：「謝謝柱子哥，你快去忙吧。」

張柱子一陣風似的走遠，田箏盯著手裡的六顆小鳥蛋，田地裡時常有鳥築巢下蛋，有些鳥兒很精明，一旦發現窩被挪動後，就會放棄這個巢、放棄蛋，估摸著這時候把鳥窩放回去也無濟於事。

乾脆就吃了？田箏摸摸頭，面對這手指頭一般大的鳥蛋，吃下去總覺得有一股罪惡感啊！

「去摘一朵荷葉，包著放在火堆裡面烤來吃吧。」

因發呆時，沒有注意有人靠近，等魏琅出聲時，可把田箏嚇了一跳，她急忙道：「小郎哥，你這麼快就回來啦？」

魏琅也不答話，哼一聲後道：「就這麼丁點兒鳥蛋，值得妳發呆那麼久？」

這話聽著怎麼不對勁呢？

田箏道：「怎啦？你想吃嗎？那我弄給你吃吧。」

魏琅繼續冷哼道：「塞牙縫都不夠，虧別人能送出手。」他十分不高興，同時也不理解，為什麼他想趕著回來幫田家收割，進門就看到這種場景。

特別是看到田箏笑咪咪對張柱子道謝時，魏琅就氣不打一處來啊！她怎就那麼能招蜂引蝶呢？

隨後，田箏覺得魏琅最近陰陽怪氣的，整個人像吃了火藥般，哪兒都有他看不爽的地方，說話也是特別刻薄。

她很納悶，柱子哥前天送來的小鳥蛋，烤熟後魏琅也是吃了四顆，她自己才得到兩顆而已。

昨天柱子哥在稻田裡摸到一條鯽魚，田箏煮了一道鯽魚湯，最後連魚湯都喝完的也是魏琅，可他還是挑剔道：「一條鯽魚而已，煮得不好，腥羶又膩。」

至於今天，尚不曉得他還會有什麼嘴臉。

正午日頭烈，出去忙的人逐漸回來，田家院子裡堆積了很多脫粒的稻穀，他們把稻穀集中在院埕後，就端了小板凳坐在屋簷下休息，順便等著開飯。

田家的飯食很不錯，每日都很令人期待。那些大人言語中，時常打趣田葉、田箏姊妹倆，說她們的飯菜做得好吃。

每每如此，田葉總是很羞澀地躲開，而田箏就表現得很無賴，她愛聽別人說她做飯好吃，只要聽到這兩個字，心裡就特別高興。

張柱子跟在他爹爹身後，扛著穀粒進了田家門，田箏便大聲道：「張叔、柱子哥，桌子上有酸梅湯，你們都喝一碗啊。」

酸梅湯是田箏為了預防家裡人農忙時中暑而特意熬製的，很受這些做體力活的男人喜歡。

張家父子兩人一聽，便由張父道：「今兒還有酸梅湯？那我可要多喝一碗才是，箏箏妳們可別嫌棄啊。」

田箏笑笑，表示讓他們隨意喝。反正材料放多一些，水加多一點，一熬就是一大鍋，根本不怕他們能喝完。

張柱子裝滿一碗，一口氣喝完，他放下碗時，盯著田箏的眼神很炙熱，侷促了一番，還是張口道：「很好喝。」

一屋子人在此，有人打趣道：「能不好喝嗎？這可是箏箏親手熬煮的。」

小夥子對小姑娘那一點遮遮掩掩的情意，可不乏有人發現，好幾個大人都明瞭，包括張柱子的父母。

若是與田老三家結親，那再好不過，可是沒影兒的時候也不能唐突別人。

張父不好訓斥那些嘴沒守好的人，於是皺緊眉轉頭對兒子斥道：「喝完還不坐著等開飯，杵在這兒是幹什麼？」

聽了爹的話，張柱子憨厚一笑，垂下頭，一言不發地走到一旁坐著。

田箏沒多想，轉身就進了灶房端菜，這樣多人，每天吃飯時都要擺兩張桌子才行。

不一會兒，魏琅回來，他直接進了灶房，不耐煩道：「拿去吃。」

田箏一愣，轉而看見他手上的東西，原來是用樹葉包裹著的三枚野雞蛋，這孩子居然還有攀比之心啊。

田箏無奈道：「小郎哥，你怎還有閒心找這個？」

魏琅嘴角一抽，鼓著腮幫子道：「誰有那耐心，還不是今天割稻子時突然出現的，難道我還能不撿回來？」

那確實，田箏臉色一窘，知道自己誤會了對方，便道：「那我收了。」她又詢問道：「還是烤著吃？」

用樹葉包裹住，埋在灶裡，只需半個鐘頭就能烤熟。

魏琅依然吃了火藥似的道：「隨妳的便。」

怎麼那樣難伺候？見魏琅黑著臉，田箏突然也很生氣，瞪他一眼，甩臉道：「不愛吃就別撿回來！當誰耐煩給你弄來吃。」

魏琅原本打算走出去，他轉而扭頭盯著田箏，臉上的神情很不可思議。「不是妳愛吃嗎？若是妳不愛吃，我用得著費勁心思去找？」話一出口，意識到暴露了自己的心思，他趕緊停住嘴。

田箏手一抖，同樣很不可思議。「我什麼時候說過自己喜歡吃蛋？家裡那樣多雞蛋沒吃完呢，你到底是聽誰說的？」

一百多隻雞，每日最少都能收三十幾顆雞蛋，可以非常土豪地說，她一點也不缺雞蛋吃！而且自家養的雞蛋，味道一點兒也不比野雞蛋差。

見她似乎並沒會意出他的心思，魏琅明顯有些鬆口氣，卻忍不住控訴道：「那妳為何要接受柱子哥送的小鳥蛋？」

田箏無言以對，半晌幽幽道：「你還給我一兩銀子呢，那我為何要留著？」

魏琅哼道：「那不同，我給妳的與別人給妳的東西能一樣嗎？」

田箏跟他講不清，乾脆不理會他，掉頭做自己的事情，把櫥櫃中的碗筷找出來，然後裝木盆裡用開水燙過，就打算搬到堂屋去。

魏琅磨蹭地移過來，低聲道：「我幫妳吧！」

田箏扭頭不理會，正要往前走，魏琅奪過木盆，彆扭道：「妳那小鳥般的力氣，哪能搬得動這個，還是我端到堂屋去吧！」

望著魏琅的背影，田箏忽而嘆口氣。她算是徹底明白，魏小郎這熊孩子對自己占有慾也太強了吧？

田箏她真不想自作多情，可是……

一切的跡象，都表明這傢伙看上自己了。田箏覺得很驚悚，不是因為兩人年齡才十三歲多，擱後世就是早戀，而是魏小郎為什麼會喜歡自己啊？

他到底看上了自己哪一點？

田箏苦惱地搖搖頭，很是不明白，不過也沒時間給她深想這個問題，很快所有人都回來，周氏催促著姊妹倆把菜上齊。

來的男人多，婦女少，不過周氏還是分了男女桌，女人這邊只有周氏和田葉姊妹倆，跟張胖嬸幾個人。

飯才吃了幾口，突然就有人在門外喊道：「三哥，家裡牛車趕緊借給我用用。」

聽聲音，知道來人是田老五，待其他人跑近，眾人一瞧他滿頭大汗，焦急異常，便問道：「田老五，你這是急什麼呢？」

田老五急忙道：「我媳婦要生了。三哥，我得趕緊找郎中來。」

周氏也聽見了，跑出來道：「那得趕緊。他爹，你去把牛車找出來，老五你去牽牛。」

看田老五哆嗦的模樣，心知也問不出什麼情況，周氏乾脆丟下筷子道：「我過去看看。」

等田老五走遠，周氏離開後，幫著做活的人便笑道：「瞧田老五這小子，不就婦人生個孩子嘛，看把他急得什麼樣了。」

有人嗤笑道：「你家那口子能跟別人比？人家嬌滴滴的媳婦兒，不急才怪。」

確實，春草模樣姣好，即便生了個閨女，身材一點兒也沒發福，還像個青春少女般，與對方五大三粗的胖媳婦比，沒得比啊。

匆匆扒了幾口飯，田老三道：「我去打個轉問問，你們歇息一下，等外面溫度降低些再出門吧。」

這些幫忙幹活的人，都不用催促就會自發地去田裡收割。

田家的媳婦生小孩，大都是尹氏負責接生，她生得多，有經驗，且田家這麼多兒孫出生時，也沒什麼意外。

田老五見春草陣痛了，急得在房門外團團轉，時不時大聲詢問春草的情況，尹氏嫌棄他煩，便打發他去請來鄰村的郎中。反正，有個郎中來看著也好。

田葉和田箏都沒有心思吃飯，兩個人把碗裡的飯吃完，分別對視了一眼，田葉道：「箏箏，咱們洗完碗筷，也去看看五嬸吧？」

張胖嬸笑了，道：「妳們兩個小姑娘去了就是湊熱鬧呢！行了，張嬸幫妳們把碗筷收拾好。想去看，現在就去吧。」

不過姊妹倆怎麼好讓張胖嬸一個人動手，於是兩人還是等把所有事情處理妥當，才往田老五家去。到的時候，黃氏、胡氏和劉氏都來了，全部都在堂屋中坐著。

房間裡偶爾能聽到幾聲春草的悶哼聲，估摸著是實在疼痛，忍不住了才叫出來。她生過了一胎，知道目前不是出力的時候。

從中午一直到日落西山，房間中春草的呻吟聲越來越大，田箏瞥見五叔也坐不住，抱著他閨女田秀來來回回地走動。

「啊……」只聽得一聲大叫，田老五忽地竄到房門口，想進去卻被周氏攔住，他急道：「春草，妳沒事吧？不行咱不生了。」

「噗哧……」周氏忍俊不禁道：「還有想不生就不生的？老五你別愣在這兒，站在這兒堵住通風了。」

田老五只得退到外面，見鄰村那郎中老神在在地坐在一旁，他焦躁道：「郎中，我媳婦定會沒事吧？」

老郎中眼皮子都沒抬，便道：「沒大礙，你坐著就好。」心中卻笑道：婦女生孩子的事，他們不找穩婆，偏偏把他抓來還不放人走。

聽得郎中的話，田老五算是得到安慰，總算不再團團轉。眼見天都快黑了，五嬸還沒生出來，田箏都為她著急。

大概又過來半個時辰，終於聽到房間裡面道：「生了！生了！」

田老五立刻衝到門口，便見大嫂黃氏笑意盈盈地走出來道：「老五，恭喜你，生了個大胖小子。」

田老五幾乎是喜極而泣，激動得啞了聲。

男人和孩子都不讓進產房，田箏不是第一次近距離接觸生孩子，可還是覺得心驚肉跳，經歷那樣長時間折磨，才把孩子生下來，母親真是偉大啊。

很快，周氏便把包好的孩子，抱出來給田老五及其他人看，大家嘴裡紛紛說長得可真像田老五。

一時間，把田老五喜得又哭出了聲。

尹氏走出來，訓斥道：「哭什麼哭？看看你那丟臉的樣兒。」她說完後捏了下疲憊的眼皮。

田老五趕緊道：「娘，您去歇息吧。」

之後的事情，就交由田家其他幾個媳婦幫忙，周氏幫五房備了一份禮物送走老郎中。

魏琅晚上來湊熱鬧，也看了一回新生兒，捏著鼻子道：「好醜！」

田老五一聽說魏琅嫌棄他兒子醜，便道：「小郎，你小時候更醜呢！」

魏琅不滿道：「誰說的？」

田老五道：「不然，看你以後兒子能漂亮成什麼樣？」

魏琅深深地望了一眼站在一旁的田箏，篤定道：「將來我兒子定是玉樹臨風的人物。」

自己與田箏都長得不錯啊，不可能生下田五叔那麼醜的兒子。哼……

第十五章

接下來田箏與田葉只需要曬曬稻穀，做做家務活。沒什麼事後，田箏每日要抽出半個時辰去魏家跟著魏琅學習簡單的拳腳功夫。

魏琅是那種言出必行的人，什麼事只要他說過，就一定會做到，且他教學嚴厲，好幾次田箏想放棄，都被對方一個黑臉逼迫得忍住。

田箏於是又很懷疑，魏小郎真的喜歡自己嗎？與其說喜歡，不如說恨自己更恰當吧？沒有極盡的恨，哪來的這般變態啊？

在烈日下曝曬了一段時間，田箏整個人口乾舌燥、頭暈眼花，她惡狠狠地瞪了一眼搬了躺椅、悠閒躺在樹蔭下乘涼的魏琅。

他沒有接收到田箏的目光，視線一直盯著手裡的書看。

田箏渾身發冷，突然感覺眼前一黑，之後什麼也看不見了，整個人直犯噁心，幸好她還保持一點意識，便慢慢地蹲下來。

被陽光烘烤的地面熱浪撲面襲來，田箏一隻手拍著胸口，一隻手按住肚子，她知道自己目前的情況大概是大姨媽駕到引起的體質虛弱。

做了好幾年小女孩，有一段時間，田箏甚至忘記了做女人還有這麼一件痛苦煎熬的月事。直到去年月事突然而至，把田箏弄得措手不及。
實在難受，田箏出聲喊了一句：「小郎哥。」
魏琅轉過頭，瞧見田箏慘白的模樣嚇了一跳，他趕緊丟下手中的書，匆匆跑過來，田箏眼前一陣陣發黑，只能胡亂伸出手抓住對方。
魏琅顧不得什麼，攬腰就把田箏抱起來。緊張地問道：「怎麼了？」
田箏虛弱道：「我難受，看不見東西。」
其實已經能看見一點，而後視線慢慢明朗，田箏睜大眼，清楚見到魏琅臉上藏不住的焦急。出於莫名其妙的報復心理，她還是撒謊說自己什麼也看不見。
誰讓魏小郎一直對自己那麼嚴厲。
魏琅一路把田箏抱到自己休息用的書房，那裡有一張矮榻，是平日自己讀書累了小憩用的。起初他第一反應是想將田箏抱到自己床上，可想想對她閨譽不太好。而家裡的客房久無人住，都沒有鋪好床，只能暫時把人帶到書房。
田箏貼著魏琅尚稚嫩的胸膛，耳畔傳來對方咚咚的心跳聲，她臉突然脹紅了，很想讓他把自己放下來。
田箏緩了一口氣，道：「小郎哥，我能走了。要不放我下來？」
可惜微弱的建議，魏琅直接聽而不聞，兩隻鐵臂牢牢地扣緊田箏，直接來到書房，他用腳大力勾開門，才小心翼翼地把人放在榻上。

田箏此時已經不頭暈眼花，只餘下月事來時小腹隱隱作痛，她雙目無神地盯著魏琅靠近的臉蛋。

魏琅抿著嘴問道：「能看清嗎？」

田箏小小羞愧了一番，無力地點點頭。

魏琅瞳孔猛地鬆懈，可臉色依然緊張道：「還有哪兒不舒服？妳要告訴我。」說完，似乎不放心，他暴躁地自言自語道：「不行，我得請郎中來。」

「別啊。」田箏生怕對方真把郎中叫來，那她如何是好？

正要開口說自己先回家去，便突然感覺下腹一墜，那處的污漬洶湧滾出。

完了完了……

田箏想死的心都有了。流了那樣多，她穿的裙子估計都黏滿了，臀部下面濕漉漉一片，該不會已經弄髒魏家的床吧？

見田箏臉上不斷轉換神色，一副天塌下來的模樣，魏琅的心一緊，趕緊把手覆蓋在她的額頭上，果然額頭一片冰冷，他輕拭汗珠，急道：「還有哪兒不舒服？妳快說啊！」

田箏唇角微動，還是說不出口。

怎麼講啊！這熊孩子估摸著還不知道是怎麼回事吧？她只想叫魏小郎有多遠滾多遠，然後留出空間和時間予她來毀屍滅跡，早早消滅一切痕跡才是正理啊。

至少也該把他家床榻弄乾淨呀，麻蛋！太為難她了。

魏琅沈著臉，眼裡聚集起洶湧的情緒，咬牙道：「妳等著，我喊田叔和嬸嬸過來。」

田箏趕緊抓住魏琅的衣角，道：「別啊！我沒事了，真的。」想了想，鼓起勇氣道：「小郎哥你不用擔心，我真沒事了。若是你不放心，你去我家弄點紅糖用熱水化開來給我喝吧！我覺得好冷。」

魏琅道：「真的沒事了？那妳等等，我馬上就去。」

田箏把手從他衣服上挪開，魏琅果然打開門直往外面走，直到聽不到腳步聲，田箏才拖著身子爬起來。

果然，一見到床榻上那一灘紅色液體，田箏真想直接暈倒。她用手摸了一把後面的衣裳，手上立刻沾染了血跡。

田箏掏出手帕，就去擦拭床榻上弄髒的地方，幸好天氣熱，榻上墊著竹蓆，想要弄乾淨是很容易的事情。

門突然打開，魏琅衝進來，道：「看妳鬼鬼祟祟的，果然不正常……」話還未講完，突然瞧見田箏身後一大灘的血跡，他接下來的話都給嚇沒了。

田箏也驚嚇過度，直接僵住了。

魏琅快步走到田箏身邊，伸出手就要掀開她的裙子，他的動作又把田箏的魂給嚇回來，直接跳開，大聲罵道：「流氓！你要做什麼？」

魏琅張嘴，焦躁道：「妳怎麼出那樣多血？不是說沒事嗎？」略微停頓，他繞過去抓著田箏，堅決道：「不行，快給我看看。」

不看下情況，他是不會放心的。

魏琅突然很後悔，他不該讓田箏做那樣高強度的鍛鍊，估摸著是剛才摔壞了，流那樣多血，該怎麼辦？

以前練武，經常跌打損傷，他是懂一些處理方法的。於是，他又要去掀田箏的裙子。

因為他的力道很大，禁錮住田箏，田箏幾乎動彈不得。眼看就要被掀開看光，田箏苦著臉，咬牙罵道：「混蛋魏小郎，你敢動手試試！都說了我沒事了，你聽不懂啊？你耳聾了啊？」

短暫停頓後，魏琅的脾氣跟著倔起來，道：「我就要看看。」

田箏急得額頭豆大的汗珠滾滾掉下來，哆嗦著嘴巴，惱羞成怒道：「你敢看我，讓我爹打斷你的腿！」

哎呀媽呀！誰來救救她啊？田箏自己都覺得剛才說出來的話簡直蠢得不忍直視。

魏琅忽而笑了，道：「妳爹打不過我……」

見田箏還能那麼生氣地罵人，他算是放心了一些，可依然固執地要看看傷口的情況，不然無論田箏怎麼表示沒事，他都不放心。

田箏眼見拯救不了自己的裙底風光，只能咬牙道：「我沒事，是剛好撞上姑娘家每月一次的小日子了。」

「什麼小日子？」魏琅停下手，疑惑地望著田箏。

田箏幾乎是哆哆嗦嗦地給魏琅解釋一遍什麼叫女人的小日子，說完後她整個人都不好了。不僅下腹痛，心裡更是特別狂躁，她到底造了什麼孽啊？在古代第一次給別人講解月經，對象不是自己以後的女兒，居然是個男人，且還是個熊孩子。關鍵是這傢伙與自家這樣親近，估摸著以後，她都不敢面對魏小郎了。

語畢，魏琅猛地放開了田箏，他轉過身，背對著田箏，彆彆扭扭道：「我……我不是故意的。我……」

見他那熊樣（注），田箏突然覺得解氣了，哼哼地指使道：「你去我家找我姊姊，偷偷給我帶一套衣裳來，快一點，趕緊啊。」

她今日穿的衣裳是嫩芽黃，走出去一定特別顯眼，現在村子裡到處都是人，她可不敢冒險這樣走回去。

魏琅自知做錯了事，紅著臉乖順應道：「那妳等著，我這就去幫妳拿。」

走了幾步路，魏琅突然回過頭道：「妳真的沒事吧？才剛說要喝熱水，還要不要帶過來？」

田箏白了他一眼，不客氣道：「要喝。」

於是魏琅懸著一顆心，來到田箏家時，田老三夫妻都不在，幸好田葉在家，他喚了一聲姊姊後，才支支吾吾地討田箏的衣裳。

田葉疑惑不解，待聽聞魏琅的話語裡約莫提了一點，瞬間明白怎麼回事，她臉色一窘道：「小郎我知道了，等會兒我自己送過去。」

哪裡能把妹妹的衣裳給別的男子，即便是魏琅也不行，況且他已經是大男孩了。

魏琅見田葉沒什麼大反應，明白田箏是真的無礙。他突然覺得整個人有些脫力，撞見那場景，他是真的格外害怕，害怕田箏會死去。魏琅無法理解自己那一刻的恐懼是為了什麼，只覺得無法接受自己特別喜愛的某物將離開他。

也是那一刻，魏琅才知道田箏對自己來說，的確是很重要、很重要的人。

在魏家煎熬中等待的田箏，總算聽到腳步聲，她打開房門，見來人是自家姊姊，羞澀地笑笑。

田葉看著田箏的表情有些埋怨，卻只道：「我帶了衣裳來，妳趕緊換下吧！家裡我燒了熱水，待會兒好好洗一下身子。」

田箏忍著腹痛點了點頭，道：「幸好來的是姊姊。」

等田葉放下衣服，就出了魏家。

魏琅去田家時，田箏已把床榻弄乾淨，因此手帕染滿了污漬，她很想扔掉，不然一想起剛才的情景，眼皮子就一陣陣地跳。

仔細關上大門後，田箏才敢換上乾淨衣裳，並先簡易處理好月事的東西，以免糗事重

注：熊樣，窩囊無能的樣子。

演，再草草地把髒衣服包裹好，她打開房門探出頭，就瞥見魏琅背著身子靠在房門外。

他的眉頭緊蹙，似乎在凝眉深思什麼重要的事情，待聽到開門響聲，轉過頭來時便與田箏的目光撞在一起。

魏琅輕聲問：「弄好了？」

田箏一頭黑線，心道：怎麼就能那樣厚臉皮守在門口啊？可心底一絲羞澀滑過，她只能扭捏道：「好了、好了。」說完後，又覺自己這氣勢太弱，便惡狠狠道：「你做什麼站在這裡？難不成還想偷窺？」

魏琅斜眼瞅了一遍個子矮小的田箏，最後把眼神停駐在她的臉上，疑惑道：「偷窺什麼？有什麼值得我偷窺的？」

田箏憤恨道：「幸好你還沒無恥到不可救藥的地步。」說完，就打算不理會對方。

見田箏要走，魏琅攔住她道：「剛不是說要喝熱水嗎？我找葉姊姊拿了紅糖，已經熬好了，妳喝了再回去吧。」

也不等田箏應答，他自顧自地把陶罐中的紅糖水倒在一只碗裡，最後遞給田箏，面上特別嚴肅地盯著她，說：「喝了。」

田箏才不拿自己的身體賭氣，一口喝完，紅糖水下肚後，那股暖意逐漸在腹中撐開，感覺稍微好了些，心中的怨氣也減去不少。

魏琅又給她倒了一碗，田箏喝完後，此時再瞧著他時，就順眼很多，田箏道：「我回去了。」

「嗯。」魏琅漫不經心地應了一聲，一直盯著田箏，直至對方的身影消失在大門轉角處。

他的臉色驀地通紅，想起田箏說明女性小日子時，隱約間提了一句，只有來小日子的姑娘才表示長大了。

那是否說明田箏已經長大了？

魏琅抬起自己強壯有力的手臂瞄了一眼，突然很竊喜道：「我早就長大啦。」

心定後，魏琅回了書房，打開書本專心地看起書。

另一廂，田箏剛走進家門時，田葉便說：「水我已給妳搬到洗漱房，妳先去準備一下吧！」

所謂的準備，就是弄好月事期間需要的物事。田箏感激地投去一個眼神，就回了房間準備。

泰和縣這邊的農戶沒有廣泛種植棉花，棉花價格挺高的，即便如此，田箏還是央求娘親每月都買棉花回來。她用布將棉花縫製成簡單的現代衛生棉，舒適度和效果都比周氏她們用布包裹草木灰來得方便。每月裡周氏母女都會給自己縫製幾條以利更換。

此時只能淋浴，田箏連洗了兩大桶熱水，把全身擦拭得紅通通，整個人才暖回來。就是盯著自己胸前發癢成長的小包子很無奈。

那種強烈的視覺衝擊，一個勁兒地告訴自己，她真的在長大，已經不是昔日的小孩子。而且，惱人的婚事問題很快便提上日程。

眼前不由得浮現出魏琅的身影，田箏嚇得趕緊甩甩頭，無庸置疑她是喜歡魏琅，當年就很喜歡這孩子。

與魏琅相伴讀書，他教她識字，嘴巴雖壞，心地卻很好。當年一同淪落到人販子手裡，是他給了自己逃出生天的勇氣。逃亡路途遭遇各種艱辛，魏琅省下嘴裡的半個饅頭留給她吃，漆黑冰冷的石洞裡，兩人一點不避嫌地彼此抱緊取暖……

他進京城後，一封又一封的來信，兩人無所顧忌地在文字上筆戰……

忽而才驚覺，她和魏琅之間已經有那麼多回憶。

田箏不得不承認，她之所以喜歡與魏琅玩在一起，是因為與他相處根本不需要思考太多有的沒的。魏琅能讓她放下所有警惕，無須擔憂這個人會給自己帶來傷害，她能夠全身心放鬆與他交流，甚至肆無忌憚地罵他幾句。

田箏控制不住發展開的思維，當嘴角掛出笑容來時，才急忙打住。

熊孩子其實優點很多，缺點也不少啊。

毒舌，貪吃，自以為是……他明明很魯莽好嗎？哪裡有那樣多優點？哼了一聲，田箏很是著急地瞪一眼胸前的小包子，然後繫上肚兜，穿戴好後就出了房門。

經歷那件事後，田箏見魏琅似乎一點兒都沒往心裡去，她扭扭捏捏了幾天，心道：他都不在意，自己還矯情個什麼勁？

於是兩個人之間相處時恢復如常。

難熬的月事過後，田箏又被抓著去練武。不過魏琅經過上次的教訓，把教學做了改變，田箏如今只需學習簡單的招式，主要掌握些出其不意的技巧便行。

如此，進度就快了很多。每日學習完後，田箏都要多吃一碗飯，她也覺得自己力氣大了不少。

本來田老三夫妻不准田箏再去打擾魏琅，因他最後一輪考試將近，正是該蓄銳進取的時候，田箏不該還那麼不懂事占用魏琅的時間。不過魏琅一句話就打消了田老三夫妻的不安，那話是——「我每日教導箏箏時，亦是一樁趣事，常使我放鬆繃緊的情緒。田叔你們無須擔心，說來，我還得感謝箏箏呢。」

聽完這句話，田箏的心涼了一半，惱火地想到原來這傢伙只是拿自己來紓解壓力啊？虧她以為自己對他來說很重要呢。

田箏的心理反應，魏琅哪裡知曉？他說的是實情，每日教導田箏時，他是真的能調節壓力。

幾日後，魏琅考院試時，只有田老三陪著去，因秋收過後亦有很多需要處理的事物，周氏和田箏就留在家裡。

魏琅走前，田箏在他書房外徘徊了一會兒，才下了決心走進去。

魏琅剛好合上書本，轉頭看著田箏手裡提著食盒，他眯起眼睛笑道：「正好到休息時間，妳給我送什麼吃的來？」

田箏沒好氣道：「你不愛吃的，我能給你送來嗎？」

盒子裡是一碟新鮮出爐的蒸餃，魏琅喜歡吃韭菜，因此包的餡料是韭菜雞蛋餡，另外還有豬肉白菜餡，都是飯桌上的家常菜。特別之處是，田箏特意調製了一碗花生醬，蘸一點醬入口時，那股香味讓人回味無窮。

魏琅一口吃一個，盯著那花生醬時，眼裡全是光澤，等他慢悠悠地吃完後，放下筷子，在田箏面前很沒形象地打了個飽嗝，然後才道：「我吃完了，很好吃。」他的手指向花生醬道：「這個，給我包一點帶到考場去吧？」

「嗯。」田箏道，她如今沒什麼追求，於是只能琢磨著怎麼改善伙食。稻穀收成後，家裡的花生跟著收穫，她靈機一動，就弄出了花生醬。吃包子、餅、饅頭蘸一點醬，或者拿來拌麵等，搭配起來味道香濃可口，家人吃了都十分喜愛。

魏琅一隻手搭在椅子邊緣，另一隻手端起茶杯輕啜一口茶，吃飽喝足後，他整個人散發出一股慵懶的氣勢，甚至還舔舔嘴巴，模樣簡直像是一頭飽食後的小獅子。

田箏一笑，才出口道：「小郎哥考試努力喔！我可是很相信你的。」

她就是想來給這傢伙一番鼓勵，結果講出這略帶肉麻的言語，可把她自己激起一身的雞皮疙瘩。

魏琅放下茶杯，雀躍地跳下椅子，直接來到田箏身邊，出其不意地揉著田箏的頭，哈哈大笑道：「我知道啦。」

田箏躲不開，乾脆任他揉捏。

等田老三與魏琅前往試場，家裡突然安靜下來，田玉景隔三差五地回來一趟，帶來的都是好消息，特別是新弄的果乾、葡萄乾之類，按田箏說的試吃方法，銷量增加了很多。另外經由田箏提醒，唐有才往點心鋪子裡推薦了一番，把它加到糕點中，果然更受歡迎，如今每月都向點心鋪子供應一批。

田箏與田葉兩個人，每日裡都要做一批果乾。葡萄逐漸過季，還有其他水果可以製作，於是天天都很忙碌。

等魏琅與田老三回來時，差不多過去一個月，這兩人一到家，紛紛表示，還是家裡的食物可口。

臨出發時，周氏給兩人準備了幾個家裡的醬菜罈子，田老三甚至笑言：「我就靠著這罈子活過來了。」

上一次周氏與田箏兩人跟著去時，還租用客棧的小廚房給大家做一日三餐，此次，田老三與魏琅只能將就吃客棧的食物，兩人吃著都不合胃口。

他們回來那樣遲，當然是已經等到放榜結果再回家。魏琅不出意外，考中了秀才，村子裡紛紛奔相走告。

還有兩個月餘即將過年，魏秀才的信很快就到了鴨頭源村，信中除了問結果，也是希望魏琅趕緊去京城一家團聚。

魏琅接到信後，臉色很沈重，田箏也看過信，信依然是尋常的問候之類，可想到與他分別後，不知他日何時能再聚，她心頭很是惆悵，說不清、道不明的情緒糾結在心坎，她問道：「小郎哥，你準備什麼時候啟程上京？」

魏琅意味不明地望了一眼田箏，沈聲道：「箏箏，妳想不想去京城玩？我帶妳一道去怎麼樣？」

田箏當然想去瞧瞧，不過還是搖頭道：「我去做什麼？爹娘定不准的。」

事實上，即便是魏琅帶著，田老三夫妻依然不放心，魏琅如今雖然穩重，可畢竟年歲小，路途那樣遠，要是出個好歹，夫妻倆還不得焦急死？

想想就不可能，田箏失望極了。

魏琅不信邪，便在田老三夫妻那兒碰了一鼻子灰，也沒法把田箏帶走。此時此刻，魏琅才生出一種田箏還不屬於自己的認知。

這讓他堅定了一個信念，必須儘快把對方弄到手才行。

如何弄到手？當然是早早娶來做自己媳婦啊！簡直是不用思考的問題，不過婚姻之事，乃父母之命、媒妁之言，不是憑他幾句話就能說定。

一時間，魏琅便清楚回到父母身邊後，第一件要達成的事，就是請爹娘早些把田箏訂下來。

魏琅緊緊握住拳頭，牙齒咬得咯吱咯吱響。不快一點不行，沒見村子裡像張柱子那樣的無恥之徒老盯著田箏嗎？他心裡有些怨念地想：這丫頭招蜂引蝶的本事未免太強了點。

於是考上秀才後，魏琅大把空閒時間，除了在田家蹭吃蹭喝，教導一下田箏與田玉景武術，其他時間都是與別人鬥智鬥勇。

如何鬥？說出來田箏都哭笑不得。她覺得魏琅簡直就是神經病啊，前兒柱子哥又特意送了一碟馬蹄糕給田箏家。

魏琅一塊也沒給田箏吃，他自己吃完後，心急火燎地跑到鎮上最好的點心鋪訂了一批馬蹄糕送到張柱子家裡去，順便附言：「柱子哥你送來的馬蹄糕沒嚼勁，滋味特不好，你試試這種？」

張柱子一瞧那精緻很多的糕點，這樣的糕點，哪裡是他買得起的，便慚愧地低下頭，道：「是比我買的好吃。」

魏琅用土豪般的無賴招式，一下子深切打擊了張柱子的自信心，使得張柱子再不敢隨意送吃食給田箏。

勝利後魏琅得意地回到田家，蹺著腿，整個人愜意地躺在竹椅上，等著田箏姊妹做好飯後，田箏來投餵自己。

但是，魏琅也有鬱悶的時候，除了張柱子這種輕易打發的小角色，令他鬱悶的是趙元承這廝！果然多活了幾年，憑著多吃幾年鹽巴，趙元承思考事情就很全面，每次要送田葉東西時，順帶會捎給田箏。

他特意研究過小女孩的喜好，每次送上來的物品都能討得田箏歡心。

而且，魏琅也沒名義沒收掉趙元承給田箏的東西，每次見田箏笑靨如花地對著姓趙的說：「姊夫太好了！」

那一句「姊夫太好了」，可把魏琅氣得咬牙切齒。

因此，那天趙元承送來一本最新地理志給田箏時，魏琅就待在書房中挑很久，才挑了幾本雜書遞給田箏，送完便滿目期待等著她說一句「小郎哥最好了」。

結果，田箏只是道：「謝謝小郎哥，我看完後會送回書房的。」

魏琅噎住，頓時洩了氣，他抿緊嘴巴怎麼也說不出口，那是特意送給妳的啊！不用還啊！妳到底懂不懂我的意思啊？

如何不懂？田箏忍著酸澀，魏琅將來的發展不會在泰和縣這方寸之地，他們兩人的差距其實與當初的田麗和魏文傑一樣吧！

人往高處走，水往低處流，魏家奔著前程才往京城去，魏文傑開春就會參加春闈，若是順利，魏家的門檻對田家來說簡直是「高」如登天。

田箏一時有些灰心，望著朗目疏眉、臉蛋稜角逐漸分明的魏琅，那個始終有精神且長得越發高大的小郎哥。她發現自己好像喜歡上魏小郎了，怎麼辦？

田箏趕緊搖搖頭，極力回想上輩子學長的模樣，告訴自己學長才是她的菜啊！可就是奇怪，拚命去想，學長的模樣突然再也想不起來。

臨走前，按著魏琅的吩咐，田箏特意弄了很多自己親手做的吃食，比如花生醬之類的給魏琅帶走。

來接人的，是上次送魏琅過來的商團。兩方當初就商量，這時候來接魏琅。

全村人都來歡送魏琅，馬車旁邊塞滿人，導致田箏只能被擠在一旁，她甚至瞧見田如慧痛哭出聲。

田箏搖搖頭，默默地看著魏琅，似乎是心電感應般，魏琅的視線移過來，兩個人無聲地對望了一眼。

他輕聲說完一句話後，便擺擺手，進了馬車。

田箏頭冒黑線，即便那麼小聲，她還是聽明白，魏琅臨走時說：「個子那麼矮，趕緊多吃飯吧！」

瞬間什麼傷心都給拋到九霄雲外了！又嘲笑她矮？其實田箏已經一百五啦，按照年齡，一點都不矮啊！

魏琅走後的一段時間，田家上下都非常不習慣，田老三甚至還道：「小郎走了，感覺家裡似乎少了個人般，我這心裡空蕩蕩的。」

田箏斜眼對著爹爹道：「爹，魏小郎真的是你兒子吧？」

這話惹得田老三輕輕拍了下她的頭。「胡說，我要是有小郎這樣出息的兒子，作夢都要笑醒。」

田玉景不愛讀書，田箏讀了書又不能考科舉，家裡若是想要出個讀書人，只能把希望寄託在孫子輩上。

親爹的一句話，立時就讓田箏感覺到什麼叫「別人家的孩子樣樣好」，連田葉這向來恬靜的姑娘，都故作抱怨道：「爹爹原來不喜歡我們三姊弟。」

田老三只得尷尬地撓頭，呵呵傻笑地表示：「沒有，絕對沒有。」

新年的腳步來得快，去得也快，田箏只覺得忙忙碌碌中轉眼已經是陽春三月，萬物復甦的時節。兩個月前田葉順利出嫁，家裡如今越發安靜，只有田玉景隔三差五回家來，才有很多歡聲笑語。

田箏現在很是喜靜，把每日的家務活兒打理完就宅在自己房間練字或讀書。此時把手中的毛筆放下，她的書桌正對著窗戶，抬頭便能看見外面的風景。

正好周氏挑著一擔大白菜走進大門，田箏伸了伸胳膊，然後才走到院子裡，幫著娘親一塊兒清洗。大白菜曬乾醃製後，亦是一道美味。

周氏笑著道：「妳啊，讓妳多去找小姊妹們玩，偏是不去。自己悶在家裡有什麼好呢？」

周氏倒是開始嫌棄田箏宅了，小女兒天天守在家裡，若非必要，大門都不出，一家三口人吃飯時，連隻蚊子聲也無。可把周氏惆悵的……

田箏道：「有什麼好玩的？」

村子裡的姑娘們，好多都聊不上來，她們的話題不是哪家的姑娘針線好，就是又有什麼新花樣的繡法，還有彼此偷偷交換一下心儀的物件，或者打聽誰喜歡上哪家的小夥子。

有那個時間，田箏更樂意翻翻書、寫寫字，一在書桌旁坐下後，她整個人的心就會變得很寧靜安逸。

周氏露出個無可奈何的神色，然後道：「也不知妳弟弟今兒回來不？若是回來，我得去張屠戶家買豬腳才是。」

豬腳加上黃豆慢慢燉煮，美味濃香，田玉景特別愛吃。田箏倒是很喜歡吃裡面燉得軟爛的黃豆粒。

周氏說完這句話，其實心頭與田箏感受一樣，覺得家裡著實有些清冷。

田箏伸手撥開額前的頭髮，對周氏道：「我想吃呢，等會兒我去莊子哥家裡買吧？阿景若是不回來，咱們可以自己吃。」

「去娘的房裡拿錢，現在就去買吧！」燉豬腳的時間長，索性早點去買，周氏便催促田箏趕緊去。

將手擦乾淨，田箏拿了錢就出發，立刻到張屠戶家拿到豬腳，田箏付完錢便回家開始動手處理手中的食材，等豬腳燉得軟爛時，田老三扛著鋤頭也到家了。

尚未開飯時，田箏抽空去魏家給七寶送飯。

聽到腳步聲，七寶已經一溜煙地衝到門口，等田箏打開門，七寶就圍著她打轉……

田箏坐在一旁看著七寶大口大口狼吞虎嚥時，突然笑道：「吃慢點唄，真是有什麼主人養什麼狗。」

七寶可不懂人語，牠吃了一口還不忘回頭望田箏一眼。

田箏知道狗護食，也不去打擾牠，低著頭思緒亂飛，半晌，感覺到七寶在撓自己的裙角，便摸摸牠的頭，逗弄了一番，田箏才提腳回去。

可剛邁入堂屋呢，就聽到爹娘房裡傳來聲音，前面幾句說什麼她沒有聽到，只聽得周氏冷不防道：「他爹，我們家箏丫頭的親事，你心裡有什麼想法？」

田老三沈默片刻，道：「急什麼？葉丫頭才出嫁多久，家裡已經怪冷清了，咱們箏丫頭的婚事遲一點吧！」

周氏瞥了丈夫一眼，埋怨道：「我哪裡是想急著把她嫁出去，總得有幾個人選是不？咱們可以先瞧著。」

田老三披了件大衣，然後轉頭疑惑道：「妳怎問起這個來了？」

周氏道：「今兒柱子他娘來探過我的打算，我覺得柱子這孩子很是不錯，家住得近，且我們自小看著長大……」

周氏一句話把張柱子誇了一番。

聽媳婦的意思，很是中意張柱子，可丈人與女婿天生不對盤，田老三看誰都不樂意，哼道：「那丫頭自小就有主意，妳可別急匆匆定下她的事，若有合意的，也得問過箏丫頭心裡的想法才是。」

田箏偷聽到這裡，突然想給自家爹按讚！這些年沒白費心思，父母總算不會一言堂決定自己的大事。

柱子哥也太……她說不清什麼感覺，柱子哥沒什麼不好，可她從來沒有把張柱子當成未來夫婿的人選，這猛然間聽聞娘親說很不錯時，田箏覺得很虛幻。

周氏回道：「我哪裡不會問她的主意，就是咱們先看看唄。」其實以周氏的想法，張柱子家近是最大的好處，這樣閨女即便嫁了人，還是在自個兒跟前晃蕩，什麼事都有他們夫妻倆看著，因此，周氏心裡是很滿意的。

田老三道：「先別說這些，我肚子餓，吃飯去吧。」

田箏趕緊退出去，假裝自己剛到家，笑嘻嘻喊道：「爹、娘，估摸著阿景今兒不回來了，咱們先吃吧？」

很快，田老三與周氏走出了房門，三人盛好飯就開動。

平靜的一日過後，翌日，田箏起得比父母都早，按魏琅教導的方法活動了下筋骨，便在院子裡的菜地上摘了菜準備拿去小溪邊清洗。

剛打開門，就撞見了二伯母胡氏在門外，她露出個笑容，打趣道：「喲，箏箏起得可真早呢！」

田箏道：「二伯母好。」

心裡卻納悶，二伯母今兒慈眉善目的，實在太奇怪了，想要她那棺材臉擺出個笑容來，沒好事是不可能的。

「嗯，妳娘還沒外出吧？」胡氏點點頭，側身繞過田箏，直接往三房屋裡走。

田箏想了一番，左右不過是有所求，二伯母根本拿捏不住自家爹娘，倒是沒什麼好擔心的，於是就專心在門口的小溪邊洗菜。

等田箏洗完菜進了家門時，剛好又碰見胡氏咧嘴笑著離開。

田箏不得不問道：「娘，二伯母剛才與妳說了什麼？」

周氏臉色有些為難，嘆氣道：「妳二伯母想請我幫妳三姊相看人家，著急得很，需要早點定下來。」

幫田麗介紹對象是一樁難事，其實周氏也不是沒有介紹過，人選全被田老二夫妻拒絕了，導致她實在不想沾染這事。

周氏牽線，若是田麗過得好，不見得能討二房一句好話；若是田麗過得不好，日後難免有口舌之爭。

二房捨不得花錢請媒婆，想要把田麗嫁出去，只能號召親朋好友介紹，另外還因為二房以前獅子大開口，說是沒有二十兩銀子的聘金，別想娶他們女兒。這話一出，瞬間把附近有心求娶的男兒嚇回去了。

田麗這小姑娘，人美嘴甜，挺討人喜歡的，田箏並不覺得她條件很差，為什麼淪落到如今的地步，主要是這姑娘對待婚事很消極。田麗表面上好像無所謂，什麼都讓父母拿主意，大有萬事不管的樣子。

上回周氏給介紹的是她娘家周家村的男兒，對方是家裡的長子，身高模樣都可以，家中田地多，加上在縣裡賣菜的收入，那戶人家日子很不錯，可連這樣的人家，都被嫌棄了。

唉……

周氏又嘆了口氣，道：「妳芝姊姊要定下的人家是張屠戶家的大山，剛才妳二伯母說他家願意給二十兩銀子。」

不用周氏解釋，田箏已明白，敢情是為了田芝的婚事，就想把田麗匆匆嫁出去。

張家竟然願意為了田芝拿出二十兩的聘金。田箏忍不住咋舌，張屠戶家能拿出二十兩銀子不奇怪，只不過相較其他人家的娶妻花費，田箏依然覺得好多錢啊。

難怪田老二與胡氏想趕緊抓住這樁婚事，為此，才開始打算起田麗的婚事。

一時間，田箏很是佩服田芝。畢竟張大山能說服父母花這麼多錢娶她，就是田芝的本事，且張家的日子很不錯，將來又是嫁在同村，根本不愁日子過不下去啊。

田箏昨天買豬腳時在張屠戶家撞見田芝，瞧她對張大山流露出顯見的情意，張大山亦然。

一母所出的兩個姑娘，積極與消極的態度，婚事得到兩個結果。

田箏因而有了些感慨，心境突然打開了。她想給魏琅捎一封信，問問這傢伙近來都在做什麼。

魏琅走後，只來了一封報平安的信，之後就再也沒來過信，實在與他往日的作風不符，導致田箏有些擔憂。

結果她剛有這想法，先後兩天便接到了兩封信：先到的是一封來自京城魏秀才寫的，另一封則是魏琅不知從何處寄來的。

田箏看完魏秀才的信後，整個人嚇出了一身冷汗，導致田老三問她來信內容時，田箏依然有些恍惚。

魏秀才來信詢問田箏是否有收到魏琅的信，可有他的消息。這麼說，魏小郎是失蹤了？田箏捂著心口，極力冷靜把信看完。

信中的起因沒有說明，只道魏琅因為一些事跟家裡意見相左，於是負氣出走，信件一來一回最少都需兩個月，田箏看了下來信時間，這麼一算，魏琅離家出走時剛好是除夕剛過沒幾天，因此已經有兩個多月了。

田箏抖著手，氣得簡直要跳腳。依她看，那熊孩子絕對有可能幹出這種事，真真是氣死人了，居然一聲不吭就離家？是人能做出的事嗎？

魏秀才來信的目的，就是希望田箏如果有收到兒子的信時，一定要馬上告訴他們。既然魏琅不願意告訴家裡人行蹤，以魏秀才夫婦對兒子的瞭解，他定會跟田箏說一聲，這才急急忙忙寄信回鴨頭源。

可惜結果要讓魏秀才與魏娘子失望了，魏琅根本就沒有寫信給她，田箏說不清什麼感覺，僅是默默地抿緊嘴巴，最後只餘下生氣與擔憂。

等田箏把事情一說，田老三夫妻都很是著急，家裡三口人幾乎沒睡個好覺，田箏更是一夜未眠。

天亮後，睜開眼爬起來，田箏恍恍惚惚的，春風拂面透著一股涼意，她在櫃子裡給自己找了一件衣裳，也沒什麼心思做事，便往魏家走。她直接踏進魏琅的書房，田箏坐在他時常寫字的書桌旁，那兒還留下一本他的字帖。翻開來，洋洋灑灑的字跡，龍飛鳳舞。

魏琅其實與田箏一樣，喜歡看雜書，天文地理、人文風貌等等類型。她百無聊賴地翻翻書，枯坐了一會兒，實在想不出這傢伙去了哪兒？

什麼頭緒都沒有的田箏走到屋簷邊，與七寶玩耍了一會兒，就回家了。

剛回到家，周氏迎面便道：「剛才妳三祖母讓妳嬸子送了一封信，我正打算找妳回來看看寫的是什麼。」

還有信來？田箏趕緊道：「快拿給我看看。」

周氏道：「聽送信的那人說，因為路程上耽誤了一點時間，遲了半個月才給我們送來。箏箏妳快看看是誰寄來的。」

瞄一眼字跡，見果然是魏琅的信，一晚上懸著的心就落了地，田箏笑著道：「娘，是小郎哥的信。」

田老三催促道：「趕緊唸來聽聽。」

田箏便逐字逐句地唸給爹娘聽，唸到一半時，田家人都不淡定了。田老三更是用力向桌子拍一掌，惱道：「簡直是胡鬧！出海哪裡是這般容易的事？怎沒人阻止小郎幹這種糊塗事？」

原來魏琅負氣後，跟著熟悉的商團出海跑貨了。

大鳳朝雖然國泰民安，可海外的事又有誰知道呢？即便是在泰和縣這種小地方，依然常聽人說，某大商團在海上遇到大風浪或者海盜，全船覆滅的消息。

田老三與周氏兩個人臉色都很難看。這不奇怪，兩個人其實都把魏琅當成自家兒子看待，他們由衷地心焦起來。

田箏心裡亦著急，只能根據魏琅的描述來安撫爹娘，道：「信是臨上船時寫完，小郎哥讓人送回來的。他乘的那一艘船，有配備齊全的防護措施，讓我們無須憂心。」

周氏搖頭道：「怎能不憂心？」

出門在外，不管環境多安逸，關心愛護你的人始終放不下心頭的憂慮。田箏看到最後，對魏琅真是又氣又恨。

田老三重重道：「妳趕緊給魏秀才與魏娘子去信，告訴他們小郎的行蹤。」

田箏翻了一下信紙，突然掉出了一頁來，她蹲下去撿起來，只看了一點，一張臉瞬間羞紅了，她忽地將信紙收起來。

見閨女的異樣，周氏問道：「還有什麼沒唸到？」

田箏略微慌張道：「沒……沒了。剛才都唸完了。」說完，她急匆匆往自己房間裡面走，順便道：「我去寫回信。」

直到躲在自己房間，田箏才把那一頁紙拿出來，先是快速掃了一遍，田箏當即在心裡痛罵對方，這是什麼人啊！竟然敢在給家裡的信中夾帶私貨。

明晃晃地給自己寫情書，還要不要臉啊？

開頭的內容就是：

箏箏：

想妳，念妳。如今我歸期應是明年春，等我返家來娶妳為妻，妳切不可行那招蜂引蝶之事。

之後又介紹了他出海前的日常，還有做了哪些準備。

田箏感覺臉如火燒般發燙，整個人都飄飄然了。但是，魏小郎這話鋒不對啊！這麼肉麻兮兮的話，真的是出自那個跩得二五八萬似的魏小郎嗎？田箏再一次比對了字跡，依然找不出別人代筆的痕跡。她真的很想拍死魏琅，什麼叫明年回來就娶她為妻？他願意娶，不見得自己樂意嫁呢！

還說什麼招蜂引蝶之事？穿越到這裡來，爛桃花都沒遇到過一朵好嗎？田箏想到這個時，自動忽略了唐清風那廝。

田箏不知道，魏琅在寫這封信時，冥思苦想了良久，才寫下那幾句話。他一點兒也不覺得自己肉麻，他只是把自己想說的，很坦誠地寫出來而已。

之所以走時沒有當面與田箏說，本來是打算到了京城，徵詢父母同意後，就馬上跟父母一道回來把訂親的章程行一遍，可萬萬沒料到事情出了變化，於是只能行此下策。

魏琅心裡對田箏很有愧疚感，但字裡行間一點兒也沒顯露出來，他只能偷偷告訴自己，將來一定要對田箏好。

田箏忍不住反覆看了那張信紙，魏琅有詳細介紹了行船的路線，還有途經的地方，以及有哪些準備等等，田箏知道都是為了讓她安心。

他們那艘船隻前往外邦的幾個交易港口後，就會轉回來。而那幾個港口，田箏在朝廷印發的書籍上看過詳細介紹，算是很平穩的地方。

稍微放下心後，她又繼續糾結魏琅的事。倒是沒有想到，去年回京城之前，他竟然與趙元承聯繫過，弄了一大批香皂走，這次出海又追加一批香皂，並全運上船了。

香皂在燕脂坊的運作下，這幾年來已經在臨近幾個市鎮打響名聲，可影響層面依然不夠廣泛，少部分香皂到了京城，目前還沒被大量使用，因是稀罕貨，價格倒是翻了幾倍。不過，魏琅能看見商機，可見這傢伙腦子靈活。

田箏忽而又想到他偶爾說了一句什麼定會努力賺錢云云，原來不是自說自話啊。

之後，田箏的回信還沒往京城寄，魏秀才與魏娘子很快又來了一封信，言明他們已經收到兒子給他們的信。

魏秀才感謝了一番田家，突然就提到，有意為小郎求娶田箏為妻，不知田老三與周氏意下如何？信中字字句句寫得很誠懇，說是希望給田老三夫妻時間考慮一番。

田箏讀完後，整個人都窘迫了，偷偷瞥了爹娘一眼，發現他們臉色都很懵懂，似乎沒反應過來。

田箏拿手輕捶了下自己，突然很想捂住臉，哪家姑娘像她那麼困窘，居然要親自唸關於自己婚事的信件。

「啊？」周氏呆愣一會兒，大聲問道：「箏箏，妳再唸一遍，秀才先生說什麼？」

還來一遍？田箏把信紙一拍，羞道：「就是那樣唄。」

周氏只是想確定一下，得到結果後，她這會兒突然又發起愣來。

而田老三眉頭皺得能夾死蒼蠅，半晌才出聲道：「不行！不行！我們箏箏絕不能嫁給魏小郎。」

周氏聞言，納悶道：「為什麼不行？」

田老三急紅了臉，道：「為什麼就行？我不想閨女嫁那麼遠去。她將來定居在京城，我要是想念閨女了，何年何月能見一面？」

周氏心裡很糾結，她覺得這樁婚事很好，可就是離家太遠，一時也惆悵起來，不過夫妻倆還是拋開距離問題，當著田箏的面聊起來……

田箏看著父母，然後默默地退到自己房間。

最後，田老三夫妻對田箏與魏琅的親事，倒是很平常心。田箏沒有去探他們的口風，只是之後凡是有人來田家打探田箏的親事時，周氏都會笑著婉拒了。

看來魏小郎這一招以防萬一、預先把求娶的意思說出來，果然還是打動了爹娘的心。

日子平淡地過著，田麗的婚事很快就有了動靜，最後是由尹氏作主，嫁給了鄰村一戶家境過得去的楊姓人家，田麗定下親事，田芝隨之跟著定下來。

田麗在初夏出嫁，田芝則在夏末初秋時節。兩個人的婚禮規模都辦得尚可，田箏仔細觀察過田麗的狀態，發現她並無什麼不妥。

轉眼秋收時，田麗與她丈夫回二房幫了幾天忙。

某天，田麗逮著機會，突然跟田箏說道：「箏箏，我已經醒悟了，以前的自己那般可笑，早點認清事實，便不會是這般下場。」

田箏想，她大約是想說，不與家裡倔著不婚，可能有比這更好的親事。於是她笑了笑，不知道該如何回答，她自己覺得三姊夫為人很可以，老實忠厚且能吃苦耐勞，與這時代普通的莊稼漢一樣，他除了嘴皮子不利索，沒什麼大缺點。

田箏嘆一口氣，道：「麗姊姊，日子是人過出來的。妳想過得好，就是把事情往好的方面想，那些讓自己不愉快的，只能忽略掉。」

田箏言盡於此。

田麗點了點頭，道：「我只是想與妳傾訴一番，他……他其實對我很好。」她的臉色有些紅，停頓了一下，接著道：「就這麼過吧。」看來是認命了。

與田麗談論一番後，田箏這幾天都有些憂鬱，直到後來接到魏琅的信，心境又開闊起來。原來是他們在海上遇見回航的熟識船隻，船上人紛紛讓對方帶了家書，於是魏琅也給田箏寫了一封。

田箏看完後，魏琅信中的某一句話，突然戳中了她的心，瞬間讓她感動得哭了。

信中寫說：外面世界那麼廣闊，我定會帶妳一同遊覽。

因此，當田老三與周氏詢問她對婚事的意見時，田箏很是斬釘截鐵道：「爹、娘，我決定只嫁給魏小郎。」

既然他喜歡她，她也喜歡魏琅，為什麼還要扭扭捏捏、拖拖拉拉的？索性就大大方方地定下來。

得了田箏的正面回應，田老三即便捨不得，依然讓她給魏家去信。之後，兩家的親事言明，等魏琅回來後，再挑好日子。

第十六章

時光匆匆，又過去一年多，田箏有了大姑娘模樣，一百六十幾的個子，比周氏還高出幾分，站出去整個人顯得亭亭玉立，好不嬌俏。

田箏受到田葉的邀請，明兒要到趙家莊子裡玩，如今又來到初秋，天氣炎熱，很適合去莊子避避暑氣。

他們剛出發沒多久，就有人來拍趙家大門，守門的見來人長得高壯，卻黑乎乎如煤炭般，只瞧見明亮的眼睛和一排白牙，心道：這哪裡冒出來的人啊？長得可真滑稽。

那人在田家附近得知田箏他們走了一個多時辰，當即一甩馬韁，匆匆追了過去。

馬車緩緩地駛向目的地，前面趕車的是趙家車夫，田葉帶著女兒趙樂嘉與田箏在車廂裡坐著，因車廂裡鋪著軟墊，倒不會太難受。

突然，馬車被迫停住，車夫嚇了一跳，以為遇到了打家劫舍的歹人，臉色驚恐地看著那身著一身青衫，陽光明媚之下亦瞧不出容貌的男子。

那人抱拳問道：「可是趙家的車駕？」

來人禮貌相問，車夫稍微放了心，出聲問道：「閣下是？」

看來是了，總算追上！

顧不得回答無關的人，男子扯出個笑容，立刻就對著車廂大聲喊道：「田箏、箏箏，快出來！」

田箏悶在車廂裡，正覺熱得慌而馬車怎還不走時，聽聞那一句嘹亮的聲音，心猛地一抖，雖然褪去了少年的音色，她還是立刻認出了魏琅的聲音。

田葉偏過頭，疑惑道：「難道是小郎？」

見裡面無人應答，魏琅連喊了幾聲。「箏箏……妳怎還不出來？」奇怪？難道找錯車？沒可能啊，他在趙家門前聽聞了車駕的裝飾，不可能認錯。於是他又大聲地喊了幾句。這條道上也不是全無路人，一時間惹得好些人側目。

田箏憋得臉色紫紅，忽地一把將車簾拉開，大聲道：「喊什麼？天上的老鷹都快被你喊下來了。」

「不怕，老鷹下來也叼不走妳，我會把牠趕跑的。」魏琅咧開嘴笑著對上田箏的眼睛，田箏被他那燦爛的笑容閃瞎了眼，突然忘記吐槽他了。

這爽朗豪放而真摯的燦爛笑容，是因為終於見到了心心念念的人兒。魏琅翻身下馬，立刻來到田箏面前。

一股欣喜悄然在心底開花，田箏扭捏道：「誰跟你說笑呢，你怎麼突然回來啦？」

魏琅伸出手，要扶田箏下馬車，便道：「才剛到家，聽聞妳去了姊姊家，因為想早點見到妳，就追過來了。」

好直白。田箏臉一熱，哼道：「誰讓你那樣急？我又不是不回去，後天就回家去了。」她也沒拒絕魏琅，伸出手順著他的力道下了馬車。

魏琅低聲道：「我不急，就是不想讓妳等太久。」

這話發自肺腑，原本計劃開春時節便該到家，可路上出了情況，拖延到春末才靠岸，大致理順了一些事，回了趟京城與父母商量好，他就馬不停蹄地往鴨頭源村趕路。

拖了幾個月，也沒法給田箏傳遞信件，魏琅怕田箏在家裡焦急，本來爹娘是想讓自己與他們一道走，可他還是駕著馬先行了。

只是很遺憾，本來按照計劃，他們該幾個月前就訂親，錯過好日子，魏琅想想還是有些鬱悶，不過終於見到田箏，他一時間盯著看個不停。

田箏一怔，突然發覺這熊孩子越來越肉麻了，且他還一點自覺都沒有，可說實在的，因超出了說定的時間，一直都無魏琅的消息，她的確焦慮過、暴躁過，也惱過他……

一切的不安，暫時被這句「不想讓妳等」撫平了。

對方的眼神太炙熱，田箏忍不住掐了一把他的胳膊，故作生氣道：「看什麼呢，沒見過這麼漂亮的姑娘嗎？」

「咳咳……」車廂裡的田葉實在聽不下去了，禁不住咳了一聲，提醒那久別重逢的兩人，旁邊還有圍觀的人呢。

魏琅悄悄比劃了下田箏的身高，發現只到自己的下巴處，嘿嘿地笑了一聲，馬上板著臉，正色道：「葉姊姊久未見面，妳可好？」

互相招呼過後，田葉便道：「小郎，馬上要到莊子了，你與我們一起去住幾天吧？到時一道回家去。」

魏琅倒也不急，馬上應道：「可以，只是我出來倉促，衣裳鞋襪都沒有帶來。」可不是呢！剛回到鴨頭源村的魏家扔下行李，就跑出來了。說出口時，他才感覺有些不好意思。

田葉笑笑道：「莊子上有你姊夫的衣裳，我看你應該能穿下。」倒是想不到魏小郎長得那般高大了。

很快地，魏琅騎著馬，跟在田箏他們馬車旁邊走，看著他精神抖擻的樣子，田箏突然覺得有些窘，特別是面對田葉打趣的眼神時。

半晌，田箏生氣了，道：「姊姊妳瞧什麼呢？我臉上又沒花。」

田葉噗哧一聲，樂道：「我倒是問妳，剛才我不出聲阻止，妳是不是要跟著小郎回家去了？也不想想妳今兒是去哪兒呢。」

妹妹與魏琅的親事，在家裡都是過了明路的，所以他們久別重逢，田葉不忍心打擾，反而那兩人完全忽略周圍的人事。

田箏不著調地下了馬車，眼看就要跟著對方走，田葉不得不攔住。

田箏自己也覺得姊姊有理由嘲笑自己，本著死道友不死貧道的心理，她只能岔開話題道：「妳看看他那烏漆墨黑的模樣，也不知道在哪個泥裡滾了一圈回來呢。」

魏琅曬得更黑了，猛然一見，真以為是從非洲難民營逃出來的。田箏捂著嘴偷偷笑，不過也沒黑人那麼誇張，就是相比旁人，黑得很明顯而已。

田葉拿著扇子輕輕地搧風，見妹妹心裡歡喜卻故作嫌棄的樣子，便道：「妳姊夫認識很多比他白淨的男兒，妳若是不喜歡，我讓妳姊夫給妳挑個好的。」

沒法聊了，田箏閉上嘴巴，任由田葉打趣。

結婚有了孩子後的女人還真有點可怕，像自家姊姊，明明以前是個知心柔順的姑娘，現在變得嘴巴那麼碎。整天調戲自家妹妹有意思嗎？

田箏別過頭，剛好轉向了車窗旁，立刻對上了魏琅的視線。他露出笑容來，田箏馬上回了一個笑臉。

烈日下，魏琅整個人更加燦爛。

很快就到了趙家莊子處，魏琅幫著把幾個人的包袱拿到竹屋裡面，田葉抱著女兒與田箏走在後面。

稍做安頓後，田葉才把自己丈夫的一套衣裳找出來，想著應該能讓魏琅穿上，便帶過去給他。魏琅在她心中，其實與弟弟一般無二，也沒什麼避諱，魏琅接過衣裳，就提出想去洗漱一番。臨去洗漱時，他不忘吩咐道：「箏箏，我想吃韭菜雞蛋粥。」

連著趕路，吃的都是粗糙的食物，想到馬上又能吃田箏精心熬煮的粥水，他忍不住嘿嘿地對著她一個勁兒地笑。

田箏腹誹道：一回來就把她當廚娘！可還是忍不住問道：「還有什麼想吃的嗎？」

魏琅凝神想了片刻，搖頭道：「想不出來了，在海上時，就想吃妳煮的粥，那妳隨便煮些其他菜吧！無論什麼，我都會吃光的。」

他自己也試著熬粥，但是就沒有田箏那種味道。再說，船上都是粗漢子，沒幾個熱衷於做吃食的。可想而知，他的肚子飢渴了多久呢！

真不客氣呢！田箏哼哼一聲，腦子裡冒出了一長串的菜單，幸好因為她們要過來，已經提前通知莊子的主事早早準備好不少食材。

田葉要帶著自己孩子，於是只有田箏及莊子的長工在灶房忙碌。

田箏做菜時，那位長得胖胖的嬸子幫著看火，先是做了一道涼拌菜，她試了下覺得味道可以。至於魏琅「欽點」的粥，早已經在另一個灶上熬著。

下了油後，放下剁成一塊塊的排骨，田箏要做糖醋排骨，這道菜如今吃著不會覺得膩。

等差不多收汁時，洗完澡後穿戴整齊的魏琅走進來。他出聲讓幫忙的嬸子離開，由著他來看火就行。那胖嬸子接收到田箏的示意，便一聲不吭地離開了。

田箏皺著眉問道：「你怎麼不去躺一會兒？」

騎馬趕那樣久的路，是人也累了吧？

魏琅不出聲時整個人很嚴肅，雖然輪廓依然有少年的清俊，只是越發有男人味了，當然是他不犯中二病的前提下。

魏琅道：「吃飽了再睡。」

在田箏悄悄打量魏琅時，魏琅也偷偷地觀察著她。她的模樣與自己想像中差不多，就是沒想到田箏竟然長高了，且還長得面容姣好、婀娜多姿，魏琅忍不住上前抓著機會親了一口，剛好親在田箏的側臉上，嚇得她差點把手中的盤子摔碎。

她放下盤子，惡狠狠地瞪著魏琅。

魏琅絲毫不惱怒，反而覺得她那模樣越發可愛，一時間忍不住伸手揉了揉她的頭。

田箏抱著自己的腦袋，吼道：「你有完沒完啊？」

「沒完。」魏琅無賴道。說完，他突然一本正經地問道：「箏箏，我離開的日子，妳有沒有想念過我呢？」

見田箏傻愣愣地不答話，魏琅眼裡有些受傷，哼道：「難道妳一點都沒想念過我嗎？我不是說了讓妳切不可行那招蜂引蝶之事？」

不想念，莫非是她不喜歡自己？

話題轉換得太快，田箏一時都反應不過來，她實在接受不了魏琅話鋒多樣的轉變，這麼肉麻兮兮的話題，讓她怎麼回答嘛。

半晌，她小聲道：「小郎哥，我很想你呢。」

發自肺腑的想念啊。

魏琅聽完，咧嘴又笑開，在田箏猝不及防時把她攬入懷裡，親上她的額頭，還竊喜道：

「箏箏，咱爹娘應該過幾天就會回家來，已經選好了日子，乾脆就不訂親了，我們直接成親吧！」

真肉麻，這麼令人噴飯的話，卻讓田箏心頭一軟，感覺自己快要招架不了他。

清淡的粥香味飄蕩在灶房裡，田箏掙脫魏琅的箝制，把準備好的幾顆雞蛋打入滾燙的粥中，拿著勺子攪動一番。眼看雞蛋逐漸變得熟透，這時候再倒入切成段的韭菜。只需等待片刻，這道粥也算熬好。

魏琅站在一旁無聲地注視著忙碌的田箏，他心裡升起無限的滿足感。見她似乎要把灶上的鍋端下來，就攔住她道：「我來端。」

等把粥鍋放下來後，魏琅回轉身，趁田箏不注意時，又偷了個香吻。

田箏無語地看著他，魏琅卻得意地挑眉，對她挑釁道：「我就愛這樣了，妳能拿我怎麼著？」

田箏問：「我不能拿你怎麼著，就是很想問你這一年多到底遇見了什麼？又是誰把你改造得這麼不要臉啊？」

田箏憑著地理書籍，詳細研究過大鳳朝領土周邊的國家，發現與後世不同，因此她還是不知道自己到底穿越到哪兒了。

朝廷依然以禮儀之邦號稱，而那些外邦的行事卻頗為大膽奔放，親、摟、抱這些算是小意思。莫不是在外面看多了，魏小郎學了些壞習慣？

魏琅的確是在外面看多後早就想嘗試了，這不一回來就忍不住，可他才不會承認自己不要臉呢，馬上哼哼道：「我餓了，吃飯去吧？」

說著，他很積極地幫著田箏把煮好的飯菜端到飯桌上。

這次避暑的莊子，田箏已經來過很多次，倒是很熟悉。為了涼快與欣賞景色，他們在竹屋前靠近小瀑布旁邊的樹蔭下，擺上了桌椅碗筷，這樣吃飯亦是一種樂趣。

吃飯前，趙元承匆匆趕來。因為前幾天去了永和縣，早知道妻子與妻妹會來這裡，他回程時直接過來，趙元承與魏琅互相見禮，隨意攀談幾句後，便急忙抱起自己的女兒。

趙樂嘉才一歲八個多月，剛好是牙牙學語的時候，能說簡單的詞語，趙元承就逗著她道：「乖女兒，叫爹爹。」

趙樂嘉一個勁兒往他懷裡鑽，露出甜甜的笑容，奶聲奶氣喊：「爹……爹……」可把趙元承甜得整個人都酥了，恨不得揉進心坎裡。

父女天倫之樂，一時令魏琅瞧得不是滋味。他不是沒有嘗試過抱趙樂嘉，可惜小孩不認識他，且魏琅如今曬得黑，看起來比較嚇人，趙樂嘉不樂意，魏琅當時還想強行把她抱過去，當即嚇哭了小孩兒，導致小孩不待見魏琅。

魏琅那會兒對著趙樂嘉道：「哼，別人家的小孩，我才不稀罕。以後我自己生個女兒，一定比妳可愛萬分。」

這會兒見趙元承父女的舉動，魏琅依然有些心癢癢的，便厚著臉皮湊過去，努力擠出笑容來。「叫聲姨父，來，姨父……」

許是趴在父親懷裡，小孩兒有安全感，因此也不再怕魏琅，趙樂嘉一臉懵懂而好奇地盯著魏琅。

魏琅再次耐心十足地哄道：「姨父，叫姨父……」

趙樂嘉終於給面子，喊了一句：「姨……姨……」

魏琅失望地搖頭，再次鼓勵道：「還要加個父子，再來一遍——姨父。」

趙樂嘉嘟著嘴，果然加了個字道：「父。」

那話一出，惹得一旁趙元承看不過去，趕緊把自己女兒攬到一旁，立刻不滿地宣告主權道：「這是我閨女。」

魏琅哈哈大笑起來。

兩個男人說了些什麼，田箏與田葉離得遠沒聽清楚，等擺好食物，田箏朝他們喊道：「姊夫、小郎哥，都快來吃飯吧。」

等大家坐下來，田葉想抱過女兒去餵飯，趙元承便道：「妳帶她一天也累了，還是我來餵她吧。」

田葉溫柔地看著父女兩人互動，時不時給自己丈夫挾菜。

田箏與魏琅兩個人坐在另外一邊，見他們一家三口完全把旁邊的兩人忘記，田箏是見怪不怪了。

魏琅揉了下眼睛，正經道：「箏箏，我們趕緊吃飯，歇一夜，明天就回家去成親，我得早點生個女兒才是。」

看著別人的閨女再眼熱都不是辦法，魏琅認為閨女還是自家的好。

這話一出，田箏差點就噴了一口茶，可還是被茶水嗆住，連咳了幾聲，對著魏琅幾乎是怒目而視，簡直想拍死他。

趙元承與田葉都忍俊不禁，紛紛笑了，趙元承還挑釁道：「你說想生，哪是立刻就能生下來呢，你至少也要等一年多。」

魏琅別過臉，他跟趙元承除了公事以外，果然其他時候真的一點也不對頭。得瑟什麼？不就是比他們先成親嘛！

魏琅哼道：「就一個閨女得意什麼？將來我要生他七個八個，絕對要比你多。」

趙元承小心翼翼地給女兒餵了一勺粥，聞言淡定道：「我等著呢。」

田箏才剛被茶水噎住咳得臉色緋紅，這會兒一點都不淡定了，惱羞成怒道：「小郎哥，你說話注意點，七個八個你自己去生。」

魏琅道：「當然是我自己生，難道我還能讓別人跟妳生？」

田箏捂住臉，羞得簡直不忍直視他那一本正經的臉。

田葉看著幾人鬥嘴，忍不住好笑，這三人倒像是沒長大一樣，特別是自家妹妹，都已經自動帶入媳婦的身分了，田葉笑得直搖頭。

趙元承面對魏琅的叫囂，顯然不會放任，於是轉而回頭對田葉道：「媳婦，我們要抓緊時間再生一個孩子，得讓小郎一直超不過才是。」

田葉立時紅了臉，惱怒地遞了個眼色，看得趙元承心下一動。

田葉是個很容易滿足、性情柔和的姑娘，成親後日子一直很和順，而趙元承是真心喜愛她，夫妻倆感情自然甚篤。

粉紅泡泡漫天飛，歪膩死人！田箏捂住臉，覺得這頓飯快吃不下去了。

第二日，天剛亮，魏琅焦急地準備啟程返家去。既然要回去當然是一道走，於是趙元承一家三口，連同田箏，都回了鴨頭源。

他們到了村子裡自然又是一番熱鬧。魏琅為了避嫌，依然住在魏家。此時魏家早就已經被周氏打理妥當，魏琅把自己帶回來的行囊也收拾了一番。

訂親與成親的物什，在京城時，魏秀才和魏娘子商討過，早就寫下了單子。雖然延時且如今又急著訂親，但他一點都不想委屈田箏。因而，好多泰和縣沒有的精巧物件，在京城買一批，東西是跟著爹娘一道走，估摸著也在這兩天他們就到家。

此時，村子裡才傳出田箏與魏琅即將訂親的消息，當全村人都知曉後，有真心為田家歡喜的人，自然也有酸葡萄心理的。

里正的娘子就是酸葡萄的代表人物。她閨女田如慧心儀魏琅的事，她當娘的人怎麼可能不清楚，甚至田如慧當年的行為，還是里正娘子縱容的。

本來不能到嘴的肥肉，若是身邊誰也吃不下，那還有個平衡心理，可這會兒，偏生讓身邊人吃下嘴了。

里正娘子頗不是滋味，在家裡時，就語氣埋怨地對田守元道：「當年我說別讓閨女那般早成親，你不聽，現下可好，便宜了那田老三家。」

以前田家過的是什麼日子啊？幾十口人擠在一棟房子裡，半個月也不見一頓肉味的人家，這些年日子竟然越過越好，甚至早就超越了她家裡一大截。

作為鴨頭源村裡最大的官，里正娘子隱隱一直有種高於別人一等的心態，且她家日子好過時，時常有婦人巴結著。特別是唯一的閨女年紀還小時，很多人家就有提親的意思，但是後來田家起來，有些人轉了風向，那田箏竟然與她閨女分庭抗禮了，尤其魏琅最後選擇田箏。

里正娘子憋著一口氣，實在不高興。一時間又想起另外一件不好的事情，田如慧的夫家，就是村子裡地主周全福的小兒子，當初周全福是想聘田箏為媳婦的，好在有田守元在外面周旋，才選了田如慧。

平心而論，里正娘子覺得自己很有理由不喜歡田家三房，於是，小溪邊洗衣服時，碰見了田家二房胡氏，就有意挑撥道：「都說田老三與周氏是厚道人，我瞧著，卻是有本事得很，當年一聲不響買了山，如今還撿到那般好的女婿，以後便是官家親戚。田二嬸，估摸著妳家以後永遠被壓一頭啦。」

胡氏一言不發地用棒槌敲打著衣物，面對里正娘子的話，半晌才道：「我一點也不怕他們壓著呢，有道是雞犬升天，以後我兒子、孫子還有勞他們呢。」

里正娘子狠狠掐了一把自己的手心，心裡卻越發鬱卒。

胡氏再愣，也不會憑著別人一、兩句話被挑撥得情緒激憤。親的兄弟就是親的，這些年有三房幫忙，二房也囤積了不少田地。胡氏不見得是很感恩的人，可她知道什麼叫趨炎附勢，與三房搞好了關係，顯然有不少好處，她是傻子，才會去得罪呢！

胡氏想想就好笑，這里正娘子當年因為田家窮，對著自己趾高氣揚不是一次、兩次，胡氏現在懶得理會她。

洗完衣服後，胡氏就抱著木盆往家裡走，等會兒還得到三房去吃田箏姪女的訂親喜酒呢！

魏琅果然等急了，待爹娘一到家沒兩天，就按著挑好的日子，請了媒婆上田箏家提親。他還親自抓了一對大雁，送到田箏手上，立刻笑嘻嘻地求她表揚，惹得田家一屋子的人都哄堂大笑。

此次魏琅與田箏訂親，因為魏文傑在京城中任職，不能回來，而為了表示對田家的重視，魏秀才夫妻親自回來主持大局。

訂親當日，魏娘子拉著田箏的手，柔聲道：「箏箏，小時候我就有把妳聘來做媳婦的念頭，想不到竟真有這一天。」

田箏柔順地低著頭，這一日像夢幻般，其實根本沒她什麼事，家裡大人把一切談妥，田箏就是個擺設。她抬頭望著魏琅一臉的喜氣洋洋，不由得對未來的日子生出了無限的期待。

魏琅決定把成親的一切事宜都讓自己包辦，全不用田箏操心，她只需等著做新嫁娘就行，甚至連田箏穿的嫁衣，他怕田箏繡不出來，於是提出要請繡坊的人製作，到時候田箏意思意思添個幾針幾線，也算是自己縫製的。

這建議一提出來，可把周氏連同田家幾個妯娌笑得直不起腰來，大家都說他操心太過，周氏直接道：「小郎，這倒不用你憂心，萬事有我呢。」

魏琅只好偃旗息鼓，不過單獨面對田箏時，他還是難免憂慮道：「兩個月時間，妳真能繡好自己的嫁衣嗎？」

見他對自己十分不信任，田箏無言以對，瞧著他焦急的樣子，好笑道：「我就嫁這麼一次，連自己的嫁衣也弄不好，你也太小瞧我了。」

不光是自己的嫁衣，還有給未來丈夫、公婆等縫製衣裳、鞋襪，田箏的任務量真的不輕。可她這些年針線活也不是白做的，加上有周氏幫忙，田箏認為自己定能完成。

魏琅親暱地揉了下田箏的頭，感嘆道：「我先前以為妳做不來，因此跟娘親說了幾次在京城給妳訂製嫁衣，但娘親還是希望妳自己縫製。」

長輩的想法，當然是希望小輩們成親後和和美美地過日子，而只有親自縫製嫁衣，才能帶來吉利，魏娘子對於這一點很堅持。

幾年的京城生活，魏娘子走過的心路歷程不是三言兩語就能說清楚。在鴨頭源時，她是人人敬重的秀才娘子，丈夫有能力，兒子們出色，她為人又謙和，故而一直順風順水，突然讓她在京城中與別人交際，她是真的很難適應。

她以為，大兒子考中了舉人，便該人人敬仰，前途無量，可惜京城中像他們這般的寒門學子，哪裡能一步登天？

幸好魏文傑春闈得了二甲，身分霎時間水漲船高，因而也讓一些善於投機的世家發現他的價值，魏氏本家伯爵府這才正眼瞧他們一家，而當家魏大夫人更是挾恩以娘家姪女嫁與魏文傑。

大兒媳婦是個標準的閨秀，但是與魏娘子談不來，且她對不能為兒子作主娶妻一事，一直有些耿耿於懷。

所以當日聽聞小兒心悅田箏，魏娘子打從心底樂意，這不，魏秀才夫妻立時就親自回來主持婚禮。

田箏近來都在縫製衣裳，手上這件便是做給魏琅的。待縫完最後一針，她低著頭，咬掉手裡的線，然後才道：「小郎哥，你怎麼對我這麼沒信心？也不想想我學了多久針線活呢！」說著，就示意魏琅接過衣裳。「試試看合不合身？」

魏琅開心地接過衣服，笑嘻嘻道：「我不是對妳沒信心，妳不是不愛做嗎？」他高興地拿著衣服比對了一下，再大聲道：「既然如此，我以後的衣裳就包給妳做啦！」

真是得了便宜還賣乖。田箏哼哼了幾句，又低著頭趕製其他荷包、手絹之類的小東西。

魏琅與田箏的婚期定在十月初，說起來還是比較趕，好在田老三與周氏自從田葉出嫁後，就一直備著田箏、田玉景姊弟倆的嫁妝和聘禮，因此一家人不算太忙碌。

天漸漸有些涼，田箏窩在床上繡嫁衣，有周氏幫忙掌眼，如今只差一些小裝飾便大功告成。床上一一擺放著幾個針線簍子，田箏剛好把剪刀放下，就看到祖母尹氏過來了。

尹氏見田箏要起身，便道：「妳就坐著吧。」

田箏笑著問道：「祖母，妳怎麼過來了？」她撥開幾個簍子，還是下床，給尹氏鋪了張小墊子在椅子上。

尹氏瞧著孫女越發清麗的模樣，打心眼裡高興，便從懷裡拿出早已經準備好的荷包，道：「箏箏，這兒有十兩銀子，是當初妳爹娘給我保管留予妳做壓箱錢的，妳嫁了那般人家，自己也得有點傍身銀子。」

尹氏講完，不容分說地把銀錢塞在田箏手中，然後又從隨身荷包中倒出十兩碎銀來：「這些是我與妳祖父給的，妳都收起來。」

田箏望著尹氏布滿皺紋的臉，她頭髮已經花白，可兩位老人依然操心著各房兒孫，田箏嘆口氣道：「祖母，我娘親留了壓箱錢給我，這些您收起來吧。」

尹氏板起臉嚴肅道：「我們兩個老傢伙，還有什麼需要花錢的時候？這些本就是給妳的，再不收起來，祖母生氣了。」

尹氏與田老漢兩老對目前的生活很是滿意，因為兒孫們很孝順，每月給的費用都足夠，他們手裡也攢下幾十兩銀子。於是心情好了，看哪個孫子乖順就愛給點小錢予他們。

田箏想想也不願辜負老人家的心意，便把錢收了起來。

尹氏見田箏拿好了錢，就道：「我還得幫妳五叔看著家，那我先過去了。」

尹氏出了門，田箏想了片刻，就明白了這錢，應當是以前賣香皂方子時，爹娘給祖父母的，卻沒想到，最後他們又留給了自己。

等著成親日到來的期間，魏琅又出去辦了一趟事情，臨近婚期十幾天時，才匆匆趕回來，他一回到家，就跑過來找田箏。

魏琅偷偷地塞給田箏一個小匣子，滿懷期待地看著她打開。

匣子一打開，田箏突然被迷暈了眼，竟然是一匣子的粉珍珠，顆顆都有小指指甲那麼大。田箏抬頭時，對上魏琅火熱的視線，心裡很甜蜜，便低聲道：「你從哪兒弄來的？花了不少錢吧！」

這些珍珠成色那般好，形狀大小幾乎無差別，肯定費不少錢。無論如何，他願意為自己費心思，田箏都感覺很高興。
魏琅嗤笑道：「妳怎那麼俗氣？這麼好看的珍珠，就想到錢呢？」然後，他放低音量嘀咕道：「一點眼色也沒有。」
田箏瞪眼道：「我就俗氣了怎麼著？」
魏琅想想這丫頭不指明了，定不會開竅，便指著自己的臉蛋，道：「快點親小郎哥一口，親了我就不說妳俗氣。」
原來如此，田箏望著魏琅偏過來的臉，靠過去正準備親上去時，她突然調轉了方向，然後特意躲開嘲笑道：「你那張黑臉，我實在下不了嘴，我還是選擇俗氣算了。」
可把魏琅氣壞了，居然敢嫌棄他臉黑，且還當面嘲笑他。
魏琅二話不說，走過去企圖抓住田箏，這麼多年武術不是白練的，田箏在他面前就是戰力五渣（注）的廢柴，當即就被抓住。
親密摟在一起時，兩個人心中同時打了個激靈，魏琅感覺有一種無法控制的悸動從頭到腳劃過，不由得加緊攬住田箏。
魏琅之前只是蜻蜓點水地親下臉蛋，即便擁抱也很快就放開她，田箏兩輩子加起來都沒與異性這麼親密過，除了緊張、還是緊張，當然緊張中還帶著點無法明說的期待。
靜謐的空間中，只聽得兩個人怦怦的心跳聲。

注：戰力五渣，網路用語，表示能力不行、戰鬥力低下。

良久，也不見魏琅行動，田箏惱火了，吼道：「你到底親不親？動作迅速點行不？人家腿都站麻了。」

田箏說的是大實話啊。她真的覺得腿都麻了，也沒等到激情四溢的擁吻，哎喲！虧她那麼期待呢！

魏琅伸出一隻手壓住田箏的頭，不讓她看見自己臉上的窘迫，張口幾次欲言，還是決定不說。等不來魏琅的行動，田箏打算親自上陣，可惜他力道大，把田箏摟得死死的，整個人動不了。

魏琅意識到不能讓懷裡的人兒再亂動，想也不想地放開了田箏，在她沒有反應過來時，拉開房門就衝了出去。

留下田箏一個人對著大開的門發呆……難道是她太奔放了？或者在惱她沒有一開始便親他的臉？

什麼嘛！一言不發就走掉到底是什麼意思？

田箏乾脆丟開這煩人的問題，專心地數著匣子裡的珍珠。

這些都是魏琅在一年多的海上港口跟別人換來的，起初只有幾顆，他瞧著漂亮，心想田箏一定喜歡，於是攢了起來，攢得多了就湊了一匣子。

本來早就想拿給田箏，可是回來後又忙著很多事，這才推遲到現在給。

此時，魏琅匆匆跑回自家，一陣風似的竄進了他房間，魏娘子在大廳中問他話都沒聽到，他躲在房間中平息那股悸動。

半晌，身體終於恢復了平靜，魏琅惱怒地扳著手指數了數，絕望地發現竟然還有五天才正式迎親。

對於魏琅來說很煎熬的五天，田箏亦覺得難熬，周氏已經完全禁止她隨意跑出去，她在家裡，除了堂姊妹來串門子時跟人說幾句話之外就沒什麼事做。

臨到成親前一晚，田箏突然緊張了，她一直抓著姊姊田葉，叨叨絮絮地說個不停，弄得田葉頗為好笑道：「我當年成親時，箏箏妳不是笑話姊姊說妳焦躁什麼？新嫁娘就是拜完堂，然後送入洞房不就沒事了？」

田箏無語地白了對方一眼，她的好姊姊啊，那是當年自己用來安慰她的，田箏可不是古代純潔的兒童啊，想當年也偷偷看了幾部愛情動作片好嗎？

想到這個，一時間田箏覺得枕頭底下有些發燙，那是周氏偷偷塞給她的一本書，並囑咐她一定要好好地看。

田箏原以為娘親即便不會言傳身教，怎麼樣都會跟她說幾句呢，沒想到只是給了區區一本書讓她自學。古人真是太含蓄了！

不知道魏小郎那兒，有誰會教他呀？

在忐忑不安中，終於迎來成親的日子。

田箏在睡夢中被周氏叫醒，揉著眼睛，她睡眼惺忪地盯著娘親，軟軟地叫了一聲：「娘，我還想睡呢！」

瞧閨女那模樣似乎還未清醒，周氏溫柔撫摸一下她的腦袋，喉嚨突然泛出一股酸澀，忍了片刻才將眼角的淚水憋回去。

閨女從貓兒般的小人兒逐漸長大，向來乖巧懂事，偶爾調皮在周氏看來都是可愛的舉動，眼見她即將嫁為人婦，周氏心中很是五味雜陳。

田箏的瞌睡蟲來得很快，眼看又將趴到枕頭上，周氏忙把她扶起來，頗為好笑道：「箏箏……快起來，今天是妳成親日子呢，等會兒要梳妝打扮。」

啊？田箏猛地一抬頭，瞬間找回一點神志，睜大雙目望著周氏。

周氏再次柔聲道：「快起來，娘燒了熱水，妳去梳洗一下，等會兒有喜婆上門給妳化妝。」

要這麼早嗎？田箏揉著太陽穴，昨晚緊張了一晚上，好不容易才睡著，實在不太想起床呢。

田箏知曉不能耍賴，磨蹭了一會兒終於起床。仔細洗淨身體，還泡了花草浴。洗得香噴噴出來時，堂屋裡已經圍了一圈人，田家的幾房人、村子裡相鄰交好的人家，還有魏家一些親眷、燕脂坊的趙掌櫃夫妻、周家舅舅們，包括在鎮上的三姑姑一家，連田紅也帶著她的繼子女都上了門。

田箏喊了一圈人，就回到自己房間。

稍後，田葉端來幾樣簡單的早點，讓田箏隨意吃了幾口，就坐在房間裡聽著田明、田園還有幾個村裡小姑娘講話。

她們嘰嘰喳喳地說著家裡的排場，嫁妝聘禮之類的東西，田箏頗為有趣地聽著，她整個內心都很寧靜，還不由自主地想，魏小郎在做什麼呢？

同一個村子，兩家人離得近，魏琅比田箏還要急躁，可惜他知道現在不能見新娘子，於是只能忍住。

男方的親眷，除魏娘子的娘家來了人，還有魏秀才在鎮上的朋友，以及與魏琅同期的考生，也來了幾位交好的未婚少年。另外，商團裡的人亦派了人來賀喜，甚至，縣令大人及其他泰和縣有些臉面的人家都送了大禮過來，這些人除了因魏秀才與魏琅的關係，亦是看好魏文傑的仕途。

魏琅雖不耐煩應酬，但也不得不打起精神慎重地招呼別人，所以在田箏悠閒的時候，他十分忙碌。

請來梳妝的喜婆很快就來了，她先是對著田箏的臉仔細瞧了瞧，便露出笑容道：「新娘子真是天生麗質，新郎官可真有福氣。」

旁邊圍著黃氏、胡氏、劉氏等幾個婦人，四嬸劉氏掐著腰笑道：「咱們家的姑娘長得都好看呢，可就我們箏箏福氣最大。」

大伯母黃氏便插嘴道：「可不是，箏丫頭與葉丫頭都是福氣大的。小郎那孩子，也是我們看著長大，這麼好的孩子真是便宜了阿琴。要我說，還是阿琴最得意。」

隨後，周氏被連著打趣起來。

而田箏坐在椅子上，只做羞澀狀，低頭淺笑。

喜婆化妝很慢，塗了一層又抹一層，田箏拿手絞著手帕，對於她那張被稱讚為天生麗質的臉蛋很是同情。她估計現在走出去，大白天的都會嚇死人吧。

雖然有抗議過不想化這種妝，可惜田箏一個人的聲音立時就被那些七大姑、八大姨的嘴巴湮滅了。臨到快中午時，整個妝才弄完，田箏瞄了一眼銅鏡中的自己，簡直要哭出聲，她自己都認不出來。

一時間，又想到，若是來個尋找新娘子的遊戲，魏琅估摸著都找不到她，田箏偷偷地掩嘴笑起來。

周氏蹙眉道：「箏丫頭，別笑，仔細掉了妝。」

果然，田箏瞅一眼自己的衣服上，真有白色的粉末落下，腦門上不由得冒出一堆黑線。

最後，由周氏給田箏梳好頭。正式換上大紅的嫁衣，田箏繃著臉，也不敢說話，一動也不動地坐在床上。她感覺很悲催，沒想到做新娘子那麼累人啊。

田葉和堂姊田麗、田芝等幾個人在房間陪著田箏，耳邊不時傳來外面的喧譁聲，忽然一句「新郎來了」時，田家人一窩蜂地往門口跑。

田箏側耳依稀聽到魏琅爽朗的大笑聲，她終於感覺沒那麼辛苦了，便低聲對一旁的田葉道：「姊姊，妳不出去看一下嗎？」

田麗、田芝還有大堂姊田紅她們都跑出去看熱鬧了。

田葉柔聲道：「我不出去，就在這兒陪著妳。」

聽聞田葉留下來，田箏心裡有些感動，其實她的緊張真的沒有消失，心裡還有些委屈，爹爹和弟弟就早上打了個照面，也不來瞧她一下。

田玉景在外面幫著招呼客人，而田老三大早上就悶在臥房裡一聲不吭呢，周氏連去喊了幾次人，他才收拾好心情走出來。

想到那模樣，田葉便道：「咱爹早上偷偷哭過呢。」

田箏忽而鼻頭發酸，也有想哭的衝動了。一直感受到爹爹對兒女的寵愛，這種生養恩情，是無法用任何物品衡量價值的。

兒女長大就得離家或者有自己的生活，即便如此，太多的父母依然不求回報，此時田箏整顆心都很溫暖，她愛田老三與周氏，也深深愛著上輩子的父母。

心裡默默對上輩子的父母說了一句：「爸、媽，我在這裡結婚了，我心甘情願扎根在此，今後相夫教子，定會過得和和美美。請你們放心，也希望你們一直都好。」

田箏的婚事，魏家與田家都商量擺流水席來宴請親友，中午時在田家吃一頓飯，等到黃昏時，接完新娘子到魏家，又在魏家擺宴席。

負責伙食的一批人，做好飯菜後送到兩個地方。這種盛事，吸引了鄰近好些人來看熱鬧。外面鬧哄哄的一片，幾乎與田箏不相干，她就在房間裡等著坐上花轎被抬到魏家。

腦子裡渾沌了一陣子，突然聽聞時辰到了。

然後，田箏披著紅蓋頭被領到堂屋中，與魏琅一起，跪著給田老漢和尹氏、田老三與周氏幾個長輩行禮磕頭。

鴨頭源的習俗是由大舅子把新娘子揹上花轎，雖然距離短，魏家還是雇了一頂花轎來接田箏，此刻就停在門前。

負責揹田箏的是大堂哥田玉華，他長得高壯，自然一把力氣，田箏趴在他背上眼看就要送上花轎時，魏琅突然大聲道：「這麼點距離，我直接把箏箏給抱回去得了，省得麻煩！」

反正弄了花轎，也走不了多長時間。

他說出這句話時，周圍的人瞬間呆住了。

魏琅呵呵一笑後，果然直接從田玉華手中接過田箏。田箏只感覺一陣風似的，凌空一轉就落到了他寬闊的懷中。

嚇得田箏反射性地抱住魏琅的腰，她感覺到他的心有那麼一剎那跳動得非常厲害，但是很快他就平定激動的心情，結實的雙手很穩重地牢牢抱住田箏。

這事只發生在一瞬間，大家反應過來時，魏琅已經抱著田箏大步往魏家走，眾人全都哄堂大笑，有人大聲打趣道：「小郎真有你的，直接把箏箏從這個門就抱到你家門裡去了。」

村裡經常有笑話傳，說什麼直接把姑娘從自家門嫁到對門去，可不就是魏琅與田箏的寫照嘛！

被這麼多人笑話，魏琅一點也不羞，他摟緊了田箏，爽朗笑道：「走了！走了！走嘍！」

眾人一窩蜂不時哄笑並簇擁著魏琅往魏家去。

田箏心想，幸好有紅蓋頭遮住了臉，不然她都羞到爪哇島去啦！因兩人貼得緊，她清晰地聞到魏琅身上噴的花香、汗味以及剛才吃酒時的酒水味道。

田箏皺了皺鼻子，有些嫌棄地想：討厭，為什麼要抱著她進家門啊？人家一點也不想出這種風頭嘛。羞臊死了！

估摸著，這種糗事，要傳遍十里八鄉了。

討厭這熊孩子！總時不時要坑她一下，突然不想嫁啦！

在田箏腹誹時，魏琅突然低頭輕聲對她道：「箏箏，我們回家啦。」

田箏立時就清醒了，很快地，她由魏琅領著給魏秀才、魏娘子磕頭，先拜天地再夫妻對拜。

所有儀式走完後，司儀一聲：「送入洞房。」

田箏以為應該是喜婆領著她進房間，沒想到魏琅這熊孩子，再次一把將她扛了起來，嚇得田箏馬上攏住自己的紅蓋頭。

果然，就有人大笑道：「從未見過比小郎更喜氣、更著急的新郎官啦。」

田箏慶幸地想，好在不是笑話新娘子。殊不知，別人笑話新郎官時，她作為新娘子，當然是一起被連帶著打趣啊。

田箏一聲不吭地由著魏琅直接把她抱到早已鋪好的新床上。大紅的帷帳，大紅的床被，上面放著兩個由田箏親自繡的鴛鴦交頸枕頭。

很多人都湊進了喜房，慫恿魏琅做出些出格的事來。

魏琅立刻就擺著黑臉，趕人道：「都出去！都出去！」

等把瞧熱鬧的人趕走後，魏琅正咧開嘴，想與田箏說話時，田箏擰著眉惱怒道：「你也出去啦！」

魏琅一點也不在意，無賴地笑道：「我出去了誰幫妳揭開蓋頭？還要不要喝合巹酒啦？」

田箏偏過頭，背對著魏琅。她才不承認，自己其實是緊張啊。一路來，她手心都冒汗了……

本來這些儀式，該是喜婆在旁邊指點的。可惜人都被魏琅趕走了，此刻房中只有新婚的夫妻二人。

魏琅把田箏身體扳正，收起嬉笑的神情，嚴肅地拿著放置在一旁的桿子，捂著跳躍的心口，慢慢地把田箏的紅蓋頭挑開……

田箏低垂著臉，無法瞧到他那時臉色是多麼莊嚴、慎重。

當田箏抬頭時，魏琅立時隱去了臉上的神色，他扯起嘴角哈哈大笑起來，道：「怎塗抹得那麼醜？」

田箏霎時心都涼了，感覺頭上飛來一片烏雲，她的天空頃刻間就下起了雷陣雨……

魏琅似乎覺得還不夠亂，上前一把將田箏緊緊摟住，依然嘴賤地嗤笑道：「我的醜新娘……我的醜箏箏……」

田箏實在忍無可忍！當即就想咬他一口時，魏琅忽而壓低聲音，纏綿叫道：「箏箏，我好喜歡妳……

「謝謝妳願意嫁給我。」

田箏剛張開口，聽到這兩句話時，突然咬不下去了……

她覺得既憋屈又甜蜜得膩煩，可她心裡還是想就此與他攜手到老。

在這樣柔情滿滿的時刻，田箏輕輕拉了下魏琅的手，他立刻就把她的手包裹在自己掌心，田箏亦輕聲道：「小郎哥，我也好喜歡你。」

她想了想，還是道：「謝謝你願意娶我……」

魏琅聽完，渾身一震，加大了力道圈住田箏。

彼此擁抱著，良久，門窗外有人喊道：「小郎，你躲在喜房幹麼？現在還不到洞房時刻呢，趕緊出來喝酒啊！」

然後，那些人又七嘴八舌地說什麼沒見過這麼著急的新郎官，今天參加喜宴真是長見識之類的。

魏琅放開田箏，沈下臉惱火道：「不想去外面。」

知道他是使性子，田箏推推他道：「你快走啦，別讓人再笑話我們。」

真是的，好丟臉啊！

田箏捂著臉，實在是無語極了。她估摸著，成完親後，沒有個把月時間，自己根本不敢走出家門啊，一走出去絕對被調笑打趣。

魏琅偏過頭，看到準備好的酒與合巹杯，笑著道：「那我們現在喝合巹酒吧？先喝完了我再出去。」

說完，他就拿著酒壺，分別把酒倒入兩個合巹杯中，遞給田箏一只。田箏紅著臉接過來，兩人交叉著手臂，紛紛把酒喝了。

魏琅湊過去，雖然嘴裡嫌棄田箏臉上粉厚，可還是偷偷在田箏臉上親了一口道：「那我出去了？」

田箏點點頭。

魏琅又問了一聲：「那我出去了？」

田箏疑惑地望著他，突然從他期待的眼神中會意，瞇起眼睛，甜甜笑道：「嗯！小郎哥，我在房間等你。」

魏琅終於心滿意足打開房門，雄赳赳地走出去。

當魏琅在門前待客時，田箏問過喜婆，知道可以把身上厚重的裝束除下，便讓人打來溫水，用洗臉香皂仔細地洗掉臉上的妝，一連用了七、八盆水才弄乾淨，重新回到清清爽爽的模樣。

稍後，魏娘子讓人送來一盤精巧的食物，田箏喝了一碗粥，吃了幾塊糕點，就暫時放下。都說結婚時會餓肚子，田箏從早上吃了些東西，之後沒進食倒是一點也沒感到飢餓，她估摸著應該是緊張得忘記肚皮了。

在房間裡有田家幾位堂姊妹陪著說話，消磨了兩刻鐘時間，見田箏眼皮子都在打架，大堂姊田紅便道：「咱們出去吧，讓箏箏休息一會兒。」

能夠瞇一會兒也好，田箏沒有阻止她們離開，她爬上床抱著一個枕頭靠在床沿上小憩。結果，她居然睡著了一會兒。

迷迷糊糊中，感覺有人把自己懸空抱了起來，動作輕柔地放在床的另外一邊，田箏今天一直繃緊著神經，所以很快就醒過來了。睜開眼睛時，魏琅剛好把頭挨著田箏的脖子處，他額前細碎的頭髮弄得她脖子有些癢癢的。

魏琅輕聲問：「醒來了？」

田箏答非所問道：「你回來啦！」

「嗯。」魏琅低聲道，他把頭繼續抵在田箏的肩膀處，閉著眼睛歇息，氣氛靜默了很長一段時間後，田箏確定他沒有睡著，便小聲問道：「小郎哥，娘讓人準備了熱水，要不要提進來洗一下澡？」

不是田箏嫌棄他一身的酒味，在喜宴上招呼客人，難免要多喝一點酒，加上今天來的人多，泰和縣好些有臉面的人家，魏琅必須要給臉喝一杯。他如今還能保持神志清醒已經是十分難得。

聽聞田箏出聲後，魏琅突然一把將她移動跨坐在自己身上，哈哈笑著道：「妳要跟我一起洗嗎？若是一起洗，我就洗！」

田箏此時十分霸氣地騎在魏琅身上，她悄悄望了一眼旁邊桌上燃燒著的紅燭，昏黃的燭光下，依稀可見魏琅促狹的眼神。

田箏哼哼道：「愛洗不洗！誰想理你啊。」說完，就想從他身上爬下去，媽蛋的，這姿勢也太羞恥了！可惜田箏掙扎了片刻，都沒有得以脫身。

魏琅板著臉，正色道：「妳現在是我媳婦兒了，不想理我都不行！」

身子被束縛住，田箏只能繼續哼哼了幾聲道：「就是不想理你，快放開我啦。」

「不放！」魏琅長臂一伸把田箏舉了起來，再次縮回手，就穩穩地抱緊了她，然後賊笑道：「誰讓妳是我媳婦兒，我不可能放開妳。」

瞧田箏氣鼓鼓的臉，魏琅親了一口，刻意壓低聲音做賊般道：「妳忘記今晚是我們的洞房花燭夜啦？」

田箏捂著臉，十分不好意思道：「人家以為你忘記了呢。」可不是嘛，回來房間都兩刻鐘了，光知道拉著她睡覺，也沒見他有一點動靜，能不讓田箏懷疑嗎？

「噓……」魏琅用手突然捂住田箏的嘴巴，側耳傾聽，果然發現窗外有不少人聲，他臥房雖然空間很大，可仔細地聽，還是能聽到外面人刻意壓低的嗓音。

與此同時，站在窗戶下偷聽壁腳的一群人，有人忍耐不住小聲道：「怎還沒一點動靜？魏娘子莫非妳家小郎什麼也不懂？」

村子裡的習俗就是這般，新婚洞房夜若是沒人去聽壁腳，反而不好。這種風氣在泰和縣都很盛行。

魏娘子本來不屑於參加此類活動，可惜到底忍不住好奇，就湊了過來，那人的問話，霎時間讓她羞得想找個地方躲起來。

魏娘子替兒子反駁道：「我家小郎聰明著呢，哪裡會不懂？」其實她自己心底還真有些懷疑……

半晌，大伯母黃氏捅了捅身邊的周氏。「阿琴，妳有給箏丫頭說說晚上的規矩嗎？箏箏怎麼也不勸著小郎趕緊洞房？」

一句話，又把另一位當娘的周氏給頂到了風浪口，周氏整個人手足無措，卻是十分後悔跑過來湊熱鬧，都是離家近惹的禍啊。

黃氏、胡氏、劉氏包括春草四人都慫恿她一起來聽，周氏窘迫道：「早上給了她畫本呢，想來應是看了。」

圍著的人多用一種略帶指責的眼神瞧著周氏，周氏實在無措，乾脆提腳就往自家走，嘴裡還道：「我回家去了。」

周氏走了後，大家等了片刻，聽房間裡還沒有聲響，有個胖胖的婦人悄聲道：「才剛聽說要拿熱水洗澡，怎就沒聲了？敢情他們真的睡著啦？」

眾人心中都升起諸如此類疑惑。

有人便道：「魏娘子，不然妳去送送熱水？」

正在這時，魏琅突然把房門打開，大聲叫喚道：「娘，讓人幫我抬幾桶水進來吧。」

在京城時，家裡有買了幾個僕從，他們此次回來，只帶了一個做粗活的婆子，魏娘子聽聞兒子的請求，趕緊湊過去，道：「就來。」

很快地，那叫張嬤嬤的婆子提著早已經準備好的熱水桶進了喜房，一連提了四、五桶進去，張嬤嬤出來後，被幾個人抓著問瞧到些什麼。

張嬤嬤看了一眼魏娘子，得到示意才道：「我瞧著是真睡著了，咱們二少奶奶睡得可熟呢，二少爺洗漱都是自己動手。」

聽張嬤嬤說得篤定，其餘人都有些意興闌珊，於是馬上就走掉好幾人，大概又過了半個時辰，天色也不早了，餘下的人見瞧不到好戲紛紛回家去。

魏琅躡手躡腳走到窗戶旁，發現真沒有人了，他內心呵呵一笑，然後才把用布蓋著的木桶掀開。

此時熱水還沒有冷卻，用來洗漱依然可行。

魏琅輕輕推了下田箏，道：「快起來幫我擦背。」

田箏迷糊中幾乎是又睡了一覺，打著呵欠爬下床，因見魏琅那麼興奮也不好掃他的興，便走過去，而他已經褪下衣裳自動爬進了浴桶裡。

剛給他背抹上香皂呢，猝不及防撲通一聲，田箏一同跌落在水裡，她盯著自己濕透的衣裳，黑著臉，惱火道：「幹麼不提醒一聲？」

幸好有他接著，沒撞傷什麼。

魏琅撇嘴道：「我就是故意嚇妳的，好不容易等到那些人走掉，妳居然真的睡著了？」他心氣不順啊。

都說洞房夜是人生最美的一件事，魏琅心心念念要與田箏一起度過，打定主意不想讓旁人圍觀，結果田箏竟真的睡著。

田箏無語極了，而此刻很尷尬的是，兩個人這樣親密，她感覺到魏琅下面那塊居然起了反應，她羞得一動不敢動。

見田箏的衣裳礙眼，魏琅抽出手就去解開她的衣領。連續弄了幾次都沒解開，眼見他要用蠻力，田箏趕緊道：「放著！別動，我自己來。」

田箏嘟起嘴，好好的漂亮衣裳，若是弄壞她一定鬱悶死。她還想洗乾淨，以後收起來放好呢。

隨著衣裳一件件脫落，田箏此時背對著魏琅，因此看不見他驀地脹得如豬血紅般的臉，他重重吐口氣後，才壓下心底的激動。

田箏也很羞澀，兩個人本來想要一場濃情密意的鴛鴦浴，最後卻草草了事。

田箏是被魏琅強行抱上床的。還沒蓋好鋪蓋，魏琅猛地撲了過去，扳正田箏的臉，俯身在她臉上落下一個個吻，田箏好幾次都喘不過氣來。

雖然曾觀看過愛情動作片，田箏有理論知識，卻沒什麼經驗，因此就由著魏琅對著她整個人好奇地上下琢磨……

一刻鐘後，魏琅滿頭大汗，田箏縮在床上，沒法忽略他那一臉苦惱的模樣，她簡直想爆笑出聲。

再過一刻鐘後，田箏炯炯有神地欣賞著魏琅頗為痛苦地抓著頭髮，他十分愧疚，可憐兮兮地巴望著田箏。

見到媳婦悶笑，魏琅惱火道：「再敢笑！」

他一生氣便用自己的嘴巴堵住田箏的唇，輕輕撕咬般地親吻著媳婦兒，田箏心裡好笑地想：接吻那麼無師自通，誰知那事……算了，人總要有點缺陷嘛。

田箏得了透氣時間，哈哈笑道：「小郎哥，我教你吧。」

說完，田箏以十分女王的姿勢，霸氣側漏地把身材高大的魏琅壓在身下，輕輕地磨蹭一會兒，沿著他下面那凸起覆上去，魏琅倒抽一口涼氣，頓時渾身大震，恍然大悟卻忍耐道：

「原來如此。」

很快地，魏琅現學現賣，立刻翻轉了兩人的位置，狠狠地壓著田箏進入她的身體行事。

田箏終於知道什麼叫自尋死路了！混蛋！真的很疼啊。

第十七章

翌日，雖然一夜無夢，田箏卻睡得很不安穩，因為一晚上有人在對自己的身體上下其手，猛地睜開眼睛，她發現已經天光大亮。

整個人被死死圈禁在魏小郎懷抱裡，田箏苦著臉，渾身痠痛，魏琅見她醒來，嘿嘿一笑道：「箏箏……」

田箏別過臉，不想理會他。

魏琅逮著機會，親暱地朝她白皙的頸間親了一口，獻寶般叫道：「妳看看這個，我才發現在咱們枕頭底下有畫本。」

應該是魏家父母放在枕頭底下的，卻沒想到這小夫妻晚上沒發現。

魏琅的表情有些窘迫，心裡更加懊惱，他怎麼就沒發現呢？早上感覺有什麼卡著脖子時，在枕頭下摸出畫本，他看完後頓感打開了新世界大門。

「我早就看過了。」田箏淡定道，自從周氏偷偷摸摸塞給她畫本後，出於好奇，她當時就把那薄薄的一本畫冊翻完。

那會兒田箏還捂著嘴點評了一句：畫風頗為大膽，人物形象十分生趣，若是彩色版的，效果一定更佳。遺憾！真是遺憾……

魏琅錯愕極了，當即把畫本放下，一邊揉著自己的腦袋，一邊不忘埋怨道：「妳怎不告訴我一聲？」

他當時若看過，肯定就不會發生昨晚那種找了很久、也不得其門而入的尷尬事情，真是太有損他英勇的形象了。甚至，最終還是田箏幫忙才找對地方。

魏琅忽而記起昨夜種種的事情，心情十分微妙……

他躺在床上不斷懊悔時，見田箏十分淡定地準備起身下床，他眼裡精光一閃，什麼懊惱通通丟在一邊，目光有神地盯著田箏。

他媳婦兒真是人不可貌相啊。

田箏感覺到炙熱的視線，被那略微複雜的眼神瞧著，她低下頭才發現自己身上此刻竟然什麼也沒有。田箏心一顫，立刻舉起旁邊的枕頭拍到魏琅頭上。隨意一抓，也不看是誰的衣裳就胡亂套在自個兒身上。

等魏琅將枕頭揮開時，田箏逮著機會便想跳下床，魏琅癟著嘴，伸出長腿一勾，待田箏站不穩時，瞬間就把人拐入懷裡，他笑道：「媳婦，妳要跑哪兒去呀？」

田箏臉一紅，忸怩道：「幹麼？該起床啦。」

估摸著約卯時了吧？新婚第一天就賴床似乎不太好……田箏胡亂想著，以阻止自己想其他的。

可惜，魏琅那不老實的左手很輕浮地摸進田箏鬆垮垮的衣襟裡，動作十分猥瑣下流，而右手用來圈住田箏，她只能伸出唯一能活動的一隻手試著不讓他亂動，魏琅卻立刻抓住田箏的手摸索到她的前胸處。

手放在那個柔軟的部位時，魏琅強行讓田箏自己揉捏了幾下。

田箏渾身顫抖，一口老血都快噴湧而出。她忍不住罵道：「流氓！」

不管田箏怎麼罵，魏琅都不惱火，反而壓低嗓音問道：「箏箏，是不是很好玩？捏幾下這兒就會立起來。」

說完，魏琅重新在田箏另一個柔軟的部位逗弄一番，果然那處的尖端很快立起來。隨即，他把雙手覆上去揉捏。

看他玩得那麼盡興，田箏無言以對。她突然很想咆哮啊，混蛋！敢情魏小郎只是把她當成玩具？這麼孜孜不倦是出於對從未見過的玩意兒生出來的好奇心？

田箏默默抹去額前的汗珠，她不只想咆哮，還覺得自己很悲劇……原本她只想做個嬌滴滴的新娘子，半推半就，羞澀地從了新婚丈夫就行，可奈何現實如此骨感（注）。她的丈夫只是個好奇寶寶而已，意識到這種現實後，田箏苦著臉，任由他玩耍著自己兩個柔軟處。

魏琅欣賞著田箏不斷轉換的神色，他其實也沒有表面上那麼自然，某個部位已經甦醒，

注：現實如此骨感，網路流行語，指現實很殘酷，沒有想像那麼美好。原文是「理想很豐滿，現實很骨感」。

並感覺十分飢渴。

開了葷後的男人，總是容易衝動的，更別說他已經嘗到銷魂滋味，於是慢慢地，他不動聲色地磨蹭著田箏的身體，等她忽而感覺耳畔魏琅呼吸漸漸粗重時，已經被對方穩穩地壓在身下。

「還疼嗎？」魏琅輕聲問。

這麼不要臉的問題竟然還好意思問？田箏露出惡狠狠的凶光瞪著他。

魏琅視而不見，重重啄了一口她的唇，啞聲道：「箏箏……妳忍忍，我現在真的忍不了啦。」

說完，就挺身而入……

等他好不容易軟下來，小心從她身體裡抽出，田箏一動不動地躺在床上，累得渾身脫力。魏琅看著癱軟的人兒，心裡一動，一點一點溫柔親吻著她的臉頰、脖子、鎖骨、胸脯等地方。

若不是他像珍寶一般憐惜的舉止，田箏才不想甩他呢！此刻，簡直是欲哭無淚，到底多少沒良心的小說誤導了她呀？什麼初次就有快感，特別舒服什麼的，昨晚疼了很久，早上好不容易緩解了疼痛，可禁不住魏小郎再來一次啊。

田箏悲憤地咬牙忍受時，不經意瞥見上方魏琅歡喜而滿足的表情，她驀然覺得忍一忍也不是那麼難受。

魏琅心裡很愧疚，柔聲問：「要不，妳再睡一會兒？」

在床上鬧耗了半個時辰，再不起來簡直沒臉見人，田箏望著他小聲道：「爹娘應該起床了吧？還得給他們敬茶呢。」

「嗯，他們該是起來了。」魏琅翻身起床穿戴好後，尋摸起田家昨晚抬進來的箱子，找了一會兒沒找到衣裳，便問：「箏箏，妳的衣裳是裝在哪個箱子中？」

田箏撐著身坐起來，隨手指了一下，魏琅樂顛顛地上前打開箱子，挑選片刻，為她選了一套粉紅色的衣裳。

田箏接過衣裳，紅著臉道：「你轉過身去，不准偷看。」

房間裡沒有設置屏風，田箏只能如此要求他。好在他算是個有節操且聽話的男人，說不讓看，就真的背過身去不往床上瞟一眼。田箏心裡如是想，便趕緊穿起衣裳來。

魏琅咧開嘴角，心道：箏箏這個小傻子，該看的早就看完，此時不看又何妨？等他想看時，自然就能看到，又不急在這一時一刻。

幸虧夫妻二人的思維不在同一個模式，因此，雙方對彼此都頗為滿意。

張嬤嬤抱著一團東西，拿給魏娘子看一眼，魏娘子露出放心的笑容。「行了，給他們小夫妻放回去。」

那東西是放在魏琅新婚床上的一塊白布，用來證明新娘子的貞潔，卻在此時安撫了魏娘子的心。她回到房間時，對魏秀才得意道：「我就知曉我們小郎聰明著呢，哪裡不懂得洞房？」昨晚被一群偷聽壁腳的人打趣她兒子什麼也不懂，魏娘子當時氣急了。

魏秀才瞥了老妻一眼，瞧她只顧著高興，應該沒空替自己整理衣襟，想著不能耽誤喝媳婦的敬茶，於是他自己動手。

與此同時，田箏和魏琅一起去灶房清洗一遍茶具，泡好茶水就端到大廳裡。田箏正正經經給公婆敬完茶，走完儀式後，才到了吃早飯的時間。

吃飯時，魏娘子道：「箏箏，咱們已是一家人，娘也不用妳伺候，不需要搞那些規矩，妳一起坐著吃啊。」

「嗯。」田箏笑咪咪地應道，她也不矯情，幫公婆與丈夫盛好飯就挨著魏琅坐下來。見此，魏娘子滿意地點點頭，她就喜歡一家人簡單點、無拘束地吃頓飯，可京城中大兒媳每頓飯總是一板一眼地站在她身旁伺候，弄得魏娘子吃飯都渾身不對勁。

守規矩不是不好，但連續說過很多次，對方也不聽勸，魏娘子心裡十分無奈。這麼些年來，她是越來越懷念鄉下生活。

一晚上消耗了不少體力，魏琅吃完一碗飯後，就把碗遞給田箏，等田箏盛滿，又呼嚕地開吃。

吃飽喝足後，魏琅扔下碗筷，突然大聲道：「爹、娘，昨晚沒睡好，我和箏箏去睡個回籠覺。」

田箏雙手驀地一抖，十分無語地望著他。真希望他只是嘴上說說而已啊，可見魏琅一本正經的樣子，又明白他絕對不是說笑。

田箏忍不住揉揉太陽穴，心裡腹誹道：自己想睡覺，別拉著她啊。

魏秀才與魏娘子實在無法拒絕兒子那期待的眼神，只能點頭同意，魏娘子笑著道：「你們再去睡會兒，等中午飯做好，我叫你們起來吃。」

魏秀才跟著笑道：「去睡吧。」

得了爹娘的首肯，魏琅興沖沖地拉著田箏就往房間裡走，田箏幾乎是被他推進臥室。

魏秀才與魏娘子頗為好笑地看著兩個人，魏娘子由衷道：「希望小郎爭氣點，明年就生個乖孫出來。」

「咳……」魏秀才忍不住打斷她，道：「由得他們小孩子多玩幾年，妳別有事沒事在他們耳邊催促。」

大兒子、大兒媳催一次沒關係，畢竟文傑年歲不小了。可依他看，小兒子、小兒媳年歲小，急什麼？

這會兒天氣逐漸轉涼，換下裡衣的兩人躺回被窩時，魏琅很是自然地就把田箏摟進懷裡，他突然很喜歡這種親密相擁的姿勢。

田箏哼哼一聲，不滿道：「小郎哥，你放開我啦。」

魏琅道：「不放。」

可是被死死地箍緊真的喘不過氣啊，田箏苦著臉道：「這樣睡覺不舒服。」

魏琅並不是一意孤行，他稍微鬆開一點，留出空隙讓田箏可以在他懷裡自由活動，便道：「現在是我媳婦兒了，妳得習慣這樣睡覺。」

似乎覺得自己立場不夠堅定，魏琅又加了一句道：「不習慣怎行？我們可是要睡一輩子的呢。」

聞言，田箏壓抑不住猛然竄升的一股暖意，這熊孩子老是不經意間講出動聽的情話，害得她莫名其妙很感動。她把臉貼在他的心口處，一隻手放在他的腹部，整個人像隻八爪章魚似的攀附在他身上。

魏琅的身體明顯有了反應，田箏稍微動了動，就能感覺到下面某一處硬邦邦的，她紅著臉，心想再來一次什麼的，她不介意啦。

可魏琅雙目緊閉，瞧不出他到底是不是真的很想要，因此，田箏羞恥地閉上眼，她也說不出口「沒關係，再來一次」呀。

過了一段時間，魏琅的心跳聲逐漸趨於平緩，耳畔傳來細小的鼾聲，田箏無語極了……

她終於意識到：這真是蓋著棉被純睡覺啊！

臨到正午時分，田箏伸了個懶腰神志才徹底清醒，見魏琅還在呼呼大睡，想到成親這幾天他可忙壞啦，一直都有些睡眠不足，田箏不忍心吵醒他，便小心翼翼地挪開他放在自己腰間的手，誰知這一移動，魏琅就喃喃道：「箏箏……不要動。」

他的胳膊再次將田箏摟緊，田箏不免覺得有些好笑，剛想叫他起來呢，可瞧他眼睛緊閉，顯然還在睡夢中。

飽睡一覺後，田箏只覺整個人精神好得不行，連渾身的痠疼都減輕不少。此時哪裡還能躺得下去，可魏小郎不放人怎麼辦？

她只能再次嘗試悄無聲息離開他的身邊，魏琅突然翻身把田箏嬌小的身體壓倒在身下，他張開嘴巴就是一頓猛親，末了，哈哈笑道：「箏箏，妳真可愛！」

田箏被一頓揉搓，只能求饒道：「小郎哥……快放開我！我要生氣了！」真是的，哪有人總是拿媳婦當玩具玩的啊！

瞧著她對自己無可奈何的小模樣，魏琅身體一緊，他很想再次將她揉進身體狠狠要一回，可抬頭望一眼窗外的天色，只能遺憾地捏捏田箏的臉蛋，笑道：「起床了，小懶蟲！」

到底誰是懶蟲啊！田箏斜了他一眼。

兩個人剛穿戴整齊，沒一會兒，魏娘子便來敲門，魏琅道：「娘，我們馬上就出去了。」

魏娘子可不曉得兒子、兒媳是純睡覺，反正她看見兩個人恩恩愛愛的，心裡很欣慰，於是一臉笑意地去擺午飯。

田箏走出房門，看見水井旁放著一個木桶，裡面有一尾大草魚，張嬤嬤笑著解釋道：「是親家老爺剛才送來的。」

田箏一愣，明白說的是自己爹爹田老三，便笑道：「我爹來了怎麼也不跟我說說話？」

張嬤嬤道：「說是二少奶奶妳喜歡吃，明兒還要送一條來。他要趕著去地裡幹活，就沒喊妳出來說話。」

田箏算是明白了，這是不好意思見她，但是又放心不下，所以找理由來探探消息呢。心裡突然生出一股暖意，自己嫁人後，估摸著最傷心不捨的就是爹爹。

想以前田老三多疼魏琅啊，簡直當成親生兒子一般看待，可就是這麼疼，當明白對方一直在打自己小閨女的主意時，田老三面對魏琅時心情著實複雜，特別是婚事臨近那些天，對著魏琅就愛理不理，橫眉豎目的，連周氏都覺得他是在無理取鬧，私下不知說了他幾次。

田老三很明白，魏琅是不可多得的好女婿，別的不說，單憑他稀罕自家閨女那股勁，把田箏嫁給他就不虧，可心裡知道是一回事，面子上還是有些放不開。

好在魏琅不在意，將心比心，以後他好不容易養大的閨女要是送給另外一個人，他估摸著自己一定要跟對方幹架才是。

翁婿之間那點磨擦，在大家看來都只是小事而已。

晚上時，田箏就把爹爹送來的大草魚分成兩份，一份用來清蒸，一份用來紅燒，魏琅也喜歡吃魚，一家人吃得精光。

雖然離家近，田箏還是遵守三日回門的規矩。那一天也不用她操心，給田家三房的禮物魏娘子早就打理妥當，一大早就催小夫妻倆起床呢。

魏琅很是艱苦地揉了下眼睛，自從有了媳婦兒，每天抱著溫香軟玉入懷睡覺，那滋味比以前一個人睡時，可好上不只一星半點兒。

魏琅搖醒田箏道：「箏箏，起來了。」

昨晚累得很了，田箏實在困頓，眼皮子顫抖了幾下，才矇矓地撐開眼皮，剛醒來聲音都是軟綿綿的，她問道：「小郎哥，什麼時辰了？」

魏琅不由自主地揉了下她的頭，輕聲回道：「辰時了，我們洗漱完，就回妳家吧。」

估摸著田家已經準備好兩人的早飯，看見田箏睡眼惺忪的模樣，他突然有些後悔，早知該多忍耐幾天，不該聽她說那兒不疼了，就克制不了慾望啊！回頭岳父定不會給自己好臉色，魏琅苦惱地想。

兩個人還沒梳洗完，就聽說田老三已經蹲在魏家門口等著他們，屋外的風大，吹過來便是一股涼意，喊他進門來，田老三也不願進，說在外面等等就行。

田箏與魏琅匆匆走到門口。田老三穿著單薄的長衫，縮著脖子，見了田箏，他立刻露出笑容喊道：「箏箏，快來爹這裡，我們回家去。」說完，他不悅地瞪一眼魏琅握著田箏的手。

魏琅無奈地嘆氣，心道：他岳父這是存心扮可憐來跟自己搶媳婦的啊！奈何自家媳婦是他親生的，自己不得不讓著他。

魏琅放開手，田老三的臉色果然好了不少。

田箏一走過去，就被爹爹牽著手，她埋怨道：「爹，今兒天氣涼呢，你怎麼不多披一件衣裳？」若是感冒了怎麼辦？田老三雖然身體一直壯實，也不能不把自己當回事。

魏琅跟著喊道：「爹！」

田老三應付似的哼一聲，轉而對田箏諂媚道：「還是我的箏箏曉得關心爹，沒事，爹身子好著呢！今兒爹一早去溪水裡抓了一桶大螃蟹，我吩咐妳娘蒸熟了，咱們快回去吃。」

到田家時，碗筷果然已經擺好，田玉景把他們迎進去，在田家飯桌上，魏琅第一次感覺他好像是多出來的那個人！

田箏頗為好笑地瞧魏琅空著的碗，還是起身給他裝得滿滿的，立刻就得到他一個略微得意的笑容。

田老三沒話找話道：「箏箏，桶裡那麼多螃蟹，今天吃不完呢，妳就在家裡多住幾天把螃蟹吃完再走吧？」

面對老爹殷切的眼色，田箏實在不知道該如何拒絕。

田玉景趕緊附和道：「姊姊，就住幾天唄。」

魏琅豈是那麼容易被打倒的人？馬上見招拆招笑著道：「這兩天我跟媳婦兒也沒什麼事，那我們就在家裡住幾天吧。」媳婦兒三個字咬得特別重。

田老三一聽，知道魏琅也要厚著臉皮留宿，心裡老大不願意，可誰讓女兒已經是別人的媳婦兒，他還真的拒絕不了。

周氏笑笑答應道：「你們兩人願意在家裡住就多住幾天。反正離得近，回頭我去跟你們爹娘說一聲。」

周氏拍板，田箏與魏琅就住下來。

晚上沒了閒雜人等，躺在田箏出嫁前的閨房床上時，魏琅嘿嘿道：「我瞧著妳爹鬱悶的模樣，我就樂呵！」

田箏白了他一眼，埋怨道：「你別老是挑釁我爹！」

魏琅不客氣地反駁道：「是他總挑釁我，他要不這麼愛折騰，我可時刻恨不得把他供起來。」

講完田老三的不是，魏琅有點不滿地掐了田箏一把，故作委屈道：「妳現在是我媳婦兒，是我的人了，妳別老是向著妳爹。」

田箏無語，為什麼她結婚後沒遇到婆媳關係不和，反而成了自己親爹與丈夫中間的夾心餅？誰來告訴她該怎麼處理目前這狀況啊？

魏琅忍不住啄了呆滯的田箏一口，笑道：「妳再怎麼心疼妳爹，妳還是我的人。」

為了顯示自己擁有絕對的主權，他摸了她的臉一把，迫不及待地解開她衣裳，埋頭啃住她柔軟的胸脯。

這種事，男人果然是天生就有領悟力，魏琅青澀了幾回，很快就熟練了，那幹勁簡直恨不得夜晚再長一些，好讓他鍛鍊鍛鍊床上技能。

田箏已經不疼了，很是羞澀地迎合他，氣氛溫馨，正是情到濃時，她忍不住小聲地輕嘆一聲，魏琅心下動容，彷彿受到了鼓勵，便加快了速度……

突然，房門「砰砰砰」地響起來，站在門外的田老三見無人回應，忙加大力度把門拍得咚咚響，大聲道：「箏箏，睡得冷不冷？我給妳找了暖和的棉被，妳起來開門接一下。」

田老三嘹亮的吼聲，嚇得魏琅差點就軟了！

他頂了幾下，暴躁道：「妳爹怎那麼煩人呢？」

他真的敗給自己的老丈人了！

田箏也嚇得不輕，實際上夫妻倆已經很小心儘量不發出一點聲音。田箏掙扎著想起身，馬上露出一片白皙的肩膀，魏琅壓住她不讓她動，用被子把田箏遮掩得嚴實，心有不甘地從她身體退出後，他隨意抓了一件衣服披上身。

田老三聽到動靜，攥緊手裡的棉被等待片刻，房門猛地打開，他與魏琅四目相對，兩人都從對方眼裡瞧出了嫌棄的情緒。

田老三輸人不輸陣，首先道：「箏箏呢？」

魏琅極力保持平和的語氣，道：「她睡著了。」

田老三似乎不相信，伸長脖子就朝床上瞧，魏琅立刻擋住他的視線道：「爹，你不是送棉被嗎？給我就可以了。」

田老三無奈地將棉被給女婿，端著長輩姿態，嚴肅道：「晚上冷，你也早點睡吧。」

「曉得了，爹你也早些歇息。」即便被打擾好事，魏琅也不會正面表示對岳父的不滿，在忖度人心方面，魏琅比田老三狐狸多了。

果然，田老三面色有些緩和，又叮囑了幾句，就回自己的臥室。

田箏縮在被窩裡一聲也不敢吭，生怕爹爹發現自己根本沒睡著，她突然很是慚愧，覺得老爹白養自己，這會兒就幫著魏小郎欺騙自己親爹了。可這樣尷尬的時刻，也不能怪自己呢，要怪也只能怪魏小郎這壞蛋！田箏一點壓力也無地給他扣了一頂帽子。

於是，她悄悄抹了一把汗。

送走討人嫌的岳父，魏琅飛快剝去衣裳，跳上床就撲向田箏，邊動邊不忘道：「妳爹壞了我們的好事，箏箏妳可得給我補償才是。」

潛臺詞便是：等會兒可別那麼快就喊累了。

田箏推了幾次推不開他，賭氣道：「幹麼我爹的過錯要算在我頭上？」

魏琅抓緊機會，很快重振了雄風，他心情一好，就玩笑道：「父債女償，不是天經地義嗎？」

在小夫妻忙碌時，田老三快快不樂地進了臥房，周氏把床簾子打開，把他脫下來的外衣疊放整齊，便道：「讓你別去做那討人嫌的事，你偏固執，這下知道錯了吧？」

田老三很是不快道：「那渾小子一點也不曉得節制！我不去管管怎麼行？」兩人婚後第一天竟然光天白日地睡了一上午，只一想想，田老三就心疼女兒。

按理，在魏家的事是不該傳出來的，但那天田老三藉著送魚去魏家瞧過一眼，便得知小夫妻大白天還補眠！

實在不像樣，可不把田老三氣壞了！

聽完那話，周氏立時無語，心想就是老丈人也沒理由管女兒女婿房裡的事啊！他這憑的是哪門子歪理？且他自己剛成婚那會兒還不是一樣的德行！這話周氏忍了忍，還是決定不說出來刺激他，不然，自家丈夫想到實情肯定睡不著的。

田老三憂心忡忡地入睡時，這廂魏琅美美地飽食一頓，他把已經累癱的田箏抱個滿懷，輕輕在她額前落下一吻後，才閉上眼進入夢鄉……

第二日，起初田箏對著爹爹，還有些不好意思，不過田老三只是一味關心她，沒說其他的，估計沒發現魏小郎昨天做的壞事吧？田箏算是放心了。

魏琅覺得不能在岳父家住了，不然辦個事情也得偷偷摸摸，他心裡委屈得不行，吃完早飯當即就提出要帶著田箏回自家。

田老三悶悶道：「那螃蟹不是還沒吃完嗎？」

魏琅嘴皮子動了動，周氏笑了一下，出聲道：「行了，你兩口子回去吧，螃蟹也帶回家裡煮來吃。」

還是岳母知情識趣，魏琅對周氏投了個感激的眼神，惹來周氏呵呵地笑起來。

兩個人剛走出田家大門，就遇到縣裡來的一輛牛車，從牛車上下來的是趙家一個僕從，帶了個好消息，說是田葉又有了身孕，已經有三個月。

魏琅夫妻當即又走回田家，一家人都很高興。

大閨女的喜事，立時沖淡不少田老三的鬱悶，他對周氏道：「我這兩天空閒不得，妳和箏箏兩個去看看葉丫頭，帶點補身子的物品過去。」

「對了，咱們家的老母雞也多捉幾隻去，趙家買的雞，哪裡有我們自家養得好。」田老三叨叨絮絮，反覆交代個不停，講完毫不客氣地指使魏琅，道：「小郎，你送她們去鎮上。」

魏琅被差使也不惱，很高興道：「爹，你放心，我保證平安地把箏箏和娘送過去，又平安接回來。」

趙家的僕從先趕著牛車走，田老三與周氏匆匆準備了好些東西，一下子把魏家那輛寬大的馬車填滿。想著可能要在趙家住兩天，田箏還準備了幾套衣裳，魏琅可憐兮兮地望著她，道：「媳婦兒，妳只準備自己的衣裳，怎麼不管我？」

田箏臉色一窘，她以為魏琅不會在趙家過夜，便又從衣櫃子裡把他的衣裳挑了幾套，一起放進包袱裡。

魏琅看她弄完，心裡才滿足，還賭氣地道：「妳竟然這麼沒眼色！誰家新郎官有我這樣可憐，新婚燕爾就要被丟棄，獨守空房。」

獨守空房……他那怨婦似的口氣和臉色，逗樂了田箏，她還真生出一點希望他獨守空房的念頭呢！誰讓這傢伙夜晚太能折騰，就是沒真槍實彈地做，他也要抱著田箏逗弄好一陣才肯睡覺，田箏覺得沒法招架他啊。

一行三人到了縣裡，直接奔赴趙家大宅而去，除了趙元承不得不外出做事，趙掌櫃與趙夫人都在家裡，兩個人出門迎接，趙夫人笑著道：「想著你們該是會過來，午飯我已經吩咐廚房備下了。」

周氏笑道：「雖是第二次有身子，他爹還是不放心，讓我一定要上門看看。」

這不是魏琅第一次登趙家門，所以大家都沒客氣，互相打了招呼進了門，稍微安置一番，大家都去見田葉。

田葉此刻還沒有顯懷，但是整個人都洋溢著濃濃的母愛光環。

趙家兩老已經不讓田葉再做針線等活計。至於孩子的小衣裳、鞋襪之類，趙夫人帶著家裡幾個丫鬟幫著一起做，趙夫人自己生了五個孩子，自然有很多經驗傳給田葉，田葉因此很聽婆婆的話。

魏琅抱著田葉的女兒趙樂嘉，又偷偷地瞄了一眼田葉的肚子，聽到消息時還沒覺得什麼，這會兒心裡不由泛酸水，趙元承這廝是真的要與自己較勁啊。

他才成親呢，姓趙的就有兩個孩子了。一直生下去，不是穩妥地比自己多兩個？魏琅不由想起新婚夜時，媳婦說他們年紀太小，早生育對孕婦與孩子都不好，因此他同意了田箏提出避孕的要求，可是想想要幾年後才有屬於兩人的小孩，一時間魏琅的臉色都黯淡不少。

既然在縣裡，魏琅順道出去辦了一趟事，直到晚上就寢時才回到田箏的身邊。

周氏母女三人在田葉房裡，周氏悉心地教導了些孕期注意事項，這些話早已經說過不止一次，可她還是囉嗦了一遍。

田葉輕輕撫摸肚子，笑道：「娘，我都注意著呢，再說阿承比我還緊張，妳放心吧。」

周氏道：「你們年輕，晚上也得仔細著些，那些事就別做了。」

田葉驀地滿臉通紅，支支吾吾道：「我們都聽話著呢。」這些話，不只親娘，連婆婆也在一邊連敲帶打地暗示，什麼「為了孩子好」、「一定要仔細著些」的話。

田箏自從成親後，才曉得什麼叫閨房趣事不能外說，一眼就瞧出姊姊是在說謊啊，老實孩子說謊也不注意調整好肢體語言，換成她一定不會被看破。

周氏眼觀鼻、鼻觀心，她也是年輕過來的人，不好點破便道：「妳寬些心，別去想生男生女，孩子來了就是自己的緣分。」

田葉已經生下一個女兒，這胎最好是一舉生下男孩，可若還是個女孩，也不需要失望，想當初周氏自己也是連生兩個女兒，才生下田玉景。周氏當初不是不緊張，不過幸好有婆婆和丈夫在身邊說，男女都不介意，心境寬了，她才能生得那麼順利，這些年身子也沒什麼大毛病。

田葉小聲地嗔道：「娘，嘉嘉她爹說了，讓我只管生，他負責養，男孩女孩他都喜歡。反正我們還年輕，不急著生兒子。」

起初生下女兒時，田葉的確著急過，可看著公婆和丈夫都很寶貝女兒，她才漸漸放下心，這會兒還真的不太擔心孩子的性別。

周氏點點頭，這是她最滿意趙元承的一點。

田箏全程插不上話題，她摟著趙樂嘉在一旁玩耍，當然也不忘仔細聽一些娘親的經驗。

很快，田葉話鋒一轉道：「箏箏，妳成了親，也要多注意著，或許很快也將有孩子，到時候我們還可以作個伴。」

田箏手一抖，還是道：「娘、姊姊，我和小郎哥說了，我們二人年紀小，打算過兩年再生孩子。」田箏其實很喜歡小孩，她不介意多生幾個。可她現在才十六歲，身體都沒發育完全，她真的怕以後出問題啊。

因此，田箏與魏琅商量好等他們十八歲再懷孕生子，於是夫妻兩人親熱完，田箏都會服用避子湯。

魏琅當時很憂鬱，晚兩年，那他閨女豈不是比趙樂嘉小五、六歲？

田箏馬上鄙視他道：「你怎就知道是閨女呢？」

魏琅嘿嘿回道：「無所謂，但我想要個閨女。」軟萌萌的小閨女，如自家媳婦兒小時候一般可愛。

周氏與田葉兩人聽完田箏的話，倒是沒多說什麼。周氏對田箏道：「妳心裡有數就好，只別任性胡為。」

胡為的是魏小郎吧？娘不好意思對魏小郎說，只會抓著自己耳朵念叨，田箏簡直是心如明鏡。

片刻後，田葉想起了什麼，突然道：「大姊昨天來，想請阿承尋訪一位好大夫，我估摸著她還是想生個自己的孩子。」

話題轉到田紅，寧靜溫馨的氣氛便惆悵了起來。

周氏低頭細想，問道：「這事女婿怎麼說？」

大房一家的事，近來很少找其他房商量，特別是田紅的事，一直諱莫如深，生怕別人知道一點內情而瞧不起她。

按劉氏的話，不就是嫁了個愛作踐媳婦的男人嗎？老田家逐漸起來，各房過得都不錯，根本就不怕他宋家，要是找幾個兒子上門打宋大郎一頓，估摸著他宋家也不敢吭一聲。可是因為田紅、田老大與黃氏的態度，弄得一家子都不想去管那閒事。

田葉道：「阿承說，不過就是尋一位醫術不錯的大夫，他託人在鄰近幾個縣城問問便是。」

意思就是沒拒絕。周氏道：「幫她盡點心吧。」

一個女人家，沒有自己的親生孩子，到底是個遺憾事，且田紅如今是風華正茂的年紀，讓她這麼熬日子，旁人瞧著也覺得心酸，能幫一點是一點吧。

田葉嘆口氣道：「我也是這麼跟阿承說的，只希望能找到醫治得了這方面的大夫。」

田箏沒成親前，周氏顯然不會與她說這類事情。田箏聽見她們說的內容，再聯想家裡人傳出的隻言片語，也大致明白了是什麼事。

田紅早年多次流產，反覆下來身體怎麼可能不出問題？她在宋家生活，一直與婆婆不和，且宋大郎只會嘴巴說些甜言蜜語，私底下又是另一番嘴臉。特別是在床上，那可真是為了自己享樂什麼也不顧的主兒，甚至弄得田紅流掉幾個孩子，田紅整個人透心涼，那刻算是徹底明白，她想好好活下去，必須得想辦法。

因此，這些年，宋大郎無論是尋花問柳，或是睡了哪家小寡婦，田紅是一點也不在意，甚至還支持他去花街柳巷玩樂。反正，只要宋大郎興致不在她身上，田紅就能得到喘息的機會。

特別是宋婆子去年熬不住終於去了後，田紅獨攬宋宅裡的一應事物，不過外面鋪子依然握在宋大郎手裡，這對於宋大郎來說，不僅沒有改變他的享樂生活，還有人替他打理家務、教養孩子，於是他越發荒唐起來。

田紅自嫁給宋大郎，落了幾次胎，有大夫診斷說她從今往後很難再有身孕。反正宋大郎不缺孩子，對這一點是完全不在意。他甚至想，若非如此，田紅才不會把他兒子宋明遠當成親生兒子看待。

總之，宋大郎詮釋了什麼叫徹頭徹尾自私自利的男人。

田箏是一聽到「宋大郎」三個字，就生起噁心，可見宋大郎有多荒誕，多不招人待見。

當年見到唐清風與宋大郎玩在一起時，三姑姑田三妹心裡咯噔一下，本來想替唐清風與田葉作媒，也立時歇了心思。

唐清風被揍了一頓，傷好後就馬上訂親，不久迎娶媳婦。可與宋大郎一個德行的男人能有什麼好？陸陸續續的，田箏他們偶爾能聽到一點那傢伙私生活混亂的八卦。

反正與自家沒關係，田老三一家就沒理會。

這會兒，田紅上頭沒了婆婆的壓力，加上丈夫不著調，眼看後半生無望，田紅才想趁著年輕找大夫醫治一下。

田紅的心思，很容易理解。畢竟繼子有記憶後就是婆婆帶著，她再努力，也不可能打消他的心防。因此，田紅根本沒把寄託放在繼子身上。想著她若是生了自己的兒子，宋大郎在外面再怎麼亂來，她也不愁。

田紅求到趙家門上時，田葉徵詢到丈夫同意，就答應試著幫她找找人，至於是否能醫治好，則不敢保證。儘管如此，田紅也很滿足。

說完田紅的事，周氏岔開話題，揀了幾塊顏色不一的布料，與田葉討論起來。「妳看看這幾塊布如何？家裡留了幾疋，我沒事時，就做做針線，等妳這胎出生，定是能趕上的。」

田葉柔聲道：「娘，這邊什麼都給準備好了呢！妳就別弄了。嘉嘉出生那會兒的小衣裳都還有好些沒穿上，我想著留給肚子裡這個穿。」

「不怕。」周氏沒理會女兒的拒絕，接著道：「我有事沒事，趁著眼睛還好使就多做些小衣裳，將來你們三姊弟誰用都可以。」

三個孩子，只兒子田玉景沒成婚，田箏雖然說過兩年再生，現在備著都是可行的。周氏感嘆一聲，笑道：「想不到，你們都這麼大了。」

田箏眯起眼睛，開玩笑道：「誰讓娘要急著把我們趕出去啊。不然，我們都還陪著爹娘生活呢。」

「妳這丫頭。」周氏笑笑道。「我要是不急，小郎就該整天把我和妳爹煩死。」可不是，當初都已經訂親，他還每天數著手指跑到田箏家說一聲還差幾天到成婚的日子。

田箏想想他那囧樣，突然很不好意思。總之，有個根本就不知道臉皮是何物、還特別愛高調的丈夫實在是讓人又愛又恨呀！

臨到晚上時，魏琅與趙元承一道進趙家門，兩個人各自找到自己媳婦兒，趙元承攬著田葉進房間聽胎兒的動靜去了。

在別人家始終不方便，幸好魏琅還知道收斂一些，吃完飯後，所有人早早上床歇息，魏琅夫妻倆也是很快就進入夢鄉。

第二天，魏琅一早又出去辦事，田葉因安胎不能出門，於是田箏與周氏兩個人沒事，索性就出去逛了一圈，如今泰和縣到處是他們的親戚。

前有三姑姑一家，再有田紅婆家，周家二舅今年也在縣裡開了小吃店。田箏與周氏先是去了周二舅那裡。鋪子的面積很小，除去廚房，只擺得下四張桌子，因為價格便宜，給料足，進店裡用餐的人挺多。

二舅媽笑著把她們迎進去，道：「我給妳們下一碗麵。」

「我們就來坐坐，二嫂不要忙。」周氏阻止二嫂。

兩個人聊了片刻，田箏就被打趣了。二舅媽摸了下田箏的頭。「妳外祖母昨兒還叨念，要幫妳趕製些孩子的小衣裳出來，年後妳和小郎上京城時，也不曉得何年何月再回家來。此時準備好，等妳有了身孕就不著急。」

老人家的思想便是這般，嫁了人當然要趕緊生孩子。田箏還沒成親時，外祖母私底下就找她說過。

田箏汗啊，忙道：「二舅媽，妳讓外祖母別忙啦，我們以後會備著的。」

二舅媽道：「讓妳外祖母忙著吧，她不找點事情做，就渾身不得勁，前些日子還給妳們欣姊姊縫製了一批呢。」

表姊周欣比田葉成親晚，但是生孩子很努力，已經三年抱兩。田箏很喜歡與這表姊玩耍，那姑娘性子直爽，行事大方又仗義，只是婚後忙著夫家的事，田箏已有些日子沒見過她。

周氏笑道：「他們三姊弟小時候用過的尿布，我都給留著分成三份，等小郎夫妻進京時，放在包袱裡帶一份去。」

泰和縣這邊的說法是，新生的孩子用舊尿布才好養活。

田箏囧囧有神（注）地聽著，都快不能思考了。為什麼她才結婚幾天，耳邊除了生孩子，還是生孩子的話題啊？能不能換個話題呢？

之後，兩人去了一趟水果鋪，此時的水果鋪已經不是單一的店，店面擴大了兩倍不止，分成兩部分，一邊賣新鮮水果，一邊賣果乾。

目前與三姑姑一家合作得挺愉快，暫時沒有財務之類的糾紛，所以，田家依然繼續與唐家合作中。

一連在趙家住了四天，等魏琅停下手頭的事時，才接田箏與周氏回到鴨頭源。

田箏剛進家門，就被迎面來的七寶撲了個滿懷。牠不斷搖著尾巴跟在男主人與女主人身後，極盡展示自己的存在感。

田箏哈哈笑著摸摸牠的頭，惹來七寶汪汪的叫聲，等她蹲下來時，七寶還得寸進尺地把腦袋往田箏懷裡鑽……

這種遊戲是田箏養著七寶數年，有深厚感情而相處出來的，之後一人一狗都沒在意，經常如此，只看得一旁圍觀的魏琅臉色慢慢沈下去……

過得片刻，魏琅忍無可忍，終於出手把七寶給拎開。

七寶委屈地嗚嗚叫著，並在牆角努力撓爪子，不時抬頭瞅一眼田箏和魏琅的身影。

魏琅擺著副棺材臉，哼哼道：「誰給你膽子，居然敢占我媳婦的便宜？」

田箏無語，不得不為七寶辯解道：「七寶是小狗而已。要不要臉啊？你竟然跟條小狗計較？」

魏琅立時道：「七寶是公的。」

田箏噎住，萬分同情地看著七寶，只好道：「親娘都跟你主人講不了道理，七寶你還是忍忍他吧。」

趕走七寶，田箏落在魏琅手裡，他們回來與公婆打了招呼就回房間。田箏見他表情嚴肅，似乎有什麼事要說，一時間有些緊張，便低聲問道：「小郎哥，你要說什麼？」

魏琅看著眼前的少女，她有著明媚的笑容，時而活潑機靈，時而又呆呆傻傻，隨著年紀增長，即便人在京城時，魏琅依然時常想著她的一顰一笑。累了、乏了，他就愛給她寫信捉弄她一番，最愛她信中張牙舞爪的反擊。

實在是可愛極了，他不知道什麼時候起，她在自己心中已經割捨不下。

從兩人很小時，他就立志娶她為妻，也許只是幼年時兒戲的想法，可他一直不後悔，也確定將來不會後悔，如今終於心滿意足。

魏琅滿心柔情地把田箏攬入懷裡，柔聲道：「箏箏，妳別緊張，我只是要跟妳說一件我決定的事而已。」

注解：囧囧有神，網路用語，十分無奈、無語到下跪的地步。

曾經矮胖圓潤只到她脖子處的男孩長大了，如今結實的胸膛特別令人有安全感，田箏把頭埋在魏琅的胸膛，心中溢出一股濃稠得化不開的柔情。

魏琅情不自禁地揉了揉她細絲般的頭髮，低聲道：「箏箏，有一件事我反覆思量很久，還是作下這決定。」

「嗯？」田箏抬頭疑惑地望著他。

魏琅低聲道：「這幾年，我不打算考科舉走仕途。」

他說完，便靜靜等待著田箏的回應，雖說不緊張，可腦子裡還是有一根弦被拉緊，女人都喜歡丈夫有本事能出息，他也很想給田箏一個順遂的未來。

但是，作下這決定時，魏琅是深思過的。

田箏有些懵懂，之後才明白他在說什麼，她無須思索，便道：「小郎哥，你若是真心想在官場搏一搏，我會努力學習在背後支持你，但若是你不喜歡，那我也樂意與你過現在種田、養雞、逗狗的平淡生活。」

先表明心跡，田箏眯起眼睛，朝他露出甜蜜的笑容。「我喜歡的小郎哥，一直都只是小郎哥而已。無論他富貴、貧窮、健康與否，他都是我的夫，我將來孩子的父，只要他一直牽著我的手，我就不會主動放手。」

表白得有些肉麻，但田箏的表情變得很嚴肅，話已經說出口，她以前不敢想像未來，如今能給自己的未來使勁，為何不坦坦蕩蕩呢？

魏琅極力平穩內心的震盪，可劇烈的心跳聲還是出賣了他，魏琅驀地無法出聲，他此時只想把她揉進心坎。

還有什麼事比你心悅她，而她同樣心悅你更美好呢？且他們已經是正式的夫妻，兩人的命運相連，彼此都有心為對方付出。

魏琅在田箏的髮鬢間落下一個親吻，笑著道：「我的箏箏真可愛。」

說完，瞧著她那努力想板出嚴肅卻顯得可愛的面孔，魏琅猛地將人使勁往自己胸口捂緊，啞聲道：「媳婦兒，真想此刻是夜晚呢。」

若是夜晚，他就能剝光媳婦兒的衣服，把她所有的美好吃乾抹淨。嘖嘖了一聲，魏琅表示真可惜啊……

良好的氣氛，馬上被他那句飽含暗示的話語打破，田箏一抖，心想：什麼呀，人家那麼努力告白，沒聽到諸如什麼山盟海誓的甜言蜜語，居然只得到一句現在是夜晚就好了。

哼……

田箏賭氣似的癟嘴，不想理他。

魏琅在她嬌豔的唇瓣上狠狠啄了一口，才正經道：「不打算考科舉，是因為哥哥如今需要後力，且我明白此時的自己並不想在官場拚搏，相比如此，我更樂意帶著妳自由地在這片天地翱翔。」

沒有走出去過，根本就無法明白天地有多遼闊。

更重要的是，魏文傑進了翰林院，前途遠大，向來首輔宰相皆出自翰林，可依然有很多人一輩子沒沒無聞地耗死在如清水衙門的翰林院。

作為魏文傑的弟弟，魏琅原本該當一同進官場，兄弟倆互相扶持。只是，先前家裡在京城中發生了一件事，使得魏琅自願暫時放棄這條路，從此走上商賈之路。

見他準備細說，田箏便安靜地聽魏琅說出事情的原委。

原來，魏家的本家氏族，是在京城中頗有名望的伯爵府，魏秀才帶著一家四口入京城後，得他們舉薦，魏文傑進入錢楓學院讀書。再怎麼說，都算承了別人的恩情。

之前魏文傑考中舉人，還不大引得起伯爵府的注意，但是他隨後中了進士，且還是二甲，霎時間讓伯爵府看到對方的價值，便由當家魏大夫人出面說媒，讓她娘家大哥的嫡出四女柳如月與魏文傑訂親。

因當今天子正值壯年，膝下只有皇后生的一位皇子，此時在朝為官者還沒有選邊站隊的煩惱。柳家家風算是不錯，因此魏秀才與魏娘子都沒什麼反對的理由。而這些情況，還是魏文傑自己與家裡人分析出來的，所以他能接受這樁婚事。

但是，千不該萬不該，伯爵府的老夫人竟然還想把手伸進魏琅的婚事裡頭。因魏琅也到訂親年紀，想著他如今只有個秀才名頭，未來還不知如何，魏老夫人便想把個庶女指給他。

這事，魏琅當然不樂意。若是自己的婚事都要給人拿捏，他枉為男兒，因此，與哥哥商議後，他就把自己弄成了商人身分。

士農工商，商人是最末等的，這下，魏老夫人當然看不上他啦。

這也是當初，魏琅不告而別就出海的原因。他憑著自己的努力出海一趟賺了個滿盆缽，這樣私底下亦可以把賺來的錢在背後支持自己哥哥。

並不是說魏琅就該天生為哥哥付出，他們是親兄弟，自然要互相扶持，且這也是相對的，魏琅在外面亦需要魏文傑背後相助。

田箏聽完，抿嘴笑道：「小郎哥，敢情在京城裡，還有位差點成了你妻子的姑娘呢，沒嫁給你，也不知道人家遺憾不遺憾。」

魏琅哈哈笑道：「管她遺憾不遺憾，我只曉得自己不遺憾。」

他才不會對田箏說，之所以對那樁婚事那麼反抗，就因為會娶不了田箏為妻啊。

田箏白了他一眼。「可憐了那姑娘。」

魏琅很坦誠地把事情說給她聽，田箏心裡就沒了疙瘩，若是到了京城，從別人的嘴裡聽到，她才要不自在呢。反正都成親了，彼此都該坦誠才是。

魏琅捏了媳婦的臉蛋一把，道：「怎麼就為人家姑娘可惜？她離了我這粗人，搞不好有更好的前程呢。」

田箏點點頭。「小郎哥，我是想說那姑娘幸好早一步逃離了你，不然就可憐了。」

魏琅這時才反應過來，田箏是在打趣他呢，一時控制不住，把媳婦兒攔腰一抱，迅速壓在床榻間。

田箏嚇了一跳，趕忙求饒道：「小郎哥……別啊！大白天的，爹娘還在家裡呢……」好生求了幾句，他還是沒停止手裡的動作。

田箏苦著臉，拚命掙扎以自救，反而使得魏琅慢慢興奮起來，原本他也只是想捉弄一下媳婦而已。

魏琅束縛住田箏的兩隻手，底下的人兒頭髮已經散開，衣衫不整的模樣平添了一分誘人，他不由打了個激靈。心想在自己家裡抱自己媳婦，還講究個什麼、還怕什麼？夫妻敦倫本就天經地義，於是乾脆一不做、二不休，低頭含住田箏柔軟的唇瓣，吸吮著口中的甜美，一雙手不老實地往衣裳裡面摸進去。

田箏別開臉呸呸兩句，掙扎道：「小郎哥……你快放開我啦，不能這樣子啊！」

魏琅摟著她不由分說繼續吻。「還嫌棄我不？嫌棄自己相公要付出代價的。」

那蠻力的手強行褪去她的衣裳，田箏低頭瞧著自己的模樣，簡直是欲哭無淚，為不讓別人笑話，她伸出腿去踢他一腳。

結果，他順勢掰開了田箏的雙腿，感覺到她身軀亦有反應，於是將自己的分身擠了進去。

田箏呼吸急促地被壓倒在魏琅身下，簡直是求了一遍爺爺，又告了一回奶奶，還是被就地正法。

事畢後，田箏惱火地趴在床尾，打算好好面壁思過，她到底哪點惹到對方了？一定要在白天這麼危險的時間啊，熊孩子真是不可愛。

魏琅故意扮作懺悔狀挪到她身邊，低聲道：「箏箏……」

「箏箏……」連續叫了幾聲，也沒得到回應，魏琅低低地訴說道：「箏箏，我的妻，媳婦兒……」

田箏依然不理會，最後魏琅彆扭道：「我錯了。」

田箏立刻翻轉身，睜大眼睛問：「錯在哪兒了？」

魏琅瞧著她那亮晶晶發光的雙眼，明白對方根本沒生氣，於是便哼哼道：「錯在不該媳婦嫌棄我時，就想修理她承認我的好。」

田箏眼裡倏地冒出一團火，立時背過身去，看來原諒這壞小子太對不起自己。

魏琅一樂，馬上將她強行攬入懷抱，哈哈笑道：「別生我氣啦。我真的控制不了這種事情啦。」

「不信妳摸摸。」

說完，魏琅竟然把田箏的手移動到他下面，此時還硬邦邦發燙，田箏簡直要捂住臉，哪裡還敢挑釁他。

兩個人平靜下來，魏琅掩飾不住上揚的嘴角，幫田箏穿戴好衣服，才起身穿自己的。穿戴完後，他突然想起一件事，大聲道：「差點忘記了。」

話一出，他立刻走到櫃子前，找出一個小匣子，連同匣子和鑰匙一股腦兒全給田箏，笑著解釋道：「除卻需要的，我的身家全在這兒啦。妳拿去花用吧。」

田箏默默地接過匣子，心裡樂呵呵地想真上道啊！今兒這通體力活沒白做，主動上交財產的男人就是好男人。即使他腦子實在有點中二，還是個大色魔。算了，就原諒他吧。

室外涼風陣陣，室內溫情暖暖，田箏捧著小匣子，細細看過一遍裡面的東西，又興致勃勃將東西倒出來，再次核對一遍。

魏琅坐在房中的檀木椅子上，一隻手搭著椅背，頗為好笑地瞧著媳婦那股興奮勁頭，他忍不住問道：「真有那麼高興嗎？」

田箏白了他一眼，道：「那當然，你說了這些都是給我的。」她一點心理壓力也無地將它看成自己的。

魏琅愜意地瞇眼，點頭道：「嗯，是妳剛才伺候為夫的辛苦費，全都給妳。」

言一出，幸好田箏背對著他，不然就會被魏琅發現她整張臉像火燒雲般燦爛，田箏心裡是既矛盾糾結，又有些竊喜。剛才那半個時辰不到，就拿到這麼多錢，這錢要不要太好賺啊！田箏小聲地嘀咕道：「以後每次都有錢拿嗎？」

「什麼？」魏琅沒聽清楚，抬頭問道。

田箏撓撓頭，趕緊道：「沒什麼。我就是想說好多錢呢，我從來沒見過這麼大面額銀票呢。」

不數不知道，竟然將近五萬兩銀子，其中有三張都是一萬面額的銀票。田箏扭頭看他。

「從哪裡弄了這麼多銀子？」

魏琅面露得意。「妳相公天生聰慧，妳以後跟著我，只管等著吃香喝辣吧。」

田箏見不得他那一臉自負的臉，便潑冷水道：「該不是你召集一些地痞流氓去打家劫舍了吧？」

魏琅哈哈大笑起來，蹭過去挨著田箏坐下，一臉揶揄道：「若真如此，將來我被抓，落大牢裡，媳婦兒妳怎麼辦？」

田箏遞了一個涼颼颼的眼神過去。「我不怎麼辦，我一定會開開心心帶著從你這兒賺來的家財，揹著你的孩子改嫁給第二個男人。」

魏琅愣了一下，猛地將人拐帶進懷裡。「田箏妳敢造反啊！我不修理妳，我就不是妳相公。」瞬間就將田箏剛整理好的髮鬢弄亂，他還憤憤不平道：「竟然生出嫁給別人的想法，到底是誰在妳耳邊嘀咕慫恿妳起了這種心思？」

田箏被捏了一下臉，哎呀一聲叫道：「我就說說笑而已。」

魏琅面上嚴肅。「這種事說笑也不行，趕緊從腦袋裡面剔除掉，想都不能想。」

一句話簡直堪比捅了馬蜂窩，直到田箏連連保證絕對忘記了，魏琅才重新舒展容顏，笑著給田箏講錢財的來路。

留給田箏的這筆錢，已經刨去當時送入京城與魏家父母的那份，這麼算起來，這幾年魏琅還真是花了很多心血賺錢。

此時大鳳朝的海外貿易算不上發達，朝廷對此既不大肆鼓勵，也不明確禁止。魏琅他們上一次出海，換回來一大批外邦之物。

有些名貴的，譬如寶石之類，以低廉價格從外邦手中換回來，再轉運到京城，幾個來回就賺了很大一筆差價。因此，魏琅才會賺了那麼多。

聽聞他說完，雖然只是三言兩語，田箏也明白個中艱辛，並不如表面那麼簡單。既然他不打算細說，田箏也沒要追究，她把匣子裡的東西擺放整齊，從衣襟裡抽出個新做的荷包，遞給魏琅道：「看你那樣上道，我就賞你點銀子花花吧。」

管著家裡財政大權的感覺實在太棒了。

魏琅只需瞧著她那歡喜的小模樣，心裡就十分愉快，接過荷包後，便低聲道：「箏箏，兩日後我要去一趟晉城，年底就趕回來。」

魏琅要離開一陣子的事，是婚前便已經說出來，如今正是關鍵時候，田箏也沒理由留著他不去幹正事。

田箏有些悶悶道：「我知道了。」

只沒想到時間走得那樣快，他馬上就要出遠門。

魏琅忍了忍，還是沒說出來。他這一趟出門，也是為了年後出海做準備，屆時才能周全地帶著她一道走，因此，只能先委屈媳婦兒。

想到將近兩個月見不到魏琅，田箏心底很是捨不得，可還是打起精神幫他整理行囊，務必把一件件衣服，還有鞋襪之類的基本物品弄齊全。

隨後，家裡來了幾個人，都是魏琅的朋友，田箏與張嬤嬤一起準備一頓豐盛的酒菜，吃飽後，他們一行人才上馬離去。

望著飛起的塵土，魏娘子拉著田箏的手，安撫道：「箏箏，反正家裡無事，妳想回家住兩天也行。」兒子離家遠行，扔下新婚的妻子，何況他們原本就如膠似漆，兒媳婦有些難受是可以理解的。

田箏閉了閉眼，而後睜開。「娘，我在家裡住著吧！反正每日回去探望一下就行。」

見田箏反應如常，魏娘子心裡十分滿意。兒子兒媳互相包容支持，這便是做父母最想要看到的。

第十八章

清晨穿戴整齊，田箏回了一趟田家，果園裡養了那麼些雞鴨，只有周氏一個人打理，再加上她還有很多家務需要做，的確是忙不來，田箏時常回去幫著做一下。

周氏見田箏走進家門，有些不贊同道：「妳這丫頭，怎麼又回來了？雖說妳婆婆不介意，可也要注意著些。」

「婆婆讓我過來的。反正在家裡也悶得慌，等會兒她也過來呢。」田箏回答道，魏娘子自己也時常找周氏閒聊，也會幫著一起做活。

田箏接過周氏手中的籮筐，道：「等我去餵雞鴨，順便把雞蛋給收回來。」每天清晨把菜葉剁碎，再拌些米糠進去，就能把雞鴨養得胖壯，非常勤奮地下蛋。

果園裡一片蕭索，到處是落葉，踩在地上嘎吱作響，這段時間家裡忙著田箏的婚事，所以都沒來得及收拾落葉。往年都會把落下的枯葉掃在一堆，拿到灶房去燒火，燃盡後的灰留下來做肥料。

園子裡種著一片油菜，田箏摘足雞鴨吃的分量，在小溪水裡面清洗乾淨。在做這些事時，整個心就會很寧靜……忙碌的時候，才不會有機會整天想著魏琅。

把拌好的雞食放在食槽裡，雞群一窩蜂地都湧了過來，爭先恐後地啄著吃，田箏便把食物又倒入鴨舍那邊去。

她提著籃子，順著雞窩一個個去把昨天下的雞蛋撿回，時間足夠，田箏還有閒心把收穫的數量數了一遍，共五十六顆雞蛋。

家裡的家禽和蛋製品如今也不愁銷路，趙家給幫忙介紹了幾家店，隔開幾天就往那邊送過去。習慣了這種安逸生活後，田箏都快想不起來當初穿越那會兒拚命掙扎只為了能吃一口肉的日子，當初還發誓說要吃一碗倒一碗。想想她突然笑出聲……

鎖上果園大門，田箏提著裝雞蛋的籃子走出來，迎面撞上張柱子，田箏便打招呼喊道：「柱子哥去哪兒呢？」

張柱子猛然一回頭，臉色脹得紫紅，他低下頭小聲道：「去地裡砍大白菜。」

田箏明媚的笑容那麼耀眼，可他根本不敢抬頭張望，因為心知不屬於他，田箏成親那一日，張柱子躲在家裡一點兒也不想去湊熱鬧，一直到現在依然傷心。

田箏笑道：「前兒我經過你家菜地，那大白菜長得可好呢！」一顆顆已經長大成熟的大白菜，想必處理後放在地窖中，能存放到明年初。

「嗯。」張柱子道。

「那我回家去了。」見他並不想與自己多說，田箏隨意說了幾句，提著籃子離開，裝雞蛋的籃子裡放了米糠，所以走路時倒不怕磕破。

田箏趕著回去，沒有留意到張柱子望著她背影時，那張臉是多麼的黯淡無光。

自從被魏琅連番打擊，張柱子突然心灰意冷，曉得自己與魏琅兩個人的差距，那年剛對田箏產生懵懂的戀慕之心，霎時被打壓得只能藏在心底的某個角落。

張柱子想起田箏的巧笑嫣然，突然有些微酸澀。他甚至不止一次想過，若是自己沒有放棄，田箏會不會有嫁給自己的可能？

張柱子搖搖頭，時至今日，還假設那麼多幹麼呢？

田箏越走越遠，她今日穿著粉嫩顏色的襦裙，整個人嬌豔無比，走得遠了只剩下一抹紅點，像盛開的桃花。

周圍無人，張柱子放任自己盯著她瞧。可能她永遠也不明白自己的心思吧？即便他不想聽、不想瞭解，依然聽聞很多田箏與魏琅結婚的盛況，小倆口甜蜜恩愛的糗事也傳得滿天飛。

張柱子知道她過得很好，生活富足，起碼比跟自己在一起時要好不只一星半點兒，他也輸得情願了。憨厚的張柱子揉了揉眼睛，把最後的那絲戀慕收在心坎，從此之後，估計除卻爹娘，再也無人知曉自己曾經喜歡過一位那麼美好的姑娘。

對此，田箏幾乎是一無所知，與魏琅訂婚前，張柱子已經很少出現在田箏身邊。柱子哥對她有好感這事，她還真不知曉。

轉眼間，家家戶戶開始置備年貨，村裡年味越來越濃。田老三打算殺豬，要請親朋好友吃殺豬菜（注），魏秀才夫妻帶著田箏連同張嬤嬤都一道上門。

院子裡擺著三桌，每桌上都放著八個大菜盆，除了豬下水、豬血、五花肉、豬頭等燉煮的菜式，還有一道素菜。客人一一上桌後，歡聲笑語中就開動。

田老漢與尹氏兩個人更是眉開眼笑，家中兒孫都有出息，他們兩個老人算是卸下心中的擔子，如今也曉得享受，尹氏見隔壁桌吃完，還催促周氏趕緊再炒幾樣菜來。

熱鬧的午飯吃完，田箏幫著周氏、黃氏等幾個長輩一起收拾整潔，黃氏就道：「箏箏啊，妳家小郎有說什麼時候回家來？」

這將要過年了，還不回家，實在有些不像樣呢。

田箏笑著道：「他呀，估摸著很快就回來了。」

這一走還差幾天就到除夕夜，魏琅也沒傳信來說不回，雖然田箏心裡有些不確定，但想到他說若是趕不回，一定提前託人送信。如今沒信來，那他肯定是要回來的。

老捉著女婿的問題，周氏有些為閨女心疼，便岔開話題。「四弟妹，園丫頭的婚事，妳心裡有什麼想法？」

四房的大閨女田園只比田箏小兩歲而已，此時也到談婚論嫁的年紀，上門打探消息的人倒是不少，可劉氏與田老四兩人一直沒給別人回應，周氏心裡就很好奇。

四房的豆腐生意年年利潤都很穩定，已經著手出去自建房子了。在這一點上，可讓二房的胡氏與田老二歡喜得很，也不眼紅別人有新房子，只恨不得四房把屋子早早建起來，他們可以花少部分錢，把祖屋的房子都買下。

這一點，田箏都很佩服二伯兩口子，他們手裡也不是沒錢，可偏偏就是捨不得花，就算是田玉福娶媳婦，連同聘禮在內也只花了不到十兩。

本來四房也是有意祖屋的，可比耐心，根本比不過二房，住得久了，劉氏、胡氏兩個妯娌鬧過幾次大矛盾。最後，田老四拍板，乾脆他們搬出去算了。

既然其他房沒人住祖屋，田老二當然提出把剩下的房子買下，至此，二房完勝，不到十年時間，就把祖屋弄到手。說起來，這又是一樁一天一夜也道不完的瑣碎事。

既然說到閨女的婚事上，劉氏掐著腰笑道：「三嫂，妳兩個閨女都嫁得那般好，妳可得給我說說挑女婿的經驗。」

劉氏不奢求能遇到趙元承那種鑲著金磚的女婿，泰和縣就這麼屁大點地方，秀才也不是出門便能撞見，且自家閨女也沒田箏與魏琅打小相處出來的感情，劉氏只求著田園嫁個小富之家就很不錯。

一時間，幾個年長婦人七嘴八舌地開始說起哪家兒郎不錯，哪家婆婆糟糕絕對不能嫁等等的事情。

打掃完灶臺，周氏見田箏要回魏家去，就抽空給她塞了個暖壺。「拿著暖一會兒手。」

注：殺豬菜，原本是東北農村每年接近年關殺年豬時所吃的一種燉菜。過去，在農村殺年豬是一件大事，無論哪家殺年豬都必定要把親朋好友請到家裡來吃殺豬菜。

「嗯。」田箏接過後，慢吞吞地往家裡走。

有風吹過時，颳著臉好像刀刺一般，田箏不由縮著脖子，她今日裡三層外三層穿得臃腫，整個人瞧著就像隻肥碩的兔子。

半途中，在里正家門前，偶然撞見大著肚子的田如慧，正由她丈夫扶著進門檻，眼光一瞥，田如慧把手收回來對自家丈夫道：「相公你先進去，我找小秀才娘子說幾句話。」

魏琅被村人私下叫小秀才，於是田箏就被稱為小秀才娘子。

那周家二郎便道：「要仔細著身體。」

田如慧點點頭，轉過身，對著田箏招手道：「田箏，妳過來。」

田箏有些莫名，可瞧著田如慧肚子那般大，想著也不好讓一個孕婦走過來找自己，於是就走過去，喊道：「如慧姊姊。」

自從田如慧成親後，田箏很少與對方見面，此時瞧著她氣色不錯，整個人更是因為有身孕平添了一股女人味。

田如慧當年很迷戀魏琅，田箏倒是想不到她那麼乾脆嫁給周全福的二兒子，這周二郎本身各方面條件都一般，不過好在有個好家底。

田如慧伸出一隻手抵在後背，看她肚子那樣大，田箏就好心扶著她，田如慧笑笑道：「妳是不是心底笑話過我，要不自量力地嫁給小郎？」

啊？田箏驚訝地抬頭，連忙道：「我從未笑話過如慧姊姊。」

夫。

田箏倒是很佩服對方的毅力，且她知道無望後，又很乾脆地斬斷了念頭，替自己挑了丈夫。

這周二郎就是田如慧自己搭上的。原本周夫人還想為小兒子納聘田箏，可周二郎自己對田如慧上了心，提出求娶。周夫人想想，這田如慧也不錯，原本也在考慮範圍內，經過周二郎磨了幾回，就答應了。

婚後田如慧依然得周二郎的心，小夫妻倆倒是和美。

像田如慧這種時刻明確自己要什麼，努力爭取、得到後也懂得珍惜的人，放在哪個時代都不該受到唾棄啊。田箏反而挺欣賞對方的。

田如慧抿嘴，忽地笑道：「我從未管你們誰會笑話我。我現在過得挺不錯，懷著孩子，家裡日日不斷燉著補品。我相公亦是很體貼，從我嫁給他後，他一直對我很好，從未對我粗聲說過話……」

男人大聲呼喝媳婦，在村子裡很平常，就連里正田守元跟他娘子不和時，也照樣大聲罵幾句。

田如慧道：「妳別瞧他其貌不揚，他懂得可不少。」

田箏趕緊搖搖頭，見田如慧紓發自己對丈夫的感情，也不好打擾她，便不出聲，讓她說下去。

田如慧說了幾句，才道：「我如今想來，嫁給小郎便需離鄉背井，那反而不是我想要的日子。」

唉……說到離鄉背井這些，田箏原本就很想去外面走一遭，與鴨頭源村裡這些姑娘們想法很不同。還有婚姻本就是如人飲水，冷暖自知，看田如慧一臉幸好沒嫁給魏琅的神情，田箏簡直是啼笑皆非。她還想說，幸好自己嫁給了魏小郎呢！

一時之間，思念就似瘋了魔般，田箏有些恍惚起來。

「田箏……田箏……」

田如慧連續叫了幾聲，田箏才回過神，田如慧皺著眉頭，埋怨道：「妳想什麼呢？大白天的一副思春樣，要注意著些，免得有傷風化。」

臥槽！前頭田箏還覺得田如慧嫁人後變得不錯了，此時立刻變回了原形，她還是從前那個她啊。嘴巴裡面就沒個好話，還是時常自以為是地教訓別人。

田如慧哪裡知曉田箏內心的咆哮，她捏著鼻子道：「我看妳成親有些日子，怎麼一點動靜也無？魏家那種家庭，妳就該早早生下幾個孩子，把位置給坐穩了。

「官宦之家，正妻不抓緊誕下子嗣，難道還想給小妾、丫鬟去生？」田如慧苦口婆心道。即便是周地主家，雖然不敢明面上娶小妾，可她公公的通房丫頭也有四、五個，除了周夫人生的，周家還有幾個丫鬟生的庶女呢。

見她一副知心大姊姊的模樣，田箏只好點點頭。村子裡都以為魏琅也會走上仕途，可是他們都不知道魏琅暫時不考科舉了呢。

田如慧說完，終於盡興，才準備要回家門，田箏把人扶進去，周二郎立刻緊張地接手，田如慧滿臉笑容由著丈夫攙扶，她還乘機得意地對田箏挑眉。

田箏很無語，故意曬恩愛的人著實討厭！

不過，田箏自己鬆了好大一口氣，終於不用面對田如慧了。媽呀，愛說教的人實在可怕。

進了家門後，田箏直接回到房間，趁現在還是白天，她要趕著給魏琅做衣裳，此時已經差不多完工，就只差在衣襟繡上一些點綴。

田箏速度慢，只趕製了兩套，都是按他以前的尺寸，稍微加大一點尺碼，魏琅個子長得快，不做大一些不行。

看著做好的成品，她心裡還有些竊喜，魏小郎當初可是懷疑自己連荷包也做不好，想不到她竟然能獨立裁製一套衣裳了。

有些累了，田箏乾脆就脫了外衣，掀開被子躺床上小憩片刻。睡得迷迷糊糊時，突然感覺脖子處有什麼扎著皮膚癢癢的。

田箏揉了下眼睛，才發現自己被人壓在身下。

那個作怪的始作俑者就是魏琅，見田箏醒來，魏琅輕聲道：「終於醒來了？」

田箏還以為是幻覺，伸手摸了下他，感覺到實體，她馬上笑起來道：「小郎哥，你終於回來啦。」

「嗯。」魏琅道。

兩個人傻乎乎地對視著，魏琅便將頭埋在田箏的頸部，低聲道：「以後再也不會讓妳等我了。」

天寒地凍的時節，田箏的一顆心猶如火燒般炙熱。

田箏伸出雙手抱住他的頭，聽著他細細的呼吸聲，床上墊著厚厚的棉被，即便承受著他的重量，她也沒感覺到不適。

室內靜謐，過得片刻，田箏發現魏琅的呼吸聲變得綿長起來，扭動脖子一看，果然已經閉上眼睛睡著。

他的眼窩下能清楚看到厚重的黑眼圈，該是連日趕路根本就沒睡好，田箏心疼得無以復加。又等了一會兒，見他似乎熟睡了，她才小心翼翼離開他身邊。剛才小睡了片刻，田箏已精神飽滿，此時想起床給他做點他愛吃的東西。

誰知剛一動，魏琅就加緊力道，嘴裡夢囈般道：「箏箏別動……讓我抱著妳睡一會兒。」

魏琅半夢半醒間，摟著媳婦兒的滋味如此好，怎捨得放人？

聽得他那孩子氣的話，田箏覺得自己被萌到了，反而聽他的，由著魏琅摟著自己熟睡。

似乎過了很久，等她也犯睏時，就覺得有雙手正不老實地解自己衣裳。田箏立刻醒來，張開嘴巴，正要說點什麼，魏琅的笑容有些羞澀，紅著臉道：「好久沒有了，我忍不住……」

讓剛剛開葷的男人，生生忍了將近兩個月，的確是一件殘忍的事情。

田箏表情柔和地望著他，魏琅受到鼓勵，低頭吻上媳婦兒的紅唇，對方柔軟的觸感簡直要軟化人心。

等感覺到媳婦兒逐漸享受起來，魏琅才進入正題。

兩個人耳鬢廝磨了好長時間，魏琅滿頭大汗地抽離田箏的身體，臉上有些愧疚之情。

田箏明白，她這個月的大姨媽準時來到，說明自己沒有懷上，她慶幸的同時，又有些難受，因為清楚知道自己與小郎哥兩人都很喜歡孩子，但是為了孩子與身體著想，不得不推遲生小孩時間。

見他睏意漸生，田箏說：「小郎哥，你睡吧，我去打點熱水來幫你擦擦身子。」

魏琅咧開嘴對她一笑。

田箏穿戴整齊出了房門，魏娘子問：「小郎有說餓了嗎？箏箏妳問問他想吃些什麼，我好給他做。」

田箏道：「他睡了呢，等他醒來，我再給他煮碗麵吧。」

聞言，魏娘子道：「箏箏妳若疲乏，也去睡一會兒吧。」小夫妻倆久違，正該甜甜蜜蜜的時候。反正此時正是寒冬時節，也沒什麼事要做。

田箏不止一次覺得，公公婆婆對魏琅實在太過溺愛，小時候，魏秀才可以板著臉嚴厲要求魏文傑努力讀書，而對魏琅就比較放任，他只需要做完功課，便可以在村子裡到處玩樂。吃的、穿的……哪一樣不是魏琅說想要什麼，婆婆立刻就置備好，才導致魏小郎這熊孩子很霸道專制啊，估摸著魏小郎時常自以為是的性格也是公婆太寵造成的。

也許是真心喜歡，即使魏琅傲嬌霸道、無理取鬧時，她也覺得他好可愛。

田箏看了下天色，估摸著是酉時，天色逐漸暗下，張嬤嬤早已經在灶房裡生起了火。田箏去打水時，張嬤嬤道：「二少奶奶，那水已經燒熱。」

田箏在古代生活，已經習慣做能力所及的農活，她輕易就提起一桶熱水往房裡走，本來張嬤嬤想幫忙抬進去，可是田箏不習慣讓別人有機會窺視到他們夫妻的私密空間，一應事物，還是喜歡自己做。

掀開棉被，本來魏琅的臉曬得黑，加上長得高大，使得他渾身充滿硬漢模樣，可這會兒，田箏越瞧，越覺得魏琅睡著的模樣顯得無邪極了。

魏琅睡得熟，田箏褪下他的衣裳，羞澀地用手巾給他仔細擦乾淨身體，弄完幫他蓋好棉被出了房門。

灶房裡正小火燉著雞湯，魏娘子吩咐，特意放了些補身子的藥材進去一起燉，兒子回來時，光看他臉色，就惹得魏娘子好一陣心疼。

田箏娘家送來的豬肉，一大半且切成塊，用鹽和酒醃製了一天多時間，估摸著已經入味。田箏和張嬤嬤一起，把醃製好的豬肉串起來，掛在灶臺上面，是拿來做煙燻臘肉，等燒火時，利用煙霧和火的溫度，可以把那些肉烘乾。如此完成後，肉可以保存很長時間不腐爛。

煙燻臘肉用熱水洗乾淨，即使簡單地切成片蒸熟，拌著飯一起吃，也是一道美味，或者切來和辣椒和著一起炒，這些都是尋常的家常菜。

弄完這個後，田箏幫著一起做荷包肉，荷包肉是鴨頭源過年的必需品。拿曬乾的荷葉，將切成大塊且調好味道的豬肉拌了米粉，一起包在荷葉裡，放在蒸籠裡面蒸一個時辰，直到濃濃的荷葉清香與肉味傳到鼻子裡，確定熟透後，才停下火。

田箏去臥房看了一下，發現魏琅還沒睡醒，於是與公公婆婆簡單吃了晚飯，打水洗漱準備睡覺。

半夜時分，飽睡一頓，若不是肚子餓，他也不會醒。魏琅匆匆爬起來，見媳婦兒睡得香甜，也沒叫她起床。

他自己在灶房裡弄些剩飯剩菜吃完後，繼續回房摟著田箏睡覺。

魏琅夫妻倆在村子裡平靜地過了新年，沒多久，魏家接到魏文傑的傳信，信中主要是來報喜，說大兒媳柳如月生了個閨女，此時算下來，竟然已經錯過了孫女滿月。

當初魏家父母離京回鄉後，柳如月才診出懷了身孕，不然魏秀才夫妻定是要留一人在京城。即便是個孫女，魏秀才夫妻都很高興，原本計劃二月初才啟程回京，現在他們打算提前。

日子提前了半個月，幸好當初出行要準備的東西，田箏與魏娘子兩人早就打理妥當，雇傭的車馬也早就商定了，這會兒說一聲，那邊也願意提前走。

臨走前幾天，田老三與周氏對著田箏一番叨念，看著爹娘極力忍耐不捨的眼神，田箏幾乎也要落淚，她拚命忍住了。

大鳳朝交通不便，書信往來最快也得一個多月時間，京城距離泰和縣又遙遠，這一走，也許真的要好長時間才能見到爹娘。

那片刻間，田箏竟然有點不想走了。

這邊周氏留著田箏在房間裡談話，那廂田老三也是抓著魏琅一遍遍地囑託，閨女沒有在自己面前看著，始終是放心不下。

魏琅此時也不跟田老三鬧彆扭，老老實實地低頭聽岳父的碎唸。

田老三凝眉深思，發現自己已經把該說的講完，便拍拍魏琅的肩膀。「小郎，我把箏箏交給你了。」

魏琅立刻一本正經道：「爹，你儘管放心吧。得空我們就會回家的。」

一直到馬車走了老遠，田箏的家人都等在村頭看著。

搞得那樣傷感，田箏有些不適應，整個人懨懨的。

同坐一輛馬車的魏娘子，見田箏提不起精神，便提議道：「箏箏，乾脆把你們爹喊過來這邊。妳與小郎坐一個車廂吧。」

車廂特意調整過，空間弄得很寬，鋪上厚厚的毛毯，像田箏這種身形的人，簡直可以筆直躺著睡一覺。

田箏也沒有拒絕，這馬車雖然造得很舒適，但是道路不平整，還是會時常顛簸，第一次長途跋涉，田箏還真有些不習慣。

換完車後，魏琅就讓田箏躺在車廂鋪好的榻上，他讓田箏躺在自己腿上，自己半摟著她。魏琅心裡隱隱地興奮，沒了岳父岳母在旁邊指手畫腳，他終於可以獨占媳婦兒，心裡的歡喜是止也止不了。

艱難的陸路走完後，魏家一行人換成了水路，坐上大船時，田箏整個人才好轉起來。船行駛得很平穩，看著綿延不絕的海面，內心生出激盪的心情。

田箏依靠在魏琅懷裡，道：「我們還要走多久才能到京城呢？」

魏琅答道：「快的話，半個月就可以到達。京城很是熱鬧，到了之後，我帶妳一起好好去逛一圈吧。」

田箏笑咪咪地點頭。

魏琅興奮地與田箏說著海上的各種事蹟，不知不覺中就抵達了港口，一下船便請人帶信給魏文傑，沒多久就有人過來接他們一家人前往京城的宅子。

一行人到了魏家，今日恰逢休沐，魏文傑攜著妻子等在門前，遠遠見轎子過來，魏文傑迎了過去，朝著魏秀才與魏娘子喊一聲爹娘。

幾年未見，魏文傑身上那股清雋之氣更盛，田箏笑著行禮。「文傑哥哥。」

久別重逢，魏文傑見到田箏也很高興，向來沒什麼喜怒的臉上露出笑容道：「箏箏，個頭長這樣高了。」

田箏紅著臉道：「好幾年了，當然要長個子啦。」

互相見禮完，大家進了家門，熱熱鬧鬧地吃一頓飯。

飯後，田箏回他們住的西廂房開始整理她和魏琅的行囊。

在她整理床鋪時，魏琅走近攬住田箏的腰身，笑道：「箏箏，不要弄那樣整齊，反正我們住不了幾天。」

早已經定好行程，此次出海的目標只是沿海一帶，途中很是安全，因此他想要把田箏一起帶去，讓她先適應一下這種節奏。

這事夫妻倆早就說定了，田箏沒好氣地推推他。「反正都要住幾天，總得把房間弄乾淨整齊，自己才住得順心。」

魏琅在她臉上偷了個吻，笑嘻嘻道：「箏箏做什麼都好。」

雖然來到陌生的京城，不過身邊有魏琅，田箏感覺到哪兒都是家，尤其他總是毫不掩飾對自己的喜歡時，她就覺得很幸福。

整理完房間，魏琅便帶著田箏在宅子裡熟悉一遍，一邊訴說當年他是在哪兒練武，愛在哪棵樹底下擺上案臺、練字讀書等等以前的事。

田箏甚至還發現一棵樹上有很多劃痕，一輪一輪，一看就知道是刻上去的，似乎記錄著什麼東西，見田箏要研究，魏琅趕緊拖著她走。「京城裡好多地方妳沒見過，我帶著妳四處看看吧。」

不能讓媳婦知道他以前的窘事，那時長得矮又特別胖，他便狠狠發誓一定要長高，還將田箏的身高刻在樹上，督促自己不停地鍛鍊身體。

田箏正疑惑他反應為何那麼大，可被他半推半摟著走，只好停下思索，一起跟著他到處逛逛。

翌日。

大嫂柳如月便安排家中的僕從來認識田箏，田箏從來不怕見生人，落落大方地見過這些僕從後，她將事先準備的銅板，每臨到一人時，就給些適當的見面禮。

總之，這些僕從私下裡都說這位鄉下來的二少奶奶很親切隨和，難得的是沒有鄉下的土氣，且渾身上下一點架子也沒有。

田箏哪裡會去管別人背後說她什麼，只要住得舒坦，沒人當面給她難堪、不做損害她的事，大家就和和美美地相處唄。

此時，東廂房裡，魏文傑的妻子柳如月見她的陪嫁嬤嬤入了門，便問：「如何？」

那位嬤嬤同樣姓柳，原是柳家的家生子，柳如月還是姑娘時，就已經被柳夫人指派替她管理閨中事物。兩個人情分不淺，可以說是柳如月的心腹，任何事都要找柳嬤嬤一起商量。

柳嬤嬤把外間的丫頭喚走，打了簾子進內室，便回道：「瞧行事倒是有章法，像個心中有主意的。不過……」

柳嬤嬤略微停頓，指指西邊的方向，接著道：「那位若是一直沒出息在外邊耗著，大奶奶也無須有什麼擔憂，左右影響不到妳的地位。」這裡指的是管家理事權。

其實柳如月完全無須擔心，婆婆不願意接手，理所當然就是長媳管家，田箏完全不會去跟她爭奪，可是柳如月還是想試探一下這位妯娌是不是個掐尖好強的人。

像她突然安排一大撥的僕從來跟田箏見禮，柳如月也沒事先提點她，就命那些僕從去了，這也是為了測試一下對方。

柳嬤嬤細細說了一番大廳中的情況，柳如月寬了心，便笑著道：「她能明白事理更好，我也能輕鬆些。」

柳家總有些鄉下來的粗鄙之人，憑著一點點的親戚關係，就愛跑到柳府打秋風，柳如月對此是厭煩至極。當初魏琅說要娶家鄉的一位姑娘，公婆很樂意地同意後，柳如月雖不能表達自己的意見，可想到要與個鄉下村姑為妯娌，心裡始終有些膈應。

以後若是出門應酬，那些交好的官眷夫人問起來，她該當如何回答？

柳嬤嬤抬頭見她家小姐眉頭緊蹙，便道：「大奶奶別去思慮那樣多，估摸著那田氏不像個愛找事的，咱們只像尋常那般相處就好。」

柳如月道：「妳不知，剛姑姑那邊下了帖子來，說是讓我把她也帶過去瞧一眼。」

柳如月的姑姑就是當家的魏大夫人柳氏，不用說，柳如月也知道姑姑是想看看到底是什麼樣的鄉下丫頭，使得魏琅推拒了魏老夫人作媒的親事。

魏老夫人可不是一般難纏，連魏大夫人都不敢去觸霉頭。

若是帶田箏上門，田箏出了醜，自己不也得遭連累?可她又不能推託這事，姑姑肯定不會想不到這一點，那不用說，肯定是魏老夫人下的帖子，柳如月越想，就感覺越不舒服。

柳嬤嬤趕緊道：「老婆子過去提點下二少奶奶吧。」

柳如月展顏道：「嬤嬤，妳細細跟她說下利害關係。」

有柳嬤嬤出面，柳如月便放心了。她覺得自家丈夫想要高升，是不能少了伯爵府那邊的幫忙，所以才不能搞砸兩家的關係。

柳嬤嬤前往西廂房，幾乎是苦口婆心地詳細為田箏解說一番魏氏家族，主要是幾房的關係圖譜、那些重要人物的禁忌之類。待柳嬤嬤離開後，田箏低頭思索了一番，就把魏琅找來。

魏琅聽了，哼道：「那老婆子盡多事，誰耐煩理會她。箏箏，妳若是不想去，咱就別去了。」

聽他任性的話語，田箏笑著搖頭道：「我剛來，也不能讓嫂子難做人，左右不過是去給人見面，小郎哥你別擔心我。」

魏琅摸了摸田箏的頭，笑道：「那就去吧，回頭我上門接妳回家。」

於是，三天後，田箏跟著柳如月一起坐馬車登伯爵府魏家大門，魏家門前有兩尊白石獅，朱漆的大門，圍牆築得很高。

田箏穿越來就待在小鄉村，還是第一次見到正經公侯之家，魏家的爵位不是世襲罔替，傳到這一代當家身上，已經降低到伯爵了。

婦人家不用見男客，田箏跟著柳如月被領進去，一直走，轉了好幾道門，直到過了抄手遊廊，才到達魏家的後院正房。

田箏默默地在心底感嘆一下，古代富貴人家實在太講究，身歷其境後，才感覺地方不是一般寬啊。

柳如月先是行了禮，田箏也跟著行過禮。

魏大夫人四十來歲，保養得很不錯，她笑著道：「妳就是小郎家的媳婦吧？快過來這邊讓我瞧瞧。」

柳如月笑著搶話道：「姑姑，我可把人給您帶來了。您自己看，我這妯娌相貌很可以吧？」

田箏心裡忍不住抽了抽，還是依言上前，面帶笑容任由別人打量。

魏大夫人出言讚道：「的確是個好標緻的小媳婦，讓人看著就心生喜歡呢。」

田箏故作羞澀地低下頭。「伯爵夫人謬讚了。」

雖然事前已經被提點，田箏面對這樣的場合還是真心不喜歡，果然她比較適合在鄉下無拘無束地生活吧！

「是那鄉下的過來了？」正在此時，一道蒼老的聲音傳來，田箏偷偷瞥見柳如月眉頭輕輕皺了一下，田箏隨即明白是那位魏老夫人來啦。

鄉下的？田箏一聽差點就要頭冒黑線啊。

魏老夫人由著兩位年輕姑娘攙扶著進門，魏大夫人此時也不坐著，馬上站起來過去扶她。

魏老夫人顫顫巍巍地坐在上首後，雙目犀利地盯著田箏。

田箏心想，這是來找麻煩的嗎？

等柳如月行了禮，田箏按著順序也向對方行禮。魏老夫人板著臉，看田箏一言一行姿態端莊，根本沒什麼差錯，找不到由頭羞辱一下，便不大痛快。

接著魏老夫人的話語中，暗地諷刺了好一會兒鄉下村姑。

田箏也不生氣，反而笑著道：「老夫人竟也知曉這麼多鄉下趣事呢！我們村子裡，此時春暖花開，可不正是到處挖野菜的時節嘛。這野菜時常吃一吃，對身子也很有好處。」

於是，田箏就舉例說了幾種野菜的好處。關鍵是田箏說話時，嘴角一直帶著淺笑，態度不卑不亢，聲音很清脆，她說得動聽，使得人恨不能立時試試那些野菜的味道。

連魏大夫人也很有興趣地問道：「真有那般好吃？」

田箏答道：「因各人口味而異。我吃著好吃，倒不知是否合您的意。」反正她只負責耍嘴皮子而已，要是別人覺得不好吃，那也是她的口味不同。

魏老夫人更氣悶，想拿鄉下人只吃得起野菜挖苦人，可對方偏偏落落大方地承認了，且還能說善道。她瞄了一眼周圍人的反應，似乎別人也沒鄙夷田箏。

魏老夫人便道：「妳們這花兒般的年紀，總陪著我們這些老的坐在房裡，想必也無趣，索性一道去花廳玩耍。想彈琴就去彈琴，喜歡作畫就作畫，若是字寫得好看的，那就寫首詩詞吧。」

田箏突然覺得這老太太似乎沒什麼招數了，看著她憋悶的模樣，田箏心裡偷偷樂道：老太太不要太可愛啊。

嫁給魏琅後，田箏別的沒學會，臉皮倒是厚了不少。

田箏跟著姑娘們在花廳玩耍，幾個未婚小姑娘一處彈琴，還有些作畫，柳如月倒是鋪開了筆紙，寫了幾個字。

有個姑娘得了魏老夫人的眼色，就對田箏嬉笑道：「魏小娘子會些什麼？不妨展示出來，也要讓我們幾個過過眼癮吧。」

田箏搖搖頭，趕緊道：「我光瞧著妳們都嫌不夠看呢，這些風雅的才藝，我是一概不會的，可不敢獻醜。」

人家已經大方承認自己不會了，那小姑娘只能偷偷瞄了一眼魏老夫人，續道：「琴、棋、書、畫不定什麼，我們府裡都有呢，小娘子只管說自己會的就是。」
田箏上輩子時，被父母逼迫著學過鋼琴，不過她天生沒那細胞，後來也學了一點古箏，因為時間那樣久，連指法都忘光了。她心裡很明白，對方就是想打擊自己取樂。
田箏也知道，魏家如今根基淺，不能真的特意去得罪人，她今日本來便是為了大嫂的臉面才來的，此時，她很慚愧道：「跟著我相公略識得幾個字，我要是等會兒寫得難看，妳們可別當面笑話我。」
一聽說田箏要寫字，柳如月就很緊張地望著她。
紙筆是現成的，田箏挽起袖子，執筆前揣摩了一番魏老夫人的心思，那老太太就是個老頑童，不就是想看自己笑話嘛，那乾脆如她意算了，省得對方沒完沒了。
於是田箏很快就寫了幾個歪歪扭扭、堪比狗爬的大字。
一時間，很多小姑娘、小媳婦掩嘴笑起來，魏老夫人笑得尤其厲害，眼看她就要把枴杖給扔掉了。
田箏故意惱怒地扔下筆，羞道：「討厭！說了不能當面笑話我。妳們一個個……我……我不寫了！」
魏老夫人總算出了口氣，這會兒看田箏就順眼了些，嘴巴卻道：「我勸妳以後別學字了，省得浪費筆墨，我也是真心為你們小夫妻著想。」她哼哼了一句，又道：「妳那黑猴子相公賺錢不容易。」

田箏無語凝噎，簡直很想對魏老夫人說一句：「我謝謝您為我們著想了。」

可田箏還是做羞愧狀，低聲道：「相公賺錢的確很辛苦，我是該節省。」

見對方聽話，小模樣瞧著著實乖巧，魏老夫人又哼哼道：「錢也不是靠省出來的，該花就花，該吃就吃。別像我們這把年紀了，想花錢時也沒地方花費。」

田箏心裡樂了，她果然猜中了這老太太性格。還真是個老頑童，估摸著年紀大了，就愛折騰下兒孫，刷刷存在感什麼的。

田箏笑著回答道：「相公賺來的錢，他給我，我必須高興地花掉，不然，留下來給別的女人花掉，我不就虧大了？」

田箏說得風趣，扮出來的小模樣也可愛，一時間把在場幾個婦人逗笑了，魏老夫人看著她也愈加順眼，便道：「妳剛才說的那幾道野菜做法，妳仔細跟我身邊的婆子說一下，我倒是想吃吃看。」

人就是這般，一個人有缺陷也有優點，且那優點根本比不上自己時，很多人便樂意跟他打交道，田箏今日給人的感覺也是如此。

氣氛總算融洽，柳如月鬆了一口氣，見田箏竟然這樣快就融入了環境，心底也說不出是什麼感覺。

魏大夫人打算請魏家兩位妯娌在飯廳用飯，便吩咐廚房去做了。此時，有人來報，說是魏琅等在門口要接田箏回去吃午飯呢！

一時間，別人看待田箏的眼光，又不同了。

人家相公來接，魏老夫人不好留人，臨走前對田箏道：「我瞧妳這小媳婦有意思，妳有空閒可要多上門與我說說話。」

柳如月瞪大眼，覺得不可思議，魏老夫人特難纏的一個人，連姑姑也時常抱怨老太太煩人。可沒想到自己這村裡來的妯娌，竟莫名得她歡心？

田箏客氣地連連點頭，她可不知曉柳如月心中的糾結，其實老頑童說來很容易搞定，就是要順著對方啊，且他們很敏感，妳得真心，絕對不能有不耐煩的情緒。

一趟伯爵府之行很順利，田箏一出府，迎面就看到魏琅高大的身影佇立在馬車旁，田箏有些羞澀道：「不是叫你別來嘛。」

魏琅牽著她的手。「說了來接妳的，那老婆子沒為難妳吧？」

田箏稍微推推他的手，示意大嫂在旁邊看著呢，兩個人不要當眾親密。「老夫人很和藹，沒為難我。」

魏琅一副不相信的表情，不過他還是轉頭對柳如月道：「大嫂，您進轎子坐吧，就由我來幫妳們趕車。」

柳如月笑笑進了車廂，此時心裡由衷羨慕田箏，能得一位將自己視為珍寶看待的相公，可她又想到魏琅沒什麼出息，就算混成個富甲天下的大商人，照樣被瞧不起，因此就找到了平衡感。

三人一回到家便向公公婆婆報告情況，魏秀才與魏娘子很欣慰田箏能適應這種環境，魏娘子見她乏了，道：「箏箏回房休息吧，等到吃飯時間，我讓人去叫妳。」

夫妻倆進了房間，魏琅聽聞魏老夫人讓田箏常上門，他抱怨道：「那老婆子無理取鬧著呢，不行，我們得趕緊離開。」

魏文傑與魏琅上門拜訪魏老夫人時，就是被魏老夫人看上，非抓著魏琅作媒，他不止一次拒絕，可魏老夫人還來勁了，因此他只得成為商人遠遠地離開京城。

「咱不怕她無理取鬧。」田箏看著他生悶氣時噘起嘴，不由自主將自己的唇湊上去。

媳婦兒很少主動親吻，今天是太陽打西邊出來嗎？

魏琅伸手把田箏擁緊，十分享受媳婦兒的服務。吻著吻著，兩個人同時嘆了一聲。他馬上化被動為主動，捨不得離開交織的唇瓣，便空出一隻手來解開兩人的衣裳，磨磨蹭蹭了好一會兒，兩人才一起倒在柔軟的床鋪中……

做完後，田箏才恍然醒悟，他們居然又是在大白天辦事啊。天啊！實在是太情不自禁了，快受不了自己了。

這會兒家裡下人多，可不像在鴨頭源時人口少，來來往往的，搞不好被發現，田箏臉色紅得簡直要滴出血來。

見媳婦兒鬱悶地縮在床尾，魏琅嬉笑著靠過去，將人連棉被一起攬進懷抱，打趣道：「是妳勾引我的。」

的確是，田箏垂頭努力地往他胸膛躲閃。

魏琅哈哈笑道：「箏箏，這樣的勾引以後多來幾次吧！」

田箏鬱悶道：「小郎哥你不要太過分。」

之後的日子，兩個人在京城到處逛，其實京城也就那樣，見識了現代的繁華，田箏不像別人那樣大驚小怪。

三月初，馬上就到出海的日子。

魏家父母同意讓田箏跟著去，田箏不止一次很慶幸，她如此幸運，在古代社會能得到這樣通情達理的公婆。

魏秀才與魏娘子之所以同意，還是魏琅溝通、觀念建設做得好，向來他就是個有主意又有能力的人，爹娘溺愛他，更不忍他們夫妻分別。魏娘子真心將田箏當閨女一樣看待，所以站在田箏的角度想想，就同意了。

家裡人唯一擔憂的便是怕路途中不安全，一再叮囑小夫妻倆萬事都以安全為重，定要平平安安歸家。

準備好行李，一路前往港口，田箏吸了一口充滿海味的空氣。兩人搭上一艘配備齊全的大貨船，田箏靠在魏琅懷裡對著岸邊的人揮手。

眼見對岸的人慢慢模糊，直至變成了小點。田箏轉頭對著魏琅道：「小郎哥，為什麼我有一種要跟著你去天涯海角流浪的錯覺呢？」

魏琅揉著她的髮絲，忍不住哈哈笑道：「我就是要帶著妳去流浪的呀。」

田箏低下頭，不想讓他瞅見自己露出的微笑。

魏琅突然道：「箏箏，今後妳身邊最親近的人可就只有我一個人，妳還不快好生巴結我。」

田箏嘴角一抽，小聲問道：「要怎麼巴結你？」

魏琅壓低聲音，纏綿道：「白天黑夜都要服侍好我。」

田箏鼓起腮幫子，狠狠罵道：「流氓！流氓！流氓！小郎哥你這個大流氓……」待還要再罵，嘴巴便被魏琅用唇堵住，兩人立時陷入甜蜜的吻中。

一望無際的海面，風過一陣，掀起了一點漣漪，若人心中一直有愛，那愛會化作水，在心中構築成廣闊的海，心海即便時有漣漪起，依然會因愛而平靜。

第十九章

兩年後

一群海鳥低空掠過商船，拍打著翅膀飛往不遠處的無人小島，船慢慢行駛在風平浪靜的海面上，此刻甲板上擺了幾張藤製躺椅，船員們空閒時，最愛在躺椅上面閉眼小憩一會兒。

田箏躺在椅子睡得很沈，她似乎作了一個夢，可夢境太真實了，田箏甚至懷疑這根本就不是在夢裡。

起先眼前一片朦朧，她迷茫地往前走了幾步，而後只覺得一道光閃過，眼前便豁然開朗，在一片綠草如茵的大地上，一個小男孩坐在那兒，瞧著年齡應該不到一歲。男孩似乎隱約聽聞聲響，他轉頭，見了田箏後，立時咧開嘴角笑得極其燦爛。

田箏不由自主地跟著笑起來……

小男孩張開雙臂，對著她嘴裡嗷嗷嗷叫著什麼，田箏仔細聽也不明白他在說什麼，白嫩嫩的軟萌孩子實在太可愛，她情不自禁地將他抱起來。

小男孩柔嫩的唇瓣親在她的臉上，還糊了田箏一臉的口水，她也不嫌棄，覺得整顆心都軟化了。

田箏輕聲問道：「寶貝，你的媽媽在哪兒呢？你爸爸是誰啊？」

小男孩根本就不理會田箏的詢問，他一個勁兒只管往田箏懷裡鑽，那比剝殼雞蛋還白嫩的肌膚觸感十分柔滑。這到底是哪兒呢？田箏心裡不由有些疑惑，她記得自己躺在甲板上小憩而已，怎麼就來到這裡？

四周空氣很清新，一望無際的草地見不到半個人影，可懷裡孩子的觸感如此真實，看田箏盯著他打量，小男孩回報以一個充滿唾液的吻。

田箏有些不好意思，覺得這孩子太熱情，他該不會把自己當成媽了吧？那可實在是太占別人便宜了，想想後，她便繼續抱著小男孩打算找找是誰家丟了孩子。

真是的！這大人也真粗心，孩子弄丟了都不著急，田箏感嘆了一下。

孩子縮在田箏懷裡不哭不鬧，似乎還挺享受，片刻後就打起呼嚕聲，猶如天使般可愛的臉蛋，睡著時小嘴巴嘟起來，田箏忍不住對著孩子臉蛋狠狠親了一口。

她甚至想，若是找不到孩子爹娘，那她白撿個兒子也很不錯。不用經歷生產痛苦就喜當媽，簡直是再美好不過的事。

恰在這時，天上突然降下一雙鐵臂將田箏凌空抱起，耳邊很快傳來一道溫和的男聲：「箏箏，妳作了什麼美夢呢？嘴巴都能塞下幾個雞蛋了，睏了就到房裡睡吧。」

田箏掩飾不住興奮道：「小郎哥，我撿到了個孩子。他好可愛，你快看看，我們養大他吧？」

魏琅呵呵笑問：「孩子在哪兒啊？」

田箏猛地睜開了眼，渾身一震，感覺心都抽搐了一下，她很快清醒，才發現原來是一場美夢。可這夢實在太真實了，小孩軟綿綿的身體，抱到手時還帶著奶香味。

見她晃神，魏琅又打趣道：「媳婦兒，孩子在哪兒呢？」

「討厭，小郎哥我沒騙你，我真的看到一個小男孩，我還抱了他、親了他呢，他好乖巧地任由我抱著。」田箏趕緊反駁丈夫的戲弄。

魏琅忍不住親暱地點點田箏額頭，頗為好笑道：「想要孩子我們得繼續努力才是。剛好沒什麼事，為了我的箏箏，現在我要全心全意播種了。」

他說完，穩穩地抱著她大步直往房間走。伸出腿一勾，就甩上了門，田箏掙扎片刻，還是被放在床榻上。

魏琅放下媳婦，也不先上床，而是開始解自己的腰帶，田箏見他是認真的，趕緊阻止道：「小郎哥，我知道是怎麼回事啦！」

魏琅沒有停止手上的動作，只是稍微偏過頭，用眼神示意田箏繼續說。

田箏著急道：「我剛才作的是胎夢！胎夢你知道是什麼嗎？就是很有可能我肚子裡已經有孩子了，所以他給我託夢的。」

魏琅脫得只剩下一條褻褲，露出精壯的腹肌，長年在海上曬成了健康的小麥色，他的身材矯健勻稱，魏琅知道媳婦向來對他這一招沒有抵抗力。

果然，田箏嚥了下口水，堅持道：「小郎哥你要相信我。」

魏琅瞬間就讓田箏移坐在他身上，靈活的雙手開始剝她的衣裳。

眼見他那善解人衣的手法快把自己脫光，田箏不顧他的箝制，掙扎身子，卻立時感覺到下面被一道炙熱的堅韌抵著。

田箏奮力爬下魏琅身體，他馬上貼著她的耳朵，輕聲道：「媳婦兒，難道今天妳是想在下面嗎？」

田箏不由得紅了耳根子，有些惱火道：「都說人家有孩子，今天不做了。」

魏琅翻轉身子，將幾乎惱羞成怒的田箏壓在身下，特意用一種很綿長、極盡誘惑的語氣道：「妳不做了，那我這兒怎麼辦？」

他指指自己那處，高聳的小山似乎也無聲抗議田箏的殘忍。

田箏心一顫，簡直快要把持不住心軟地同意，她捂著臉不敢再去看，堅決道：「我肚裡有個小男孩，現在不能做了。」

魏琅苦著臉，很發愁地道：「就一個夢而已，箏箏妳這傻媳婦兒。」

田箏道：「是真的！我敢肯定，等會兒叫薛先生幫我看一下吧。」

薛先生是隨行的船醫，醫術雖然比不上太醫院裡的老學究，但也很不錯，船上的人對他都很放心。

魏琅看著她無理取鬧似的神態，一時間啼笑皆非，停頓了好一會兒，才道：「那我怎麼辦？」

田箏哼哼道：「用你的十指兄弟解決吧，反正你又不是沒用過。」

魏琅對著她撒嬌道：「我不要。」他才不喜歡呢，若不是因她來小日子不方便時才如此，誰願意自己解決啊？

年輕的小夫妻產生爭執，最後在田箏的堅持下，魏琅還是自己完事。待行完事，穿戴整齊後，田箏就催促魏琅趕緊去把薛先生叫過來，他領命而去，薛先生聽聞魏琅的話，很快來幫田箏把脈。

兩人都有些緊張地盯著薛先生。

若媳婦兒真有了身孕，魏琅不敢想像他會是什麼表情，期盼了很久，突然非常忐忑。

薛先生反覆把了幾次脈，左右手都讓田箏換過了，看著他的神情，田箏忍不住問道：「薛先生，到底有沒有？」

薛先生展顏笑道：「脈象看不出來，可能是日子太淺，過得十天半個月我再幫夫人您看看吧。」

田箏失望叫道：「不可能！」

魏琅也有些失落，忙道：「薛先生，你再多試試？」

薛先生好笑地看著夫妻倆。「東家，我試過好幾次了，目前真的看不出來有懷孕的跡象。定是日子太淺，過得半月就能摸清了。」

這艘商船是由魏琅與船長謝魁兩人組建的商團，而魏琅出資最多，因他目前海上經驗到底不豐富，故而行船的事大部分由船長謝魁負責。稱呼上，船員統稱魏琅為東家，田箏就是夫人。

由於田箏的加入，船上重要人員都允許攜帶家眷，此時也有七、八個女眷待在船上，她們負責做飯，打理些瑣事。總之，就是把後勤工作做好。

田箏鬧了個大烏龍，弄得謝夫人都特意跑過來安慰她，說道：「你們別著急，我和孩子他爹成親後也是用了幾年才懷上，你們年輕著呢。」

田箏與謝夫人著實講不清楚自己的感覺。她還是堅持己見道：「我真的有孩子了！謝姊姊，妳千萬要相信我啊。」

謝夫人搖了搖頭，心裡卻是真心替魏琅夫妻著急，看他媳婦想孩子想得快瘋魔了。

不管別人怎樣勸解，田箏真的很相信自己的第六感。此後大概只過了一週，她的身體就出現了些變化，特別是乳房那兒好像在二次發育，觸摸時有些疼痛。田箏放下筆，伸了下胳膊舒展完身體，她立刻又感覺眼皮子打架，想再去床上睡一覺。

因此，田箏越發確定自己懷孕了。她當年上健康教育課時，知道一些孕期的反應，再說，田葉與周氏都跟她聊過這方面的話題，還有些注意事項周氏都仔細教導過她。

當田箏再次嚷嚷自己懷孕時，魏琅無可奈何地又讓薛先生給田箏把了次脈。

薛先生驚訝道：「奇了，夫人竟然真的有身子了。上次是日子淺把不出來，不過如今還不到一個月，需要仔細著些。」

田箏頓時生出一種揚眉吐氣的得意，哼！再也不用被當成神經病啦！

她高興道：「我早就說過，我兒子讓我作胎夢告訴我了。」

當薛先生宣佈田箏有身孕了，原本魏琅沒有抱希望，此時竟然激動到出不了聲，他只能盯著田箏看。

田箏站起來跳到魏琅身上，嗔道：「小郎哥，都說人家有孩子了，你竟然不相信我。」

「嗯，是我的錯，我錯了……我的箏箏最聰明了。」魏琅顫抖地摟緊她，嘴裡急得語無倫次，好不容易才整理好情緒，用哄孩子似的語氣安撫道：「箏箏，乖……咱別那樣大大咧咧了。」

他實在是怕極剛才田箏跳過來的舉動，竟像是完全忘記自己懷孕般。

田箏立時很聽話地蹭著他。

魏琅柔聲道：「薛先生都說了，要仔細著些。」

情不自禁地，他撫摸上田箏尚平坦的肚子，帶著柔情道：「咱閨女也要乖乖的，不要折騰妳娘親。」

田箏立刻滿頭黑線道：「小郎哥，都說了我懷的是男孩。」

魏琅固執道：「我想要個女孩，妳喜歡男孩我們下一胎再生好了。」

田箏噎住，對他那邏輯簡直不忍直視，她最後慢慢道：「那可不是你想要就能生女孩，我懷的就是男胎呀。」

夢中就是男孩子呢！田箏十分相信。

魏琅哈哈笑道：「妳怎就知道呢？我早就夢見咱們有個閨女，不然我才不會空口白話地亂講呢。」

魏琅確實作過夢，夢見他有個很漂亮、集合了自己與媳婦所有優點的閨女，他可是期盼了好久。

生男生女這事，不到出生那一刻，就是太醫院院士也不敢保證啊。薛先生看著歡樂的東家夫妻，便識趣地默默退出去，果然直到他離開後，兩個人都沒發現。

即將有孩子的喜悅籠罩在這對年輕的夫妻身上，魏琅便讓田箏把目前手裡的事情都交給別人，她專心地養身子。

船往目的地行駛了大半，此時掉頭回去，顯然不可能，便是魏琅願意損失錢，其他人也頗覺可惜。

最後，田箏讓魏琅不用緊張她，她很明白，若是此時放棄，夫妻倆一朝回到出海前，搞不好還得欠下一屁股債。

出海後，田箏才發現她上輩子學的兩種語言竟然又派上了用場，平日裡她除了總管後勤外，還會教導船員外邦的語言。

之前請了懂外邦語言的人到船上來，田箏就抓著機會學習，她發現這時代的外邦語言雖然跟英語文法上有些微不同，但還是有其相似之處，所以她學得很快。

為此，田箏還得瑟地對魏琅說，他真是娶回一個不可多得的寶。當即就把魏琅逗樂，按在懷裡狠狠地將她蹂躪一番才作罷。

有田箏做老師，魏琅的外語進步得很快，基本的聽寫已經不是難事。

懷有身孕後在船上無事可做，田箏就著手把她三天打魚、兩天曬網的航海日記寫起來，每日裡都要記錄好多字。

每到一處地方的風土人情、盛產的物品等等，運用她現代的風趣筆墨寫下時，連魏琅看著都津津有味。

魏琅腦海中也有些想法，他把每一次出海走過的路線、地理位置、周圍環境等，畫下詳細的圖紙。於是，閒時夫妻倆便一個畫圖、一個寫字，偶爾不確定時，互相間會詢問對方，兩人配合得倒是相得益彰，簡直是天生一對。

田箏注定要在船上生產了，魏琅最焦躁的便是船上沒有一個穩婆。

漫長的海上生活，因為田箏的突然分娩而不得不把船停靠在一個小島，田箏忍著陣痛，看著魏琅滿頭大汗，他一聲聲地安撫道：「箏箏，別怕，我一直在房間陪著妳。」

壓陣的是謝魁的媳婦——謝夫人，她生了兩胎頗有經驗，另外幾個生育過的婦人也被請在外廳等候。薛先生不消說，定是要在此候著，以便有什麼突發狀況。

謝夫人好笑地看著這對小夫妻，魏琅是怎麼勸也不肯出產房，最後他一錘定音道：「我是孩子爹，還怕什麼吉利不吉利。」

持續的痛苦很是磨人，魏琅一直握著田箏的手不放，田箏沒有生育過，此時有丈夫陪在身旁，的確給了她很大的安撫效果。

田箏的指甲修剪得很圓潤，她疼得極其厲害時，真後悔為何不留著指甲狠狠掐魏琅一把，不過看他比自己還緊張的模樣，總算心理平衡了。

因身體一直很健康，懷孕期間也沒有嬌慣不運動，所以田箏體力還足，她還有心思開玩笑道：「小郎哥，去擦擦額頭的汗吧，是我生又不是你生孩子，你怎比我還焦急呢？」

魏琅胡亂用衣袖抹了汗，一本正經道：「若可以，我真的想替妳生孩子，妳那小身子哪裡禁得起疼痛，我皮粗肉糙，耐摔打得很。」

田箏突然無言了，她咬緊嘴巴，感受到孩子在努力往外，田箏依著謝夫人說的方式，慢慢地用力……

這消耗體力的持久戰經過一番努力，最終田箏產下孩子。

「生下來了。」

「很順利呢。」

田箏感覺整個人都渾身一輕，雖下腹依然隱隱作疼，她突然十分感動，偏過頭想瞧一眼她的孩子。

謝夫人清理好孩子，笑著道：「東家，果然是個小子呢。」

魏琅顫抖著手，不敢去接。嬰兒努力地想睜開眼睛，卻只能微微半睜開，還視不清物。

血脈相連的衝擊尤其激烈，令魏琅幾乎要喜極而泣。不一會兒，孩子癟癟嘴，突然張開口就大哭了起來。

魏琅手足無措地抱著孩子，遞過去給田箏看，田箏稍微挪動了下身體，騰出空間來，示意魏琅把孩子放在她身邊。

看著田箏望著嬰孩那種掩飾不住的柔情，突然讓魏琅有些吃味，心想：糟糕了！世界上多了一個男人來分他媳婦的愛啦！下一個孩子，一定得生女孩才是。

雖如此想，魏琅的臉上仍不由自主透著歡喜。他半趴在床沿看著母子倆的睡顏，頓時生出一種擁有了全世界的感覺。

歲月如梭，轉眼魏琅的大兒子已經兩歲半，而他的第二個孩子此時在田箏肚子裡八個月。

由於第一胎時，田箏雖然生產過程還算順利，但是那一次驚嚇後，魏琅終究是害怕了，因此，夫妻倆這一趟回京後，就打算待在家裡待產。

為了兒子兒媳著想，魏秀才夫妻早就讓魏文傑與魏琅兄弟分家，田箏他們在京郊另一處地方買下一處宅院。不過因為夫妻倆長年不在家，院子只有僕人在打理，他們每次從海上回來，就被要求到魏文傑那兒住。

那年生下第一個孩子回來時，魏娘子好幾次都想開口叫夫妻倆把孩子留在家裡給她帶，或者田箏留下來，只不過魏琅馬上拒絕了。

夫妻倆每一次出海，少則七、八個月，多則兩、三年不等，哪裡捨得與孩子分別。至於把媳婦兒留家裡，那是打死他也不願意的事。

他們打算把孩子帶在身邊，等他懂事後，再由孩子自己決定要不要留在京城裡讀書、考科舉。

此時，氣候有些悶熱，他們在樹下乘涼，魏琅怕田箏熱，就一直拿著扇子幫她搧風，田箏現在肚子裡這個比大兒子調皮，總是喜歡在肚皮裡玩。

魏琅伸手覆蓋在肚皮上，小傢伙還曉得回應了，樂得他立時笑著道：「我閨女知道爹爹在等她了呢！」

整天口頭禪就是閨女！田箏已經不想糾正他，反而笑道：「這孩子上午睡了好一會兒，現在正精神呢。」

「那我給閨女唸詩詞吧。」拿著扇子的手搧個不停，他另一隻手捧著書，一字一句地唸起來。

每日魏琅堅持唸上兩刻鐘，肚子裡的小傢伙似乎很喜歡，次次聽到魏琅嘹亮的聲音，就高興極了，田箏感受著孩子在肚子裡歡快地玩耍。

柳嬤嬤帶著人往西廂房來，見到二少爺、二少奶奶，心中就為自家大奶奶發酸，柳如月接連生下三個都是女孩，實在唏噓不已。

魏琅見了來人，便停止唸詩，問道：「柳嬤嬤，可是大嫂有什麼事？」

柳嬤嬤行了個禮，道：「府裡接了伯爵府的帖子，魏老夫人說想念二少奶奶了，請二少奶奶上門敘話呢。」

說完，便把帖子遞給魏琅。

魏琅黑著臉，心裡很是惱火，這老婆子實在是沒完啊！自家媳婦前幾天才去過他們府上，這會兒又來喚人。

田箏他們才回來沒多久，前幾天已經匆匆去過一趟魏府，陪著魏老夫人說了好一會兒話才回家，田箏知道是她故事還沒有講完，所以魏老夫人想繼續聽呢。

聽什麼？

就是聽田箏講這幾年來在海上的際遇，外面的世界遼闊，特別是由田箏那張巧嘴說出時，簡直是比說書人還精彩，不得不讓魏老夫人及一干女眷迷戀啊。

考慮到田箏的身子重，每次她出門時，都由魏琅護送，去伯爵府上當然更要親自接送了，免得自家媳婦兒被留著住下幾天，他可是要掐準時機離開伯爵府。

想到了什麼，田箏對魏琅道：「小郎哥，把我平時的日記本帶上吧。」

魏小郎問：「帶哪一本呢？」幾年下來，田箏可是寫了不止一本。

田箏道：「都帶上。」

每次都要憑嘴巴訴說，田箏現在精力不濟，更不想說那樣多話了，上次魏老夫人就提議，讓她把航海日記帶過去，屆時魏老夫人再請人用活字印刷印一本出來。到時候，誰想要聽的，就拿本書自己去看。如此，也不用常常讓田箏口述。

此時，伯爵府上的魏老夫人已經梳妝完等在大廳，她有些忐忑地詢問身邊的婆子，道：「妳說，箏丫頭會不會膩煩了我？」

那婆子笑道：「老太太想多了，小郎娘子哪裡會膩煩妳？妳們可是那樣親密的忘年交呢。」

聽完，魏老夫人布滿皺紋的老臉，多雲轉晴了。

那婆子心道：小郎娘子是不會膩煩，可她家相公就不一定了。不過這話婆子是寧願憋在嘴裡，也不會說出來的。

魏老夫人考慮到田箏有身孕，便派了人抬了轎子把田箏抬到正廳。魏琅抱著熟睡的大兒子跟在後面。

大兒子取了個很俗氣的乳名，叫大寶，魏琅的想法是以後不管男孩女孩，就大寶、二寶、三寶排下來。

當然要跳過七寶。這樣給孩子取乳名，也是為了常想著七寶而取的，他們兩個離開京城時，七寶年紀太大，已經不適宜長途跋涉，只能把牠留在鴨頭源，平日裡由周氏照料著。

田箏笑盈盈地見過魏老夫人，魏老夫人瞥一眼繃緊著臉的魏琅，也不理會他，便對田箏道：「生產後總得調養身子，這回我讓人特意給妳找了些補身子的好藥，等會兒你們帶回去。」

魏老夫人送的藥材當然是好藥，就是那百年人參也不少，田箏已經習以為常，推拒了下就接受了。

田箏道：「本子全都帶來了呢，您快看看。」

魏老夫人欣喜地翻了幾本，一張臉笑得燦爛如花。「好孩子！以後定要加緊寫，這些我拿去印刷，弄好了給妳送幾本回去。」

自從有田箏的航海日記作話題後，魏老夫人這兒門庭若市，很多長年嫌棄她多事且不理會她的夫人們，都愛跑過來找她閒聊。有人奉承著、吹捧著，魏老夫人近年的脾氣越來越好了，可是偶爾也會向幾個往日裡不順眼的媳婦耍大牌、擺臉。

這下，有了書，魏老夫人更加覺得腰板都挺直了。只要誰討不了她歡心，就不給那人本子，看誰奈何得了她。

田箏頗為好笑地看著這喜歡折騰的魏老夫人。「您慢慢看，這些該是能看一段時間，下次從海上回家來，我還給您送來。」

魏老夫人使勁拍著手，很是誇張地笑著道：「哎喲！我的心肝喲，天底下就妳這小甜心懂我了。」

魏琅聽完，兩道眉毛簡直擰成了一條直線。

本來魏老夫人想叫人把睡著的大寶抱到榻上放著，魏琅直接拒絕，他抱著孩子坐在一旁聽著一老一少兩個女人的對話，心裡實在不是滋味。

他覺得自家媳婦兒對這老太太非常在意，每到一處地方，田箏就充滿雄心壯志地說要把美景用華麗的文字記錄下來，到時回去解說時必定再次迷倒魏老夫人。結果也顯而易見，魏老夫人著實迷戀田箏記錄的故事。

魏琅哪裡懂一個粉絲對別人的動力啊。每當田箏想到還有人念念不忘想聽自己述說故事時，簡直是克制不住那種既興奮又滿足的幹勁。

魏老夫人想到一個問題，蹙眉道：「既然要印刷成書本，總得有個署名，箏丫頭啊，妳說署上妳的名字行不？」

田箏認真地想了下，現代文人都有筆名，若是直接用真名，實在不好意思，便道：「就取個好聽的名字吧！別用我的本名。」

魏老夫人點點頭，兩個人思索起來……

魏老夫人道：「叫方外之人？」

田箏手一抖，弱弱道：「不好吧？取得跟神棍似的。不若叫無名人士？」

魏老夫人擺手道：「那可不行！不像話，再想個有意境點的名兒。」

兩人神情相似地埋頭苦思，魏琅見她們要大幹一場的模樣，實在想笑，便道：「取什麼名？妳嫁了我，是我的人，本來就要冠夫姓，便叫魏箏吧。」

田箏與魏老夫人同時轉過頭來看著他，弄得魏琅一臉不爽，哼哼道：「怎麼，不比妳們那些亂七八糟的名字強？」

魏老夫人斜了他一眼。「我只是有些奇怪你這黑猴子的用意，你不是向來不屑參與我和箏丫頭兩人之間的事嗎？」

魏琅嘴角一抽，心想，這老婆子和他媳婦兒之間能有什麼事，田箏每晚還不得睡在他身邊？他是懶得理會這糟老婆子。

田箏瞇起眼睛，甜甜地笑道：「那就按小郎哥說的名字辦吧。」有一個需要順毛驢的丈夫，她大部分時候都很順從魏琅。

果然，魏琅立刻就很開心，向魏老夫人露出個挑釁的眼神。

魏老夫人哼道：「行吧，既然箏丫頭都同意了，老婆子我還能有什麼意見？」

原本只是幾個人之間閒來無事做的一件事，卻沒想竟然影響深遠。

在田箏生產前書本就印刷出來，受到現代眾多小說感染，田箏在寫《航海記》時，除了儘量迎合時代的語言習慣，也加入了自己的元素，語言有一種獨特的幽默調皮感，且不同於當下那種規規矩矩的記錄書籍，裡面每個地方發生的事都能獨立成故事，讀時彷彿身歷其境，文中那些人物都鮮活了起來。

因此，這本書在深閨後院中，受到很大的歡迎，簡直達到一本難求的地步。由此可見，那些被關在後院的女人們，心中不乏遊覽山河的浪漫思想。

甚至，很多男性文人都願意人手一本，因為文中記錄了很多京城以外的風土人情、地方風貌，有心的，就可以推理出很多東西來。

後來，有許多人想要私藏這本書，打聽到出自魏老夫人處，便願意花銀子再印刷出來，再版了很多次。

這些事，魏老夫人都有派人跟田箏說過，田箏聽完，即使不久後要面對生孩子的折磨，也不覺得生孩子有什麼可怕的！她現在可是有很多粉絲了。

第一個孩子生得很順利，第二胎時田箏從陣痛到孩子生下來也只花了半天，實在令人羨慕不已。

不過第二胎還是男孩。魏琅欣喜的同時，又有點失落。為什麼不是女孩呢？他想要閨女怎就那麼難？

田箏見他苦惱，一邊哺乳孩子，一邊好笑道：「小郎哥，你整天對著我肚子說是閨女，哪有你這樣的？」

從第一個孩子就叨唸了，第二個還是如此，他不煩，她都覺得煩呀。

魏琅恍然大悟道：「原來如此嗎？小傢伙們是想與自己爹爹唱反調？那下一胎時，我就喊兒子吧。」

那樣，總不會還是兒子了吧？

田箏無言以對，只能由得他自己鑽牛角尖。

一日，魏文傑從衙門返家後當即找魏琅去他書房商議事情，兩個人說了很長時間的話，魏琅才從書房走出來。

田箏正在坐月子，魏琅就帶著大寶睡在外間守候，裡間的床讓給田箏和二寶母子倆。待二寶熟睡了，田箏輕聲問：「大哥找你說了什麼？」

魏琅不想吵醒兩個兒子，便低聲道：「妳那《航海記》都驚動上面那位了，今朝聖上找了大哥問話，估摸著明天就有宮裡的內侍來傳我進宮。」

田箏徹底驚嚇到，緊張問：「該不會是我們非法印刷、販賣禁書吧？不會判刑吧？」

魏琅忍俊不禁，笑著揉了下她的頭。「妳這小腦袋瓜在想什麼呢？沒有的事，陛下文治武功，才能造就如今盛世，哪裡會盯著妳這一點小利益。」

賣書的確賺了一點錢啦！

田箏不好意思地撓撓頭，同時也寬了心，追問道：「那宣你進宮是為了什麼事？」她穿越這麼多年，從來沒想到自家會與皇帝有何關聯。

魏琅亦有些激動，道：「我已經把自己整理的圖紙給大哥看過，明兒也會將這些年繪製的圖紙上交給聖上。」

不好說得過多，點到為止，魏琅抬頭望著田箏，見她臉上露出明瞭的神色，他吻了吻媳婦，便柔聲道：「箏箏，快睡覺吧。」

生產完沒幾天，田箏下腹還隱隱作痛，苦著臉撒嬌道：「睡不著，那兒好疼，真的好疼哪。」

「我的箏箏太辛苦了……」魏琅心疼極了，可這事他根本代替不了她。他不由自主地輕輕撫上她的臉，垂下頭，蜻蜓點水地朝田箏的額頭啄了一口，同時拉著她的手。「那我在這兒陪著妳，等妳睡著了我再離開。」

「別走啦。」田箏恃寵而驕，無理取鬧。其實丈夫不過是跟大寶睡在外間，相隔一座屏風而已，可此時田箏就是不想讓他走。

魏琅拉了張圓凳過來坐下。「那我不走，今晚就守著箏箏睡了。」

田箏望著他漆黑如深潭的眼眸，突然又回到初戀上他的那種感覺，心裡怦怦跳動，拉過他的手掌將臉埋進去，嗔道：「人家好疼，不想再生孩子了。」

魏琅應道：「嗯，那就不生了。以後我都注意著。」

田箏放開他的手，瞪大眼道：「小郎哥不是想要閨女嗎？」

魏琅忽而笑了。「傻瓜，妳生男生女我都愛呢，他們是我們的孩子，我恨不得把他們疼進心坎呢。」

田箏有些吃醋了，道：「那你不愛我、不疼我了嗎？我知道人家已經人老珠黃引不起你興趣了。」

魏琅很糾結，他明知道田箏就是想耗著自己說那句「我愛妳」，可大男人老說這麼肉麻兮兮的話題，怪不好意思的。

哼……田箏別過臉，不想理會他了。

魏琅躊躇了片刻，扳過她的臉，立時含著她柔軟的唇瓣親吻起來，好一會兒後，才小聲道：「我就是一直用行動愛妳的啊。」

田箏心裡甜蜜極了。雖然還是沒說那句「我愛妳」，可這是她聽過最美麗的情話。她的丈夫的確是一直在用行動寵愛她。

田箏便咕噥了一句，道：「那我再給小郎哥生個閨女吧。」

魏琅見她的模樣嬌俏極了，即使已經是兩個孩子的母親，她身上那種甜美的氣質依然沒有改變，此時除了甜美外，還帶著一種少婦的風韻。

他一雙眼亮晶晶地盯著她看，只恨不得把人摟進懷裡，最後按捺住，才回應道：「等妳身子好了，想生時，我們再生閨女。」

一整天都沒合過眼，田箏感覺有些累，也心疼他明兒還要面對皇帝，便說道：「小郎哥快去睡覺啦，我不用你守著了。」

「嗯。」魏琅應了聲。

田箏閉上眼睛，很快就傳來細細的呼吸聲，魏琅確定媳婦兒熟睡了，才悄無聲息地爬到外間榻上瞇眼睡覺。

第二天清晨，宮裡的內侍來傳話，讓魏琅進宮面聖。

田箏依然有些忐忑，畢竟皇帝那種身分，若是讓丈夫做些為難的事該怎麼辦？她心中焦急，可也只能守在房間裡等候。

所幸有兩個孩子陪著，看著大寶天真無邪地玩耍，二寶像小豬似的只管吃奶，心裡就寧靜了很多。

本來魏娘子想替孩子請奶娘，可田箏不喜歡讓自己孩子吃別人的奶，加上她的奶水目前也足夠兒子吃，於是拒絕了。

熬到大概下午酉時，魏琅才回來。他一進房間，自己換了衣裳，因夫妻倆的私密事都是田箏打理，從不借助丫鬟之手，若田箏不能幫著更衣時，魏琅會自己解決。

他心知田箏等急了，第一句就道：「箏箏，沒事了。」

如今大鳳朝國盛兵強，治國有方，除了守成之外，皇帝還有更遠大的抱負，前朝與開國之初，國家動亂時，鄰近國土幾個海島小國頻繁藉機生事，作為一個有抱負的皇帝，當然想在海上有所作為。

除此之外，大鳳朝對於更遠的其他海域瞭解並不深，因此當署名魏箏的《航海記》出來時，書裡不只詳細描述各國地理、文化、信奉的宗教，甚至還涉及了點歷史資料。皇帝看過後，大喜過望。

派了人查探，皇帝便喚來了魏琅，兩人談話，魏琅不卑不亢，言行舉止有度，且他本身就是秀才之身，才學當然有。皇帝當即就要給他授官，卻被魏琅拒絕。

皇帝很有容人之量，且魏琅願意領他交代的差事，其實做不做官也沒影響，因此皇帝大手一揮，就指給魏琅二十個武藝高強的人士，還免費奉送一艘精良的大船。

今後他們出海行商時，不僅有完善的航海設備，也有忠心的護衛保護人身安全。

而魏琅只需要不斷開闊他們走過的地方，把當地的資訊整理完善，再交給皇帝。

田箏聽完，驚呆了，這不就是情報工作嗎？只不過沒有現代那樣複雜，皇帝搜集這類東西，可能只是需要對外邦知己知彼而已。

魏琅點點頭，撫摸著田箏頭髮。「這些以後我會辦好，箏箏只管帶好咱們的孩子。」

這對他來講，不是難事。

之後，魏琅與田箏這對夫妻長年在外頭行走，《航海記》陸續寫了很多精采絕倫的故事，風靡了整個大鳳朝。而魏琅採集的資料，最後也被朝廷整理成冊，理成了一部《海外地理志》，成為當代學者研究的重要書籍。

第二十章

海上航行的日子，數載春秋轉眼即逝，田箏又再添一子，小名三寶。

夫妻倆一邊航海實踐理想，一邊為朝廷做海外各國的風土紀錄。

眼見孩子們個個平安茁壯，夫妻倆心裡總感到慰藉，不過田箏對於嬌慣的二寶，還真有些頭疼。

可不，此時二寶哭紅著鼻子邁著小步子往房裡跑，人還未到，嘹亮的聲音就傳了進來。

「娘親，我的新衣衣弄髒了。」

田箏隨意瞄了一眼，發現沒弄髒，便繼續看著手裡的書籍，對二寶道：「哦，去找你爹。」

二寶感覺十分委屈，挪著小短腿跑到娘親身邊，先是用小手拉著田箏的裙角，為了證明自己沒說假話，扯過那衣裳，語氣很是可憐道：「娘親，妳快看看，我的新衣裳是真的弄髒啦……」

田箏受不了那哭聲，終於低下頭仔細查看，發現只不過是衣角弄濕了一點水，乾了後估摸著一點痕跡也無。她便空出一隻手摸摸他的小腦袋瓜，然後說：「娘親知道了，你去找你們爹爹吧。」

得三言兩語趕緊打發了這小子才是，不然他鬧著做新衣裳時，她肯定受不了兒子賣萌而答應。田箏也搞不明白，她二兒子怎就那麼愛美？

明明自己和小郎哥都是那種有得穿就穿，也不怎麼追求新潮的人，可她家二寶的屋子光是放衣裳的箱子就堆積了好幾個，他還不滿足。

這才多大年紀啊？她想想都頭疼，這種煩惱問題還是丟給丈夫去解決吧。

稍微等了片刻，二寶見田箏依然沒動靜，他停止哭泣背過身，很快邁著小短腿又摸進旁邊的書房裡，見爹爹正聚精會神地寫著什麼，根本就沒發現他。

二寶原只是假哭，這會兒一股酸水冒出頭，頓時哭得聲嘶力竭，那響徹天際的哭聲，終於讓魏琅回頭。

魏琅向他招招手。「二寶，到爹爹這兒來。」

二寶垂著頭，聽話地站在魏琅身邊，忙抬起頭來道：「爹爹，衣裳弄髒髒不能穿了。」

魏琅好笑地看著他那蹩腳的演技。「那二寶去找你娘，讓她給你重新換一件新衣裳。」

二寶想了一會兒，苦惱道：「可是，娘親之前說過我已經沒有新衣裳換啦。」

魏琅忍不住笑，便問道：「那你想過，為什麼你沒有新衣裳了嗎？為什麼哥哥還有好些新衣裳沒穿完，你就沒有了呢？為什麼爹娘每月都給你做衣裳你還是不夠穿呢……」

一連串的為什麼，令二寶十分困惑，他埋頭苦想片刻後，最終眨著眼睛，甜甜地笑道：「因為我愛穿新衣裳，不愛舊衣裳。」

自家兒子這種衣服穿過一次就嫌棄不新的習慣，魏琅覺得一定要矯正了！

三歲看老，若是繼續放養這小子，長大可不得了。

魏琅便道：「可是爹爹沒錢給你做新衣裳了。」

家裡的財務大權掌控在娘親手上的，好幾次二寶看見娘親給爹爹銀票，他立刻道：「向娘要？」

魏琅擰著眉，攤開手道：「你娘也沒錢了。因為沒錢，咱們家今天的晚飯可能要吃胡蘿蔔啦。」

胡蘿蔔是二寶最嫌棄的菜，小小的人兒心中緊張，絞盡腦汁也沒想通他家裡怎麼會沒錢，他默默在心中比對了一下穿新衣與吃胡蘿蔔兩者，於是很天真地說：「那爹娘要努力賺錢，有錢後再給二寶做衣裳。」

眼看糊弄過去了，魏琅嚴肅地點頭道：「行。」

二寶不確定地試探道：「那今晚還吃胡蘿蔔嗎？」

魏琅呵呵笑道：「今晚不吃了。因為二寶把做衣裳的錢省下來給我們吃飯了。連哥哥都要感謝二寶才是。」

小男孩最需要成就感，因此得意地抬頭道：「那我明天也不穿新衣裳。」

魏琅忍不住將他扛了起來，狠狠地親吻了一遍，才讚揚道：「我們二寶可真乖，還曉得心疼爹娘呢。」

等二寶樂顛顛地跑出去玩，魏琅便繼續埋頭寫寫畫畫。

晚飯時分，田箏為了回應丈夫的話語，讓二寶明白沒錢真不是騙他的，特意吩咐人減少了幾樣菜，於是晚餐擺在桌子上時，只有三菜一湯。

雖然簡單，但菜式很美味精緻，田箏給五個月大的三寶餵奶回來時，見那父子三人已經在埋頭苦吃。

雖見到菜少了，二寶還是吃得很歡樂，吃著吃著，二寶突然對大寶道：「哥哥，你今天吃的飯菜是花我的錢。」

大寶已經有小男子漢模樣了，魏琅開始教導他練字習武。只見他一愣，而後笑道：「咱們二寶也會賺錢啦？」

二寶一本正經道：「是我不做衣裳換的錢。」

大寶點頭道：「二寶可真厲害。」

眼看二寶笑得見牙不見眼，田箏突然很憂心，他們夫妻倆這樣教導兒子真的好嗎？

晚上時，田箏就把自己的憂慮與魏琅說，魏琅安撫道：「媳婦兒，妳家相公什麼時候做過不靠譜的事？」

田箏白了他一眼，這種自戀得意的傻樣，果然兒子是遺傳自他，田箏攤手道：「那你管吧，我可只會生不會教孩子。」

魏琅曖昧地瞄了一眼她生產後豐盈不少且越發誘人的身子，然後笑道：「那妳只管生吧，生多少都由妳家相公來教導好了。」

因田箏又生下一個兒子，如今三寶才五個月大，夫妻倆一直把大寶、二寶帶在身邊，這會兒有了三寶，田箏就有些心力不濟。

公公婆婆不放心，便在家裡挑了兩個僕人上船照顧大寶、二寶，田箏也沒有拒絕，平日裡兩個孩子摔摔打打的一直很健康，那兩個僕人照顧得很盡心，的確幫忙田箏分攤了不少事。

此時行船已經在回程，估摸著不到半個月就能靠近港口，今次停靠的港口是在錦城市，此地離金州市不遠。

海上漂泊多年，田箏很想回一趟泰和縣。

成親這些年來，他們也只回了一次鴨頭源，久未見到爹娘、姊弟，還有祖父母他們，田箏怎麼能不想念？

大寶、二寶兄弟老老實實地上床睡覺後，魏琅回到房間，爬上床把熟睡的三寶移到旁邊的小床上，一把就按住了田箏，將人壓在身下，他笑著道：「兒子們好煩啊！箏箏，咱們現在試試能不能種個閨女出來？」

說到生兒生女的問題，魏琅真是一把辛酸淚無處使，當初媳婦兒懷大寶、二寶時，田箏嫌棄他整天對著肚子喊閨女不好，於是三寶在肚子裡那會兒，魏琅就順勢改口喊兒子，結果生下來時，一看：喲，沒喊錯，還真是個兒子！

雖然兒子也很好，可每天小孩子們吵吵鬧鬧，魏琅與田箏兩個人都想有個貼心小棉襖了。

由於產後身體復原得不錯，田箏伸出手攬住丈夫的腰身，在前戲做足的情況下，稍微張開腿就把他迎了進去，畢竟相處時日久了，夫妻倆配合得越來越有默契。

在幽暗的燈光下，擁著身下嬌俏的媳婦兒，魏琅時常生出一種自己會膩死在她身上的錯覺。這種感覺並不僅僅是來自生理上的快感，更多的是來自心理上的滿足感。若要找個詞句精準地描述出來，魏琅覺得翻遍辭典也形容不了。

如今最得意便是他如此喜愛的人兒也那般喜歡他，他們有了自己的家，有屬於兩人的孩子，不需分離，一輩子和和美美在一起。

田箏感覺到丈夫突然恍惚了一陣，便乘機調皮地爬到他身上，羞澀但故意惱怒道：「還要不要生閨女啦！」

魏琅刮了刮她的鼻子，然後道：「今天我把生閨女的大任交給我家箏箏了，妳可得努力才是。」

半晌完事後，田箏沈沈睡去。

魏琅把三寶抱上床後，才閉眼睡著。三寶這孩子睡覺不老實，才一丁點大的毛孩子就愛踢被子，一張床到處滾，明明晚上放在床頭，第二天要在床尾才找到人。

即使單獨給他弄了張小床睡，三寶有一次竟然自己滾出了床，跑到地上睡了。

生怕他再掉到地上，魏琅與田箏兩人只能把三寶放在床中間，這樣隔在兩個大人中心，夫妻倆可以隨時注意著。

半夜間，田箏聽到一陣嬰兒啼哭聲，因睡得正香，她實在不想起身，便伸出腿踢踢魏琅的腳，喃喃道：「小郎哥，你兒子餓了。」

魏琅睡得正熟，一聽兒子餓了，猛地爬起來，把三寶整個人抱住後，才醒悟道：「可是奶不在我這兒啊。」

田箏因他那叫聲，終於撐開眼皮子，動手解開一邊的衣裳，露出半邊胸脯，然後道：「讓他過來吃。」想想又道：「吃完記得給他把尿啊。」

見田箏是真不願意起來，魏琅只能把兒子抱過去。三寶聞到奶香味，很熟練地含住就悶頭吃奶。

魏琅見此情景，突然想起以前田箏家餵養的那隻大母豬也是這樣奶小豬的，不過將媳婦與豬相提並論，一時間他心中著實複雜。估摸著是第一次被媳婦兒豪放的行為驚呆了。

尚年輕的夫妻，已經習慣這種一邊帶孩子、一邊工作的生活，魏琅也是個十足的奶爸，等三寶吃飽喝足後，他替兒子把完尿才躺下去。

好在晚上睡得不好，白天可以補眠。

第二天，魏琅直到大寶、二寶叫喚起床時，才醒過來。

讓田箏沒有失望的是，船一到錦城市港口，魏琅處理完事情後，就宣佈一家大小回家鄉鴨頭源住個兩、三個月。

因二寶還沒見過自己的外祖父母長什麼樣，他眨著亮晶晶的眼很是天真地問道：「娘親，姥姥、姥爺是不是很老的人呀？」

因當地人對外祖父母有另一稱呼「姥姥、姥爺」，二寶不由得心生好奇。

田箏忍不住滿頭黑線，大寶看不過去，很正經地回道：「姥姥、姥爺是生下娘親的人。」

二寶又問：「那生下娘親的人很老嗎？」

大寶道：「那我問你，老鼠是很老的鼠嗎？」

二寶這才頓悟，原來叫姥姥、姥爺並不是表示人就很老了。

這比喻絕了！田箏抖著手，實在不敢相信她怎麼會生下二寶這種智商的兒子。

雖然有這段小插曲，不過並不影響魏琅夫妻歸家的歡快氣氛，一路上他們歡歡喜喜地回到田家，讓周氏與田老三很是高興，由於近五年都沒有瞧見閨女的模樣了，周氏偷偷地抹眼淚。

田老三也很想大哭，不過見兩個外孫瞪大眼望著他，他只好紅著眼眶，一手一個將大寶和二寶舉起來，高興道：「大寶呀，還記不記得我是姥爺啊？」

大寶偷偷低下頭，有些不好意思道：「記得……姥爺。」

這一年來，魏琅已經教導大寶要像個男子漢，也不准他求抱抱之類孩子氣的行為，所以再次被當成孩子抱著，他心底是很羞澀的。

二寶等不及田老三詢問，便甜甜笑著道：「姥爺，原來你真不老啊。」

田老三就算是鐵漢，也被兩個小外孫給化成繞指柔，於是田老三狠狠地親了一口二寶，爽朗大笑。「你姥爺不老，力氣大著呢！現在挑兩百斤的擔子也輕而易舉，你們兩個這點重量，我都不用喘口氣。」

田箏瞧著爹爹身子挺好，娘親也沒見老，那顆出門在外一直揣著的心，還真的放心不少，看來爹娘很聽勸並不苛刻自己。

夫妻倆這趟歸家，將行李稍微收拾了下，全都放進魏家。

兩年前，魏娘子就寫了信，並叫人帶銀子給田老三一家，讓他請人幫忙翻修一下院子，因魏宅一直沒有人住，也怕年久失修、荒廢了。

此時院子嶄新一片，魏琅夫妻還是決定住在魏宅，至於每天吃食則因田老三的強烈要求而回田家用飯。

雖然夫妻倆是突然回村來，事前並沒有託人傳話，不過當兩人一走進魏宅院子裡，映入眼簾的是一草一木整整齊齊、乾乾淨淨的景象，想必是天天有人來照料的。

魏琅由衷道：「這些年辛苦了爹娘幫忙看著房子。」

當年的孩子已經長得高大挺拔，如今田老三與魏琅並排站著，都覺得自己需要抬著脖子說話，因此他只是拍了拍魏琅的肩膀。「只要你好好待箏箏，家裡其他事，你都別擔心，有我和你們娘看著呢。」

魏琅咧開嘴笑了。

翁婿兩人也不再像當年那般針鋒相對，反而哥倆好似的一起興致勃勃地幹活，把那大件的行李抬進家門。

搬重物的事情由男人他們處理，田箏就留在娘家，大寶和二寶很快與田家其他的孩子玩耍在一起。

三寶醒著很不樂意在床上，周氏見了，忙心疼地把他抱起來，埋怨道：「可別總讓他一個人待著。」

田箏偷偷吐吐舌頭，問：「阿景他們什麼時候回家來呢？」

田玉景也娶了媳婦，生了兩個孩子。不過目前兩口子待在鎮上，如今家裡還真就只有田老三與周氏兩人。

周氏抱著孩子，到處走走，一邊不停指著給三寶解釋那叫什麼、這叫什麼，聞言，便道：「我喊了你們五叔去叫人了，今兒該是會回來。」

那廂，魏琅與田老三兩人很快就把行李收拾妥當，這才帶著田箏母子四人正式拜見田老漢和尹氏，此時兩老口子氣色都不錯，看來是真學會了頤養天年。

如今田老漢與尹氏依然跟著五房生活，因此一大家子人全聚集在五房堂屋，周春草與田老五近年來在村子裡開了間雜貨鋪，專門擴建了兩個房間，錢賺得算不上多，好在收入穩定，也方便尹氏與春草婆媳倆一邊帶孩子，一邊營生。

見過祖父母後，田箏又領著幾個兒子分別見過田家的伯伯、叔嬸們。

久別後重逢，田家所有人都對魏琅一家釋出善意，連二伯母胡氏也是心疼田箏跟著往外跑，說道：「瞧著雖精神，可那膚色也黑了不少，我那兒有妳幾個姊姊新買的脂粉，待會兒妳拿去用用。」

難得鐵公雞願意拔毛，田箏還是謝過了二伯母。她覺得自己目前膚色看起來挺健康的，她在船上時，天熱很少出船艙，所以曬得沒有魏琅誇張。

在所有人中，大伯母黃氏是蒼老得最快的人，臉上的皺紋多了不少，她走過來拉著田箏的手，和藹道：「箏箏啊，你們夫妻回來得及時呢，正好趕上妳大姊要成親的日子。」

咦？大姊不是田紅嗎？

田箏愣了一下，很快就掩飾住眼底的驚訝，黃氏見此，笑著道：「可不要笑話你們大姊，她也是熬著日子呢，再嫁我也是支持的。」說著就把田紅為什麼能再嫁的原因解釋了一遍。

原本田紅拜託田葉，請趙元承找了人調養身子，因為她想生個子嗣，所幸那大夫醫術也挺不錯，漸漸地，田紅氣色調養得越來越好，她便想抓緊時間懷孕生子。

可是那宋大郎早已被酒色掏空身子，努力了好幾次也沒能順利懷上，且不知是誰拐帶的，他還愛上了賭博，一夕之間把鋪子的老底都輸光了。

一家人住著的那棟宅子，是田紅拚了老命才保存下來。

日日有人上門追債，宋大郎仍不知反省，時常要尋摸田紅的私房錢拿去賭去嫖，不給錢還動手打人。

不僅田紅被打，他那兩個兒女也被打了不少次。原本家中有下人時，還有人幫著，因賭債欠得多，田紅只好把人辭退。

由於都是婦孺，即便宋大郎只是空架子，田紅與那兩小孩也不是他的對手。

聽到這裡時，田箏忍不住打了個冷顫，不用深想也知道田紅後來過的是什麼日子啊。

黃氏不由得攥緊拳頭，咬著牙齒道：「那殺千刀的，真是老天有眼，他再次去賭時，拿不出錢來還耍橫，被人當場給打死了。」

四嬸劉氏同仇敵愾道：「死得好呢！就是苦了紅丫頭，年紀輕輕成了寡婦，可憐身邊也沒留下一兒半女。」

春草聽完劉氏那話，出口道：「我倒不覺得留下孩子有什麼好，像如今這般，才能輕鬆離了宋家再嫁人。」

反正宋大郎那兩孩子如今都已經長大，也沒理由扣留後娘不放人。

黃氏忍不住流了眼淚，哽咽道：「說來都怪我當初眼皮子淺，才害了閨女一生，若是看著她一直過那種日子，將來我就是死了，也死得不安心。」

田箏當然明白大伯母是多好強的一個人，當年田紅苦哈哈地熬日子，她寧願閨女憋在心裡，打死也不讓說一句嘴。田箏想，這人能放下臉面，捨得求助家裡人，就算黃氏當年多麼見錢眼開，可那份愛護孩子的心還是不缺的。

見黃氏哭濕了手帕，周氏遞了自己的給她，黃氏接過後，擦了擦眼睛，接著道：「到底我們還是沾了葉丫頭與箏丫頭的光，仗著妳們的勢，那些喝人血、吃人骨頭的宋家人也不敢吭一聲，紅丫頭才得以再嫁人。」

本來宋大郎一家已經逐漸脫離宋氏一族，宋大郎一死，那一身債務並沒有消失，當趙元承肯出面幫著解決事情後，宋氏一族便有人出頭，打著幌子說田紅一個外姓人沒理由占著宋家的東西，要幫著宋明遠接管一切，這種蠢事，那宋明遠竟然真的敢去做。

宋明遠就是宋大郎唯一的兒子，耳根子軟，聽別人一慫恿，就與田紅處處作對。田紅被氣得當即收拾了自己剩下的錢財，離了宋家，自己獨立生活。

見鬧得如此，黃氏動了心思請田家人出頭，乾脆尋了理由讓田紅脫離宋家媳婦的身分再嫁，所幸事情發展也很順利。

由於田紅是寡婦身，不好住在娘家，因此便在鎮上租了屋子，正等著出嫁呢！

見氣氛傷感不已，田箏忙道：「我也是支持大姊再嫁的，別的不說，既然我和小郎哥在家裡，定會給大姊壯壯勢。」

田箏想，這些不是什麼難事，就出個頭，再送點東西給田紅，外人見田紅與自己親近，想要欺負她時，也會掂量掂量。

那新郎官只是尋常的莊稼漢，是個鰥夫，正好與田紅的寡婦身分相配，誰也別嫌棄誰。因他前頭那妻子沒有留下血脈，黃氏與田紅擔心的是若婚後生不出孩子，新郎官再出么蛾子該當如何？

因此，田紅不能缺了娘家的助力。

黃氏說了那麼多，就是想聽這句話，一時間喜笑顏開道：「好！好！我真是不知該如何感激你們……」

周氏便笑道：「大嫂也真是的，一家人說兩家話做什麼呢？」

正其樂融融時，就到了吃飯時間。

家裡女人多，一桌子豐盛的飯菜很快弄完，幾乎全是著緊田箏與魏琅一家人愛吃的菜來弄。

半個月後，迎來了田紅的親事。

田箏再見田紅時，忍不住唏噓一把，記憶回到那年沒分家前，田紅還是家裡的長孫女，臉色紅潤，眉目中皆是自信，與現在面貌如三十好幾的人，實在相差太多。

許是對未來的日子有了期盼，田紅一掃以前死氣沈沈的模樣，她穿著新嫁娘的衣裳，靜靜坐著讓喜婆給描眉。

見了田箏，田紅笑著道：「箏箏，聽聞妳回家來，早就想看看妳，如今見妳過得好，我心中真是開心。」

田箏跟著笑道：「等妳回門那天，再好生看看我唄。反正也不差這點時間。」

說著田箏就掏出一串珍珠，塞到田紅手裡，道：「別拒絕了，這是我私下給妳的，戴著可好看呢。」

出海這幾年，攢了好多珍珠，即使田箏自己不愛打扮，但魏琅依然留著那些成色特別好的珍珠，讓人串起來，做成各式首飾，把田箏裝扮得漂漂亮亮。每每如此，田箏就會好笑地問他，是不是因為沒有閨女，才把自己當成女兒看待。

魏琅哈哈大笑，總是搪塞過去。他才不會告訴媳婦，自己只是喜歡田箏吃穿用度都來自他手上，會使得自己特別有成就感。

田箏這次回來，魏琅專門給她做的珍珠首飾她捨不得動，於是拿了其他的珍珠串給家裡的女眷，每人送了一串。

錢多，珍珠多，花起來就是如此土豪啊！

田紅揣緊那飽滿圓潤的珍珠串，忍著在眼眶打轉的淚珠，好一會兒才道：「再想不到，我今生還能披一次嫁衣，這些年日子煎熬得好幾次都不想活了。所幸……」

田紅停住，壓抑了下情緒，才又慢慢道：「所幸家裡人都還記著我……若沒有大家，大家……」後面那句話田紅幾欲張口，實在不知該用何種言語表達自己的感激之情。

「大姊妳想那樣多做什麼呢？家裡個個日子都好過了，沒理由放著妳在水深火熱中不管呀！妳就是心思太重，想那些無關緊要的事。」出聲的是田芝，她嫁在同村裡，對方又是殺豬的人家，自然不愁肉吃，此時胖得很有福氣。

田芝從以前那個纖細的小姑娘，也慢慢變成圓潤的婦人，特別是懷著孩子時，被夫家餵養得肥胖，導致身材一直沒瘦下來。不過田箏觀察這位四堂姊氣色，發現她眉目比以前溫和不少，都說心寬體胖，估摸著是生活沒壓力，這是幸福肥啊。

田紅小聲道：「我並未對家裡有什麼付出，怎能心安理得接受了家裡人的好意？」

田箏趕緊道：「大姊，妳又想左了！四姊剛都說了，別想那些有的沒的，從今往後妳與姊夫兩人好好過日子，就是對家裡人的付出啦。」

一旁候著的喜婆都看不過去，忙道：「新娘子大喜的日子可不能再抹眼淚了，妳看這妝待會兒還需再塗抹一遍呢！」

田紅因此打住了傷感，在熱熱鬧鬧的氣氛下歡喜出嫁了。

回門那一日，田紅有丈夫在身旁陪著，雖然她年紀不小了，但還是遮擋不住小女兒的嬌態。

大家看著那人對她不錯，也算放了心。

田箏突然想到一件事，便問魏琅：「小郎哥，師父不是與那位婦科聖手很熟嗎？你說把他請來給大姊看看，可不可行？」

這裡的師父，是指傳授魏琅武術的那位，魏琅夫妻一直很敬重對方，每每回京城，都要帶著孩子上門拜會。

那年柳如月也是讓這位婦科聖手看過後，調養了身子，才又懷一胎，最終生下了男孩子。柳如月能生下男孩，田箏都鬆了一口大氣啊。

因魏文傑不願納妾，好幾次，田箏無意中聽到婆婆說，若是大房沒有男孫繼承香火，就把她與小郎哥生的幾個寶選一個過繼到大房。

魏文傑官位越做越大，在朝中漸漸有了權勢，親生兒子繼承大房的香火，換成別人一定覺得占了大便宜。但這種便宜，田箏一點也不想占。可若是真到那種地步，無關其他，只是道義上，她也反對不了什麼。

到時候，田箏可不敢保證會不會爆發家庭大戰，想到公婆那樣疼她，她心裡實在不好受。

田箏偷偷與魏琅說過後，他也跟著緊張起來，雖然與魏文傑兄弟情深，但是哪裡捨得把兒子送給哥哥啊。這不，多方打探之下，最後透過自己的武術師父，才請來了那位醫術頗為了得的大夫醫治。

待柳如月順利生下兒子，這才解決了一場危機。

魏琅便道：「那我去一封信，問問能否把他請來。」

魚雁往返，後來收到了師父回信，信中提及那位婦科聖手剛好要遠遊，途中路過金州市，到時就順道來幫田紅看看身體。

田紅得到田箏的消息，特意回了一趟鴨頭源，突然抱著田箏哭起來，最後才道：「箏箏，我如今才知道有一位疼人的丈夫是多麼幸福的事，我與他，早已經有心理準備，將來便是沒有一兒半女，也要攜手到老。」

田箏拍著她的背脊，緩緩道：「妳能這樣想就好。」

田紅擦了眼角的淚珠，說道：「雖如此，我還是想給他生個孩子。你們都放心吧，我不是那種不惜福的人，將來即便不能為家裡人做出什麼貢獻，我也得把日子過好、過順，不讓娘家人再為我操心。」

當魏琅夫妻回到京城後，便收到了田紅的好消息，她懷了身孕順利生下了女孩，雖然是女孩，夫妻倆也是視她如掌上明珠般疼愛，此乃後話。

在鴨頭源的三個月，田箏簡直重新拾回生孩子以前那段悠閒的日子。每日裡不用燒火煮飯，吃飯時間一到就有人來喊她，她也不用帶小孩，除了三寶要餵奶時才需要田箏。

這段日子，田老三把大寶、二寶兄弟倆揣懷裡兜著，至於三寶，周氏嫌棄田箏看孩子不夠細心，就自己帶著三寶，於是田箏每日裡吃吃睡睡，簡直是樂不思蜀。

而魏琅要操心的事情多，即使待在鄉下，每日也有好些事需要他下決定。他看著媳婦兒那麼悠閒，時不時就要使壞，他甚至想把三寶也扔到岳父母那兒，晚上就能與媳婦肆無忌憚地好好「做人」。

可惜，三寶晚上必須要吃奶才行。

因為田箏他們歸家，田玉景也帶著一家大小回到家裡住，如今田玉景早已從當年那個軟萌小包子搖身一變成長為高大的男子漢。田箏看著他時，不由生出很大的感慨。

田玉景的媳婦生了一男一女，女孩比三寶小一個月，正是吃奶的年紀。所以，有一天田箏給三寶餵奶時，順便就餵了田玉景的閨女。

剛好魏琅忙完，想抱抱兒子，結果從田箏手上接過抱起來一看：咦？不對啊，這根本不是他兒子。

魏琅黑著臉，實在是對田箏無語極了。

田箏心想多大點事啊，值得他臉那麼黑呢？可還是不好意思道：「弟媳婦今兒說她沒什麼奶餵……」

所以田箏才把人抱來家裡餵啊，剛好和三寶兩人湊一對，兩個寶寶並排著睡覺，看著實在好笑呢。

魏琅繼續無言以對。

田箏解釋了一遍，見他還是不高興，立時就板著臉，無賴道：「當年你自己不是還與我搶奶吃呢。」

魏琅哼道：「那能一樣嗎？」

田箏微怒道：「怎麼不一樣？」

「我兒子都不夠吃了，還要分給別人。」想來跟她解釋不清，魏琅只好嚷嚷道，特別是見田箏竟然真的一點也不介意，令他好生鬱悶。

為了防止媳婦兒若是再一時興起，又去餵別人家的小孩，魏琅義正詞嚴地陳述了利害關係。

反正就是不能對著別人袒胸露乳之類的。說白了，就是占有慾太強。田箏理解地表示自己知道錯啦。

魏琅嘴巴上嚴肅地批評了媳婦兒，第二天就讓人買回兩頭正值哺乳期的母羊回家，直接送到田家的牲畜房裡。

看著魏琅耐心地告訴家人羊奶的好處，怎麼處理才能去腥羶味，田箏感覺十分汗顏。

周氏與田老三都奇怪為何他突然弄了兩頭母羊回來，魏琅擺手解釋道：「在外面見多別人一家大小喝羊奶，特別是小孩兒喝羊奶身體長得壯實，忽而想起來，對家裡人身體好的東西，怎能不買來？」

那話實在理直氣壯，田老三與周氏都不好意思拒絕他的好意。

魏琅見家裡人都接受了，便狠狠拍了下田玉景的肩膀，板著臉道：「阿景，作為父親，家裡孩子每天吃些什麼，為孩子健康你必須得時常注意著。」

田玉景丈二金剛摸不著頭腦，可因著對方是小郎哥，只好不停點頭，表示自己一定會注意。

對於魏琅的奇怪舉動，每個人都以為他只是太關心家裡人的身體，一家人感激不盡，完全沒想過他懷著別的心思啊。

田箏再次抹了一把汗。

回到家鄉，夫妻倆難得享受一段悠閒時光，連娃娃也不用時常照看，每日裡吃飽喝足，使勁釋放懶散。

但是魏琅一家四口準備離開時，七寶突然病得很嚴重，只能趴在窩裡「嗚嗚」叫喚。實際上魏琅早有預感，兩個月前踏入家門時，儘管七寶歡快地搖著尾巴，可牠已經年邁得無法大步蹦跳著跑到主人身邊撒歡了。

七寶已經是很老的狗兒，身子弱很容易生病，一病之後就起不來。

為了照顧七寶，夫妻倆便推遲啟程的時間。

魏琅自當年與田箏一同被人販子抓住哭過一回後，不曾再流淚過。

看著他的淚水，田箏安慰不了丈夫，她同樣傷心難過得要死，眼淚不斷流下來。說起來七寶可是她養了很久的狗，她和七寶的感情並不亞於魏琅。

夫妻倆一直蹲在七寶的狗窩旁邊，七寶似乎也意識到這將是牠最後一次看著兩位主人，兩顆圓溜溜的黑眼睛一直哀傷不捨地盯著田箏和魏琅。

七寶明白，牠等不到下一次主人回家了，牠要一次就看夠，牢牢地記住他們。

夫妻倆守護著七寶直到牠慢慢地閉上眼睛，魏琅壓抑不了爆發的情緒，突然大聲抽泣起來……

田箏忍不住伸手幫魏琅拭去臉上的淚水，小聲道：「小郎哥，七寶可能去了其他地方呢。咱不哭了啊……」

魏琅緊緊地抱著田箏，絕望道：「箏箏……我這一生沒有對不起任何一個人，可是我虧欠七寶最多。」

他養了七寶後，卻又拋下七寶，由得七寶一生守候在這棟宅子裡，巴望著主人趕快回家。可他每一次回家來，待不了多久，又得棄七寶而去，讓七寶再一次變成留守在家裡的可憐狗。

「乖，不哭了。小郎哥我會陪著你的。一直一直陪著你，絕不離開你。」田箏把魏琅的腦袋按在懷裡，輕輕拍打著他的背部。

田箏心痛極了，捨不下七寶，也見不得一向男子漢的魏琅傷心，她沈默無聲地環抱著他。她心想，這大概是人生順遂的魏琅第一次學習到何謂生離死別。

因為七寶的逝世，魏琅的心裡深刻明白，這世界上有許多事是人也無力回天的，也唯有珍惜當下，才不負此生。

他抱緊田箏的身子，沈思良久，啞聲道：「箏箏……我這一生最幸運的是遇見妳，我們會一輩子相守到老，往後我會更珍惜妳，絕不負妳。」

田箏聞言，抬頭看著丈夫的柔情目光，內心很是感動。雖然丈夫從未對她說過「我愛妳」三個字，但現下的許諾讓她已感到萬分滿足。

在鴨頭源眾多親友及村民的送行之下，田箏與魏琅收拾完行囊，帶著三個兒子啟程返京。

由魏琅駕馭著馬車，母子三人坐在車廂內，大寶、二寶高興地揭開簾子看著車窗外的田園景色，兄弟倆雙眼放亮，唧唧喳喳地驚呼著，因長年跟著爹娘在海上航行，陸路上的事物他們皆感到好奇。

時值初秋，大片的稻子漸熟，已透出將待收穫的金黃色澤，在陽光照射下，放眼望去猶如金色稻浪，隨風搖擺起伏，別有一番風味。

田箏將三寶放在軟墊上，拿起帕子擦擦大寶、二寶臉上的汗。「小心著涼了。」

「娘，妳看！」二寶興奮地指著立在田間、穿著蓑衣且偽裝人樣的物事。

大寶一副小大人樣地癟癟嘴。「又沒什麼，不過是稻草人嘛……」

二寶被兄長這麼一說，不由得嘟起嘴。

大寶立即收到娘親的眼色，知道自己不該這麼打擊弟弟的興致，又想起平日爹爹的教導，於是想一想，就從車廂的匣子裡，拿出玉景舅舅臨行前送他的木製彈弓跟二寶分享。

毫無意外，二寶看見新穎的彈弓，立刻以崇拜的眼光看著自家大哥。

孩子玩心重，馬上拋開剛才的不愉快，兩個兄弟玩得不亦樂乎，一路上哼著小曲，時而逗逗年幼的三寶，一邊看窗外景色。

雖然車廂內歡鬧得很，不過田箏看著這三個寶開心且其樂融融的樣子，也沒覺得難受，心中倒是升起一種濃厚得難以言喻的幸福感。

在外頭的魏琅似乎也感染到這股歡快氣息，掀開簾子回頭瞧車廂裡的媳婦和兒子。他臉上同樣掛著笑，剛好與田箏移過來的柔情目光四目相接。

歲月靜好，漫漫長路，有君相隨，此生足矣。

——全書完

文創風 234-236

夫人幫幫忙

全套三冊

她發現，事情只要一涉及她，
無論對方是天大的官，夫君都敢揍，
可現在想動她的不是一般人，而是皇帝啊，
他總不會也想揍皇帝一頓，再撂下幾句話威脅吧？

輕鬆逗趣，煩惱全消／花月薰

自古以來君要臣死，臣便不得不死，
何況步家世代忠心，男丁幾乎都為國捐軀了，
原本步覃也是為家為國，死而無憾的，
然而，當君不君時，也休怪他臣不臣了。
皇帝屁股下那張龍椅是他和妻子幫忙坐上的，
如今椅子都還沒坐熱，皇帝竟就覬覦起他的妻子 ?!
為了保護妻子，他硬生生受了皇帝十多箭，險些喪命，
險些。
皇帝這回沒能殺死他，那就得作好心理準備了，
既然君逼臣反，那……便就反了吧！

樸實純粹　演繹種田精髓／芭蕉夜喜雨

嫌妻當家

全套五冊

妻令一出，誰敢不從？

現代OL魂穿古代，竟然成了有夫有女的農村婦？
丈夫好不容易從軍歸來，這下卻帶了城裡的小三一起回家？
她想乾脆讓位逍遙去，卻發現脫身不易，丈夫還想勾勾纏……

文創風 237 1

她穿成農家媳婦喬明瑾，但丈夫軟弱，婆婆苛刻，女兒受欺，
還有愛看好戲、扯後腿的妯娌，平凡娘家也不給力，
她雖然無依靠，但古人身現代心怎能委曲求全？
既然此處不留人，她自己重建一個家！
但古代求生大不易，該怎麼發揮穿越女的本事？

文創風 238 2

婆婆和小三威逼，喬明瑾沒想到丈夫岳仲堯卻不放手，
和離不成只能選擇分居，幸好還有娘家的弟弟、妹妹幫忙，
她也適時發揮穿越女的本事，小出風頭卻引來城裡大戶周家六爺的注意，
惹了一個精明又冷峻的貴公子，是福是禍還不知，
但天下掉下來的金主，到底是接還不接？

文創風 239 3

周晏卿需要她的主意和本事，她需要周晏卿的財力和權勢，
兩人一拍即合，作坊緊鑼密鼓籌備，大家都知他們作坊專出新奇物事，
生意蒸蒸日上，日子過得好了，反而不知該拿心意堅定的丈夫怎麼辦，
而貴公子周晏卿也忽然跟她親近又交心，連家裡的帳冊都交給她打理，
但她是個外人，這份信任來得太快也太重，究竟他是有意還無意？

文創風 240 4

要說不懂岳仲堯的用心是不可能的，可是她該怎麼讓丈夫認清，
自己和他那勢利的娘是沒可能相處在一起了；
若不是留著一絲絲柔軟的情，若不是女兒對他依戀不捨，
她也想與岳家徹底了結，再無瓜葛才有真的平靜日子；
如今，周晏卿給了她一個機會，她是不是該把握這重新開始的可能？

文創風 241 5 完

原來他們喬家並非什麼鄉下平凡人家，
祖母和父親當初落難來到村裡，竟然是因為逃避家族鬥爭；
而今，老家的僕人找上門來，正是他們該「回家」的時候了……
從農村婦人到京城名門的喬家大小姐，她暫時放下的難題也再次來到眼前；
心向了哪一個，就是要負了另一個；而她，又該情歸何處……

大器刻劃朝堂風雲　細膩描繪兒女情長／藍嵐

嫡女翻身計劃

全套三冊

穿越當嫡女怎麼會這麼命苦！
江家三姑娘沒爹沒娘沒人愛，簡直就是府中透明人。
她好歹也是個受過教育的新時代女性，才沒這麼容易認輸哩！
擬定計劃向前衝，目標直指人生勝利組——
窮困嫡女大翻身，變身貴婦樂呵呵~~

文創風 231　1

從備受寵愛的書香世家千金，穿成不受重視的二房嫡女，
生活品質的嚴重落差，江素梅花了不少時間適應，
畢竟要在大家族裡生存，不淡定機靈點怎麼行？
想她一個嫡女卻吃不飽、穿不暖，說出去只怕被別人笑！
可她背後沒有靠山，府裡上上下下誰把她當一回事了？
為了能安穩度過這段穿越人生，她得自個兒創造翻身機會。
靠著一幅賀壽聯，果真踏出了成功的第一步！
有了祖父的關注，原先在府裡像個透明人似的她，
日子總算也風風光光，像個正常的官家小姐了。
可這只是個開始，因為在這個女子做不了主的時代，
覓得好夫君，嫁得好人家，才能當上人生勝利組啊！

文創風 232　2

以江素梅沒爹沒娘的身世，即便出生官宦世家，
恐怕沒有大戶人家瞧得上，肯讓嫡子娶她為妻。
偏就這個出身望族、名滿京城的余文殊不但不介意，
還一副知她甚深，非卿不娶的自信姿態，
加上他一番驚人的告白，讓她紅著臉點頭應了。
不過雖嫁入名門，卻正逢余家百年來最艱難的時光，
聖上一道旨令，小夫妻便包袱款款，下鄉查稅去了。
出門在外，離家千里，他們能依靠的只有彼此，
雖是吃力不討好的工作，可夫妻攜手連心，還怕什麼難事？
只是他們都未曾想到，
眼看一切就要水落石出，背後竟又隱藏著莫測的危機……

文創風 233　3 完

離京數載，當年兩個人輕裝簡從，面對的是未知考驗；
而今歸來，已是幸福的一家三口，不變的，是家的溫暖。
只是這皇帝怕是見不得余文殊得閒，
一家老小欣喜團聚，都還沒能得享天倫之樂的喜悅，
他又急匆匆的趕赴下一個職位。
這些年官職一調再調，每次面對的挑戰只有更難，
不想只在丈夫身後為他持家生娃的江素梅，
大膽的替他出主意，想對策，竟也屢屢見效，
更以一介女子之力立下功勞，大獲賞賜。
可對她來說，做大官、發大財，這些都無關緊要，
能與他攜手守護這個家，一生不離，那才是世上最美的事！

為流浪貓狗加油 和貓寶貝 狗寶貝

廝守終生(一定要終生喔！)的幸福機會

對人來說，貓寶貝狗寶貝只是生活的一部分，但妳（你）對牠們來說，卻是生活的全部，領養前請一定要考慮清楚——

▲ 尾巴超有戲的可愛小帥哥庫迪

性　　別：男生
品　　種：米克斯
年　　紀：10個月
個　　性：有些害羞黏人，也有些調皮聰明
健康狀況：已結紮，打了預防針，四合一檢驗過關，
　　　　　目前僅剩皮膚還在洗藥浴
目前住所：桃園市

本期資料來源：http://www.meetpets.org.tw/content/55136

『庫迪』的故事：

庫迪的名字來源於在石門水「庫」流浪的弟「迪」。那時候，公司愛狗副總剛好到石門水庫附近用餐，遇見了不敢直視人、搖晃著身體的瘦弱庫迪。副總怕一時心軟會將庫迪帶回家，將買來的罐頭放在牠面前後，就快步離開，回頭一望──庫迪有氣無力地搖了搖尾巴，隨即用屁股夾住尾巴，低頭走進角落。

回程途中，副總忍不住自責，後來撥了電話與我商量。「只要隔天牠還在且願意跟我走，就給牠一個機會。」沒想到隔日副總重回，直覺往某處隱密草叢走去，一跟庫迪四目相對，庫迪竟好像認得他一樣，直起尾巴、很快站起來跟他走。但是副總無法領養牠，只能把牠交給中途照顧，庫迪雖然不害怕新環境，尾巴卻總是垂下不動，顯示出牠的落寞和失望。

幸好數週後，受到良好照顧的庫迪弟迪還是壓抑不住親人本性，開始搖起尾巴，向人撒嬌示好。現在的牠會雀躍地想跟人出門，被拒絕了就四腳朝天、討好地讓中途媽媽拖著項圈回房；還會輕甩著尾巴靠近你，坐在你的腳上，再回頭以純真的眼神望著你。

而庫迪除了那些可愛好笑的表現之外，牠更時常揚起尾巴，賣力搖動，用行動告訴我們：不用擔心，牠對自己的未來有信心！歡迎來電0975579185，或來信sweat_lin@yahoo.com.tw，主旨註明「我想認養庫迪」，和懂事貼心的庫迪成為家人吧！

認養資格：

1. 認養者須年滿20歲，有獨立經濟能力，並獲得家人與同住室友的同意。
2. 非學生情侶或單獨在外租屋的學生，須能提出絕不棄養的保證。
3. 須同意送養人日後之追蹤探訪。
4. 領養者需有自信對庫迪不離不棄，把牠當家人，愛護牠一輩子。

來信請說明：

a. 個人基本資料：姓名、性別、年齡、家庭狀況、職業與經濟來源等。
b. 想認養「庫迪」的理由。
c. 過去養寵物的經驗，及簡介一下您的飼養環境。
d. 若未來有當兵、結婚、懷孕、畢業、出國或搬家等計劃，將如何安置「庫迪」？

誘嫁小田妻 下

國家圖書館出版品預行編目資料

誘嫁小田妻 / 花開常在著. --
初版. -- 臺北市 : 狗屋, 2014.11
冊 ; 公分. --（文創風）
ISBN 978-986-328-380-5（下冊：平裝）. --

857.7　　103019962

著作者　花開常在
編輯　黃鈺菁
校對　黃薇霓　蔡佾岑
發行所　狗屋出版社有限公司
地址　台北市104中山區龍江路71巷15號1樓
電話　02-2776-5889～0
發行字號　局版台業字845號
法律顧問　蕭雄淋律師
總經銷　知遠文化事業有限公司
電話　02-2664-8800
初版　103年11月
國際書碼　ISBN-13　978-986-328-380-5
原著書名　**《穿越之种田难为》**，由北京晉江原創網絡科技有限公司授權出版

定價250元
狗屋劃撥帳號：19001626
網址：love.doghouse.com.tw　E-mail：love@doghouse.com.tw